COLLECTION
FOLIO/ACTUEL

Jean-Arnault Dérens

Balkans : la crise

Gallimard

Cet ouvrage est publié sous la direction de Jean-Claude Grimal et Olivier Mazel dans la série « Le Monde Actuel ».

Conception et réalisation des graphiques et cartes : Cécile Marin

Agrégé d'histoire et journaliste, Jean-Arnault Dérens vit au Monténégro et écrit pour *Le Monde diplomatique, Ouest-France, le Temps* et la revue *Études*. Il est également le fondateur du site internet Le courrier des Balkans (bok.net/balkans/).

Pour Sébastien Nouvel,
à qui ce livre doit d'exister.

INTRODUCTION

Les Balkans sont-ils condamnés à demeurer la « poudrière de l'Europe » ? Pour l'opinion occidentale, cette région, posée entre la Méditerranée, le Danube et la mer Noire, est vouée, par une fatalité supposée ancestrale, aux haines dites « ethniques », et représente un Autre menaçant, aux portes de l'Europe en construction. La « balkanisation » serait ainsi l'antithèse violente des processus d'intégration européenne en cours. Certains peuples de l'espace ex-yougoslave, comme les Croates, rejettent eux-mêmes l'épithète, perçue comme infamante, de « balkanique », tandis que d'autres sont près d'excuser et de justifier leurs errements au nom de cet atavisme balkanique.

Seule une approche historique dépassant l'anathème peut permettre de comprendre les conflits présents, peut expliquer que des catégories politiques projetées par les Européens de l'Ouest, comme l'idée de nation, prennent, dans les Balkans, des significations différentes. Cet ouvrage voudrait tenter d'expliquer ce qui unit autant que ce qui sépare les peuples des Balkans. Il part en tout cas d'un parti pris : il n'existe pas de « fatalité balkanique », mais une histoire compliquée, dont les conflits présents sont largement le résultat.

Les Balkans représentent incontestablement une unité de civilisation européenne, bien différente de la culture de l'Europe centrale ou de celle de l'ouest du continent, une unité de civilisation homogène malgré les coupures dues aux divisions culturelles, religieuses, historiques ou politiques. Il existe bien un art de vivre balkanique, dont se passent difficilement ceux qui en ont fait l'expérience, même si la région est devenue, dans l'imaginaire occidental, exclusivement synonyme de conflits, de haines et de violences. C'est vrai, l'histoire de la région a été rude, et ses peuples font figure de déshérités d'une Europe qui se construit en les excluant, en les tenant à l'écart, mais il est pourtant impossible de réduire les Balkans à un monde de sang et de vengeance.

D'après une étymologie populaire entendue au Kosovo, le terme « Balkan » viendrait de deux mots turcs signifiant sang et miel. Les Balkans, où coulent peut-être bien le sang et le miel, doivent effectivement leur nom à un terme turc, mais qui désigne plus prosaïquement une montagne. Partout la montagne est présente, elle détermine un paysage segmenté et cloisonné, où la vie sédentaire n'est possible que sur l'étroit cordon littoral, dans les vallées, ou encore les petites plaines de montagne, les *polje*. L'assez large pénéplaine littorale albanaise, la plus vaste de la région, a même longtemps été presque inhabitée, car insalubre. Seules des percées en baïonnette, les *klisure*, relient les bassins fermés. Cependant, aucune montagne n'est à vrai dire infranchissable, et les espaces humanisés isolés les uns des autres communiquent entre eux, selon des axes demeurés souvent identiques depuis l'Antiquité. Ainsi la via Egnatia relie d'est en ouest Durrës, sur la côte albanaise, et Salonique sur la côte égéenne, tandis que l'axe Morava-Vardar relie Belgrade à Salonique en passant par Skopje, en Macédoine, et constitue l'une des principales voies de communication reliant l'Europe centrale aux mondes turc et méditerranéen.

Autant que paysage segmenté et cloisonné, les Balkans sont un espace de communication, un gigantesque pont entre l'Occident et l'Orient. Un pont où l'on se croise, où l'on se mélange, mais où l'on se bat aussi pour imposer sa culture et son histoire.

Toute l'histoire des Balkans semble régie par une dialectique compliquée entre ce qui unit des peuples fondamentalement proches par leur histoire et leurs coutumes, et ce qui les distingue. Des paradigmes comme la langue ou la religion sont bien loin d'épuiser le registre de ces différences et de ces proximités. Les trois confessions, musulmane, chrétienne orthodoxe et catholique, coexistent au sein du même peuple albanais, tandis que, malgré l'évidente identité linguistique, les locuteurs de la langue que l'on appelait autrefois le serbo-croate préfèrent aujourd'hui dire qu'ils parlent serbe, croate, bosniaque ou monténégrin. Le nom d'une ville ou d'une région peut lui-même devenir enjeu de combat : seul un Serbe appellera Metohija la région qui s'étend de Peć à Prizren. Pour les Albanais, il s'agit toujours de la Kosova — et non du Kosovo, forme serbe.

NOTE SUR LES NOMS PROPRES

La règle sera de donner la forme administrativement reconnue dans l'État dont fait actuellement partie la ville en question. Cette règle, retenue par l'ensemble des journalistes, pose des problèmes particuliers au Kosovo, où l'usage voulait que l'on donne les formes serbes et non les formes albanaises, par exemple, Priština et non Prishtinë, Peć et non Pejë. Une sorte d'usage «mixte» est en train de se généraliser, les organisations internationales utilisant les noms albanais de villes comme Skenderaj (au lieu de Srbica), mais conservant les formes Priština ou Peć. Les noms serbes seront ici utilisés, la forme albanaise étant parfois également indiquée. Par contre, pour les villages, souvent seuls les noms albanais sont signifiants: autant écrire Llausha, plutôt que Lauša (translittération en alphabet latin serbo-croate).

L'usage actuel évite de transcrire phonétiquement les noms étrangers. Les noms propres serbes, bosniaques, monténégrins ou macédoniens sont donnés dans la forme de l'alphabet latin serbo-croate: Slobodan Milošević et non Slobodane Milochévitch. Les noms albanais seront donnés selon la même règle: Enver Hoxha et non Enver Hodja. Ils présentent toutefois d'autres difficultés encore, puisque les noms de lieux admettent une forme articulée et une forme inarticulée. Ils seront généralement donnés dans la forme inarticulée, soit Korçë et non Korça, Shkodër et non Shkodra, sauf dans les cas consacrés par l'usage, comme Tirana et non Tiranë.

Un des noms les plus discutés est celui du Kosovo. L'usage a imposé la forme « Kosovo », dans l'orthographe serbo-croate d'alphabet latin — encore que certains voudraient écrire, en français, « Kossovo ». En albanais, le nom de la province est du genre féminin : la Kosova (forme articulée), ou Kosovë (forme inarticulée). La forme Kosovo sera ici toujours employée, sauf dans un contexte spécifiquement albanais, comme la « "république de Kosovë", présidée par Ibrahim Rugova ».

GUIDE POUR LA PRONONCIATION DES NOMS SERBO-CROATES ET ALBANAIS

serbo-croate	*albanais*	
c	c	ts
č		tch
ć		t'ch
	ç	tch
	dh	th anglais doux, comme dans « this »
dj	gj	dj, comme dans l'anglais « John »
e	e	é, comme dans « thé »
	ë	eu ou e muet, comme dans « heureux »
h	h	h fortement aspiré
g	g	toujours dur, comme dans « gare »
j	j	yod, comme dans « moyen »
	l	l mouillé, comme dans « lieu »
	ll	l dur, comme dans « lit »
	q	t'ch
r		r roulé

	r	r faiblement roulé
	rr	r fortement roulé
r semi-vocalique par ex. « Srbija », se prononce « Seurbiya »		'eur, toujours situé entre deux consonnes,
š	sh	ch, comme dans « chemin »
	th	th anglais dur, comme dans « think »
u	u	ou, comme dans « chou »
ž	zh	j, comme dans « jeune »
	xh	dj, comme dans l'anglais « John »

CHAPITRE I

DE L'HÉRITAGE OTTOMAN À LA FORMATION DES IDENTITÉS NATIONALES

Pour le voyageur, les villes et les villages balkaniques offrent aujourd'hui bien des similitudes dues à l'histoire. À Novi Pazar (Serbie) comme à Ulcinj (Monténégro), à Bitola (Macédoine), à Korça (Albanie), les mosquées voisinent avec les églises catholiques ou orthodoxes, les artisans martèlent le cuivre dans des échoppes largement ouvertes sur l'extérieur. Une odeur de café ou de grillades flotte sur les marchés colorés. Il en allait de même dans le bazar de Peć (Kosovo), détruit par les forces serbes en avril-mai 1999. Autres points communs, les HLM miteuses qui enlaidissent les villes, les infrastructures souvent aléatoires ou déficientes, les usines abandonnées. Les Balkans gardent la physionomie que leur ont donnée quatre siècles d'occupation turque et quarante-cinq années de socialisme. L'air de famille ne doit pourtant pas masquer les différences, les contrastes et les antagonismes culturels, parfois évidents, parfois inaccessibles à l'observateur superficiel. Les Balkans sont un monde de petites régions, dont les noms se déclinent au gré des différentes langues et des dominations politiques successives.

La région semble vivre au rythme de cette dialectique entre ce qui unit des cultures fondamentalement proches, et des divisions historico-politiques qui atteignent aujourd'hui une phase nouvelle de tension. Le partage du monde après 1945 avait imposé un ordre qui a volé en éclats, et les pièces du puzzle se recomposent aujourd'hui, lourdement tributaires de l'héritage laissé par un centre longtemps hégémonique : l'Empire ottoman.

La conquête ottomane, les cadres de l'Empire

En quelques décennies, un peuple de combattants originaires d'Asie centrale détruisit la puissance de l'Empire byzantin et prit solidement pied dans les Balkans. Dès le milieu du XIVe siècle, l'essentiel du plateau anatolien était aux mains des conquérants turcs ottomans, qui allaient ensuite s'engouffrer dans la péninsule balkanique. Byzance se réduisait à ses positions balkaniques et s'accrochait à la ville symbole. En 1371, les Serbes sont défaits à la bataille de la Marica, qui ouvre la porte de la région aux Turcs. Les principautés serbes se fragmentent et doivent reconnaître la suzeraineté ottomane. La bataille de Kosovo Polje, en 1389, à l'issue incertaine, représente le dernier grand sursaut de résistance des peuples chrétiens des Balkans. Le prince serbe Lazar Hrebeljanović et le sultan ottoman Murad figurent parmi les victimes de la journée.

L'avancée des Mongols de Tamerlan ralentit un moment l'expansion ottomane, mais à la fin du XVe siècle, Mehmed II le Conquérant (1451-1481) achève de détruire la splendeur byzantine. En 1451, les Turcs s'emparent de Constantinople, en 1461 ils réduisent l'Empire grec de Trébizonde, et en 1463 ils s'assurent la possession de la Bosnie-Herzégovine. Seuls l'Empire maritime de Venise et les Hongrois, bientôt relayés par la puissance autrichienne des Habsbourg, sont encore en mesure de freiner l'avance du Croissant, qui atteint même les portes de Vienne en 1683. À partir de ce moment, un lent mouvement de balancier va s'amorcer, et l'Empire ottoman doit, peu à peu, abandonner ses positions occidentales. Malgré l'autonomie de la Serbie et l'indépendance de la Grèce (1830), les pays albanais et la Macédoine restent possessions ottomanes jusqu'aux guerres balkaniques de 1912-1913. La marque pluriséculaire des structures de l'Empire détermina nombre de caractéristiques sociales de ces régions[1].

L'Empire ottoman était une réalité fortement centralisée, où tout pouvoir convergeait vers la personne du sultan. À partir de Mehmed II, Istanbul devint la résidence ordinaire du sultan. C'est là que se trouvaient la cour, le siège du gouvernement et de l'administration centrale. Très vite, une importante bureaucratie se mit en place, chargée d'appliquer les décisions du Divan impérial. Les pays bosniaques, serbes, albanais ou grecs faisaient pleinement partie de l'Empire, et l'organisation provinciale ordinaire y était en vigueur[2]. La Roumélie, c'est-à-dire la « Turquie d'Europe », était divisée en *sandžaks*, dont les frontières ont considérablement évolué au cours des siècles. À la tête du *sandžak* se trouve le *sandžak bey*. Au début du XVIe siècle, les pays albanais sont, par exemple, partagés en *sandjaks* de Shköder (nord de l'actuelle Albanie, partie du Kosovo et du Monténégro), de Vučitrn (part du Kosovo), de Prizren (sud du

1. Sur le détail des événements, voir Robert Mantran (dir.), *Histoire de l'Empire ottoman*, Paris, Fayard, 1989, et Georges Castellan, *Histoire des Balkans (XIVe-XXe siècle)*, Paris, Fayard, 1991.

2. Voir Robert Mantran (dir.), *op. cit.*, p. 287 *sq.*

FIGURE 1

Les provinces européennes de l'Empire ottoman en 1683

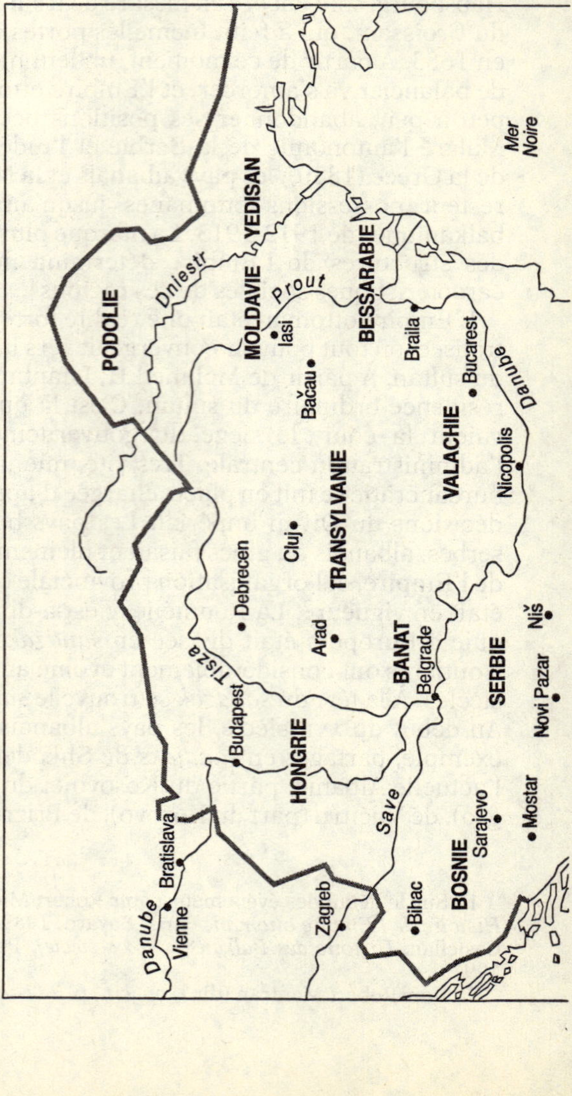

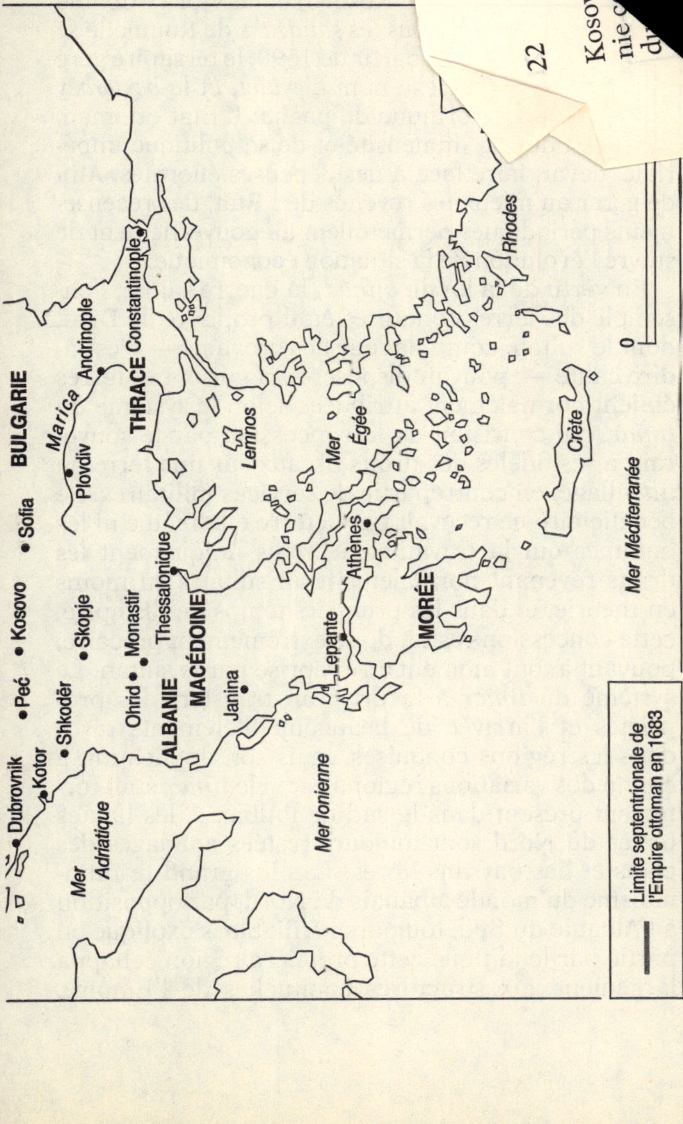

D'après *Histoire de l'Empire ottoman*, sous la direction de Robert Mantran, Fayard, 1999.

), de Skopje (Macédoine), de Dukagjin (Alba- entrale et ouest du Kosovo) et de Vlora (Albanie Sud). À la tête de tous les *sandžaks* de Roumélie se trouve un *beylerbey*. À partir de 1590, le territoire géré par un *beylerbey* prit le nom d'*eyâlet*, et le *beylerbey* reçut le titre honorifique de pacha. L'État ottoman, en raison de son immensité et de sa politique impériale, devait faire face à des dépenses énormes. Afin de gérer au mieux les revenus de l'État, des recensements périodiques permettaient au gouvernement de suivre l'évolution de la situation économique.

En vertu de la loi du *djihâd*, la guerre sainte, l'ensemble des terres conquises était propriété de Dieu, dont le sultan, commandeur des croyants — c'est-à-dire calife —, pouvait disposer à sa guise. Les terres étaient normalement attribuées selon le système du *timar*, qui consistait en la concession par le souverain à ses fidèles des droits fiscaux sur une terre ou un village, en contrepartie de services militaires. Le bénéficiaire ne recevait pas la terre elle-même ni les hommes qui la travaillaient, mais uniquement les droits revenant normalement au sultan. Du moins en théorie, et dans les premiers temps de l'Empire, cette concession restait donc extrêmement précaire, pouvant à tout moment être reprise par le sultan. Le système du *timar* a favorisé un transfert des propriétés et l'arrivée de beaucoup d'éléments turcs dans les régions conquises, mais son application a connu des variations régionales : si le *timar* était fortement présent dans le sud de l'Albanie, les hautes terres du Nord sont toujours restées apanages des clans et des paysans libres. Le plus grand traditionalisme du monde albanais du Nord, par opposition à l'Albanie du Sud, toujours vérifiable, s'explique en partie par le fait que cette première région échappa largement aux structures habituelles de l'Empire.

La grande propriété foncière, le *tchiflik* eut tendance, au cours des siècles, à remplacer toujours plus le système du *timar*. Les paysans, *re'âyâ*[1], pouvaient également disposer de tenures familiales et jouissaient d'une assez grande liberté de mouvement. Ils n'étaient pas attachés à la glèbe comme les serfs d'Occident. Dans le monde yougoslave, les paysans métayers dépendant d'un maître portent aussi le nom de *kmet*.

Conformément à la tradition de l'islam, qui respecte les «peuples du Livre», c'est-à-dire les deux autres confessions monothéistes révélées, les sujets juifs et chrétiens de l'Empire ne subirent jamais de persécutions massives ni de campagnes de conversion forcée. Ils bénéficiaient du statut de *zimmî*, c'est-à-dire de personnes protégées devant seulement respecter les lois de l'Empire. Ils s'acquittaient d'un impôt de capitation spécifique, appelé *djizya* ou *kharâdj*, relativement élevé, puisqu'on a calculé qu'il fournissait 750 000 ducats or en 1527, soit 42 % des revenus du trésor dans la partie européenne de l'Empire[2]. L'État n'avait donc nullement intérêt à des conversions massives qui l'auraient privé d'une source appréciable de revenus.

Pour les sujets de l'Empire, la communauté religieuse d'appartenance servait d'intermédiaire avec le centre du pouvoir. Le *millet* est une communauté religieuse reconnue par le sultan qui s'auto-administre sous la responsabilité de sa hiérarchie religieuse. Dans l'Empire ottoman, il n'existait pas de catégorie correspondant à ce que nous appelons «nation» ou «nationalité». Seules étaient reconnues les communautés religieuses. Dès la conquête turque

1. Au singulier, *ra'ya* : paysan musulman ou chrétien.

2. P.F. Sugar, *Southeastern Europe under Ottoman Rue (1354-1804)*, Seattle-Londres, 1977, p. 94-95.

s'était organisé un *rûm millet*, c'est-à-dire un « millet grec », regroupant tous les chrétiens dépendant de l'Église orthodoxe. Son chef était le patriarche œcuménique de Constantinople, canoniquement élu par le Saint-Synode, mais dont l'élection devait être validée par le sultan. Dans la hiérarchie ottomane, le patriarche avait rang de « pacha à trois queues de cheval ». En plus des affaires proprement religieuses ou des institutions de bienfaisance, le *millet* gérait la perception des impôts, et disposait de tribunaux spécifiques chargés de juger les membres du *millet*. Seuls les contentieux entre chrétiens et musulmans étaient arbitrés par les tribunaux musulmans des *cadis*.

La juridiction du métropolite orthodoxe d'Ohrid (Macédoine) sur les pays bulgares et macédoniens limitait les compétences du patriarche œcuménique, de même qu'à partir de 1557 celle du patriarche restauré de Peć sur les Serbes. Le patriarche de Peć était à la tête d'un *millet* serbe spécifique. À côté du *millet* chrétien s'organisa également un *millet* des juifs — *yahudi millet*. En plus d'une fiscalité spécifique, les chrétiens se virent seulement imposer une limitation de leur droit à la propriété. La conversion n'était pas une obligation, mais pouvait apparaître comme une bonne affaire, et aussi comme la condition pour entreprendre une carrière dans les rouages administratifs de l'Empire.

Les divisions administratives de l'Empire n'avaient pas de signification politique, la vie des sujets étant régie par les règles définies au sein du *millet*. Alors qu'il n'existait aucune structure « nationale » dans l'Empire, le système du *millet* reconnaissait et organisait la différence confessionnelle. Les Balkans restent profondément marqués par ce système fondé sur la communauté confessionnelle : les nations modernes se sont construites à partir des cadres de ces communautés confessionnelles. Être serbe, c'est d'abord et avant tout reconnaître l'autorité du patriarche de Peć.

L'Empire ottoman a moins cherché à détruire qu'à utiliser les structures sociales préexistantes. Les villages slaves, grecs ou vlachs[1] conservèrent leurs chefs traditionnels (*knez* chez les Slaves), auquel revenait le rôle de servir d'intermédiaire entre la communauté villageoise et le pouvoir central. En Albanie, le système du *timar* n'avait été établi que dans les basses terres du sud du pays. Par contre, dans le Nord montagneux, les clans albanais jouissaient d'une très large autonomie. Un clan (*fis*) ou un groupe de plusieurs clans constituait une unité territoriale autonome, un « étendard » (*bayrak*), ayant à sa tête un *bayraktar*. Plusieurs *bayraks* constituaient à leur tour une tribu. Les structures traditionnelles de la société albanaise étaient régies par des codes coutumiers, les *kanunë*, dont la forme a été fixée au XVe siècle, le plus célèbre d'entre eux étant le *kanûn* de Lek Dukagjin. En fait, le rôle et le fonctionnement du clan ainsi que les normes du *kanûn* se sont redéfinis durant la période ottomane. Loin d'être une création atemporelle, le système clanique albanais s'est construit au fil des siècles, l'époque ottomane représentant un moment essentiel de cette histoire. La tradition supposée immémoriale a été conditionnée et modelée par les exigences du dialogue avec le pouvoir central[2] (sur le rôle et le fonctionnement actuels des clans, voir chapitre IV).

1. Les Vlachs sont un peuple de pasteurs semi-nomades parlant une langue latine proche du roumain : la forme « vlach » sera utilisée ici, pour les différencier des Valaques de la principauté de Valachie qui a formé, avec la Moldavie, la Roumanie. Voir encadré « Les petits peuples des Balkans », *infra*.

2. Fabio Martelli, *Capire l'Albania*, Bologne, Il Mulino, 1998.

L'Empire ottoman n'a jamais pratiqué de discrimination « ethnique » ; les plus hautes fonctions de l'État étaient ouvertes à tous, à la condition de confesser la religion musulmane. La conversion pouvait donc être le premier pas d'un brillant *cursus honorum* pour d'anciennes familles seigneuriales balkaniques. Le système du *devchirme*, mis en place dès le règne de Bayezid Ier (1389-1402), consistait en un « ramassage » régulier des jeunes garçons chrétiens pour être éduqués dans la foi musulmane à la cour du sultan. Les plus brillants d'entre eux étaient promis aux plus belles carrières, mais la plupart grossissaient les rangs du corps des janissaires, fer de lance des armées ottomanes. Le *devchirme* représentait une saignée douloureuse pour les familles des garçons prélevés, presque assurées de ne jamais revoir leurs fils, mais il représentait, en même temps qu'un apport précieux pour l'armée et l'administration, une voie de promotion appréciable pour les jeunes chrétiens. Sans que tous ces cas relèvent du *devchirme*, des familles pouvaient aussi choisir d'envoyer leurs enfants à la cour, et bon nombre de hauts dignitaires de l'Empire se souvinrent de leur peuple et de leur région. Le cas de Mehmed Pacha Sokollü, issu de la famille serbe de Bosnie des Sokolović, en représente un exemple célèbre : devenu grand vizir, il restaura le siège patriarcal de l'Église serbe à Peć en 1557, et son frère Makarije fut le premier patriarche serbe des temps modernes.

Beaucoup de grands vizirs et de hauts fonctionnaires de l'État furent d'origine albanaise, probablement du fait de la bonne interaction établie entre le système clanique et les structures de l'État. Un des plus célèbres pachas albanais fut le fastueux Ali Pacha de Tepelenë (1744-1822). Alors que l'administration provinciale de l'Empire entrait dans une grave crise, marquée par l'émergence de grands *pachaliks* autonomes, sorte d'États féodaux se reconnaissant simplement vassaux du sultan, Ali reçut très officiellement un commandement provincial à Trikalia, avant de réussir à s'emparer de Janina, la capitale de l'Épire, qui devint le cœur de son *pachalik*. La magnificence de sa cour étonnait les voyageurs, comme le consul français Poucqueville. Les possessions d'Ali s'étendaient, en plus de l'Épire, à toute l'Albanie méridionale et à la Thessalie. Ali n'hésita pas à mener une politique internationale de haute volée, en recherchant l'alliance de Napoléon puis celle de la Russie[1]. Personnage honni dans l'historiographie grecque du fait de sa cruauté, il est perçu par les Albanais comme l'un des précurseurs de l'indépendance nationale.

La longue insertion des familles seigneuriales albanaises dans les structures de l'Empire et la conversion massive des Albanais à l'islam expliquent sûrement la difficulté des élites albanaises à penser un devenir national en dehors de celui-ci. Lorsque tous les peuples des Balkans rêvaient d'indépendance, les chefs de clan albanais, même lorsqu'ils étaient demeurés catholiques, restaient attachés à la survie des cadres de l'Empire.

Les Albanais acceptaient d'autant plus volontiers les cadres de l'Empire que sa puissance ne leur pesait guère. Les montagnes du nord de l'Albanie étaient une zone où le pouvoir impérial ne pouvait s'exercer qu'à distance. De même, les montagnes monténégrines restèrent-elles toujours inaccessibles aux fonctionnaires ottomans et, partout dans les Balkans, les montagnes étaient des espaces réfractaires au pouvoir, refuges de bandits-résistants — les *haïdouks* de Serbie ou de Bulgarie, les *klephtes* de Grèce — dont

1. Georges Castellan, *Histoire des Balkans*, *op. cit.*, p. 213-214.

les chansons populaires glorifiaient les exploits. La montagne-refuge constitue une catégorie incontournable des mentalités balkaniques, depuis l'époque ottomane jusqu'aux guérillas contemporaines.

Les langues et les usages sociaux des peuples des Balkans gardent tous la trace des structures ottomanes, même si le sens des mots a pu connaître parfois des évolutions divergentes. La *mahala* est la structure de base de l'habitat urbain ou rural, qu'il s'agisse du quartier d'une ville ou d'une portion de village et des terres alentour qui appartiennent à une famille. La *narhija* désigne au Monténégro une confédération tribale : sous le règne du roi Nikola Ier Petrović Njegoš (1860-1921), les clans et les tribus ont été réunis en quatre grandes *narhije*, devenues les divisions administratives du royaume. Les termes turcs ont souvent seulement servi à habiller des réalités sociales bien antérieures à l'ordre ottoman. Mais, à son tour, le système clanique des Balkans, loin d'être immuable, a connu des évolutions déterminées par les cadres de l'Empire.

Identités « nationales » ou confessionnelles ?

Le monde des Balkans est un monde de cellules enclavées par la géographie. Antérieur à toute conscience nationale, le sentiment d'appartenance à un « pays », à un sol natal, est profondément ancré dans les mentalités. L'enjeu de l'émergence des nationalismes modernes a été de dépasser ces particularismes locaux dans le sentiment d'appartenance à une nation rassemblant et transcendant tous ces particularismes. Mais la définition même de ces nations est le résultat d'un compromis rarement aisé entre des idéologies politiques importées d'Occident, et l'héritage laissé par la civilisation ottomane.

L'Empire ne reconnaissant pas de catégories nationales, seule l'identité religieuse des sujets de la Sublime Porte (autre appellation de l'Empire ottoman), définie dans le cadre du système du *millet*, pouvait leur permettre de se différencier. L'Empire n'envisageait officiellement que des oppositions binaires : musulmans/chrétiens ou juifs, guerriers, nobles ou fonctionnaires/paysans ou artisans assujettis. Parmi la masse des dominés, les identités de chacun se déclinaient pourtant selon une palette beaucoup plus riche et nuancée.

L'appartenance confessionnelle était bien sûr le premier facteur identitaire. On était juif ou catholique ou musulman ou orthodoxe, et l'on relevait à ce titre d'un *millet* ou d'un autre. Dans le cas de l'orthodoxie, reconnaître l'autorité du patriarche œcuménique de Constantinople, ou du patriarcat serbe de Peć, ne suffisait pas encore à définir une identité. On dépendait d'un évêché, c'est-à-dire d'une Église, on adressait ses dévotions à tel ou tel monastère. Beaucoup plus que le catholicisme, le monde de l'orthodoxie est un monde de la diversité. L'autonomie de chaque Église est grande, et le rattachement à un évêché ou à un monastère devient facteur identitaire.

L'Église serbe orthodoxe, jouissant d'une organisation propre dès 1209, a été fondée par saint Sava, second fils du premier prince de la dynastie royale des Nemanjić. À partir de 1360, cette Église ne dépend plus du patriarcat œcuménique et dispose d'une pleine autocéphalie, c'est-à-dire qu'elle possède sa propre « tête ». Le grand vizir Mehmed Pacha Sokollü, lui-même issu de la famille serbe de Bosnie des Sokolović, restaura cette autocéphalie du siège de Peć en 1557. L'autorité du patriarche ne s'exerçait pas sur un territoire déterminé, mais sur une catégorie de fidèles. Il n'était pas patriarche « de Serbie », mais « des Serbes » (*Patriarh Srba*), et se vouloir serbe revenait à reconnaître son autorité. L'identité serbe est donc d'abord une identité confessionnelle, qui ne se définit pas en référence à un territoire : partout où vivent des chrétiens orthodoxes reconnaissant l'autorité du patriarche de Peć, ils sont serbes[1].

Les destinées du patriarcat serbe furent mouvementées. En 1690, sous la direction du patriarche Arsenije Čarnojević, les Serbes du Kosovo entreprirent leur grande « migration » vers les confins militaires de l'Empire autrichien, après que l'Église se fut compromise avec les armées habsbourgeoises, et, en 1766, le patriarcat fut supprimé par la Sublime Porte. Malgré cela, reconnaître l'autorité du patriarcat resta constitutif de l'identité serbe, et l'Église serbe orthodoxe a été la matrice de la nation serbe.

Le patriarche œcuménique était nommé par le sultan parmi les Grecs du quartier du Phanar d'Istanbul. Les communautés orthodoxes étaient de ce fait soumises à une hellénisation culturelle et à un contrôle particulièrement aisé du pouvoir central. Tout comme le patriarcat serbe, le siège métropolitain d'Ohrid (Macédoine) jouit de l'autocéphalie jusqu'en 1767. Après cette date, l'ensemble du clergé subit une hellénisation systématique, jusqu'à ce que des moines bulgares entreprennent de lutter pour la célébration d'une liturgie en slavon, la vieille langue d'Église slave. Le dimanche de Pâques 3 avril 1860, le pope Ilarion Makariopolski omit de prononcer à l'office le nom du patriarche œcuménique. C'était rompre avec l'Église grecque. Le premier acte de

1. Voir François Thual, *Le douaire de Byzance. Territoires et identités de l'orthodoxie*, Paris, Ellipses, 1999, et J.-A. Dérens, « Impossible nation serbe ? », *Études*, février 1999, p. 153-164.

l'indépendance bulgare fut une lutte contre l'Église grecque pour une liturgie slavonne. On se battit dans les villages bulgares pour un pope grec ou bulgare. En 1870, le sultan Abdül Aziz reconnut un « exarchat » bulgare, toujours rattaché au patriarcat œcuménique, mais jouissant d'une très large autonomie. En Macédoine, région de langues et de cultures mélangées, exarchat et patriarcat se livrèrent une lutte sans merci à la fin du XIXe siècle. Reconnaître l'autorité de l'exarchat, c'était se vouloir bulgare ou macédonien probulgare, c'était choisir le camp d'une émancipation politique dirigée à la fois contre la Porte et contre l'Église grecque. Dans le monde orthodoxe, l'affiliation confessionnelle est fondatrice de l'identité nationale, et la constitution des nations modernes a systématisé ce phénomène : il existe une adéquation totale entre identité serbe et affiliation à l'Église orthodoxe serbe, qui dépasse même le cadre de la pratique et de la croyance religieuses, pour devenir un marqueur culturel.

Les « petits peuples » des Balkans, Vlachs, Juifs et Roms

Sur un ton ou méprisant ou condescendant, et parfois même haineux, les Grecs les appellent « Vlachs » ou « Koutsovalaques », les Serbes « Tsintsars », les Albanais « Tchobans »... Eux-mêmes se disent « Aroumains », et estiment être un des plus vieux peuples des Balkans. Parlant une langue latine, proche de l'actuel roumain, ce petit peuple semi-nomade des

Balkans peut se targuer d'une longue présence dans la région. Les Vlachs sont les héritiers des populations romanisées au début de notre ère, mais en plus de la langue l'orthodoxie est constitutive de l'identité vlach. On trouve des Vlachs ou Aroumains en Grèce, en Albanie, en Macédoine et en Serbie[1]. Le voyageur français Poucqueville, au tout début du XIXe siècle, a décrit avec sympathie leurs villages du massif du Pinde, en Grèce centrale. C'est toujours dans le Pinde que l'on trouve la plus grande concentration de Vlachs, même si les statistiques sont incertaines et peu fiables. Au XIXe siècle, en même temps que se développent les mouvements nationaux, s'affirme une renaissance culturelle vlach. Partout minoritaires, les Vlachs ne pouvaient compter que sur un soutien de la Roumanie. C'est surtout en Macédoine que se posait la question vlach, mais après les Grecs, les Bulgares, les Serbes et les Albanais, les Vlachs, le plus souvent fidèles au patriarcat orthodoxe grec, n'étaient que le cinquième élément de cette terre encore rattachée à la Turquie d'Europe. Contrairement aux Comitadjis probulgares ou aux Andartès grecs, les Vlachs ne levèrent pas de bandes armées, et l'aide du gouvernement roumain se limita au financement d'un réseau d'écoles. La « question de Macédoine » fut résolue par les guerres balkaniques de 1912-1913 et le partage de la région entre les différents États nationaux. Le dirigeant du mouvement vlach, Apostol Margarit, tenta sans succès de favoriser la reconnaissance d'une liturgie orthodoxe romane et la création de structures ecclésiales spécifiques. Le mouvement vlach, qui porte en avant une aspiration d'autonomie culturelle et non pas la revendication d'un État-nation, était condamné

1. Voir Nicolas Trifon, *Notes sur les Aroumains en Grèce, Macédoine et Albanie*, Paris, Acratie, 1992.

à l'échec. Mal sédentarisés dans des zones d'habitat dispersé, les Vlachs sont en porte à faux avec la constitution des États modernes dans la région. Le XXe siècle sera le temps de la négation ou de l'assimilation forcée. Pour le nationalisme grec, les Vlachs seraient des « Hellènes latinophones », tandis que les Macédoniens les qualifient de « Macédo-Roumains ». La foi orthodoxe des Vlachs les amena souvent à se fondre dans le peuple orthodoxe localement dominant. Les populations romanes des Balkans subirent un processus d'assimilation pluriséculaire aux « grands » groupes ethnolinguistiques dominants. Des voyageurs signalent encore au XIXe siècle des tribus bilingues, romanophones et albanophones ou slavophones dans les montagnes du nord de l'Albanie et du Monténégro actuel, mais leurs descendants ont « choisi » de se fondre dans le groupe albanais ou dans le groupe slave. La Yougoslavie titiste reconnut une nationalité aroumaine, mais ce n'est que dans la période la plus récente, et essentiellement grâce à la diaspora émigrée à travers le monde, que l'on assiste à un renouveau culturel vlach, surtout en Grèce et en Macédoine.

Les Roms constituent l'autre peuple transfrontalier et « transnational » des Balkans. Généralement au moins bilingues, les Roms parlent le romanesti et la langue de leur État de résidence, envers lequel ils peuvent nourrir des sentiments plus ou moins vivaces de fidélité. On est « Rom serbe » ou « Rom grec ». L'identité des individus se décline au gré des appartenances tribales, et toutes les confessions sont représentées parmi les Roms des Balkans. Victimes des politiques génocidaires de la Seconde Guerre mondiale, les Roms payèrent aussi le prix fort au cours de la guerre de Bosnie, et développent de subtiles stratégies politiques de survie dans les situations de crise : au Kosovo, beaucoup d'entre eux ont collaboré avec le régime serbe, mais certains ont, au contraire, rejoint les rangs de l'Armée de libération du Kosovo (UCK). Ces gages donnés à l'un et l'autre camp n'ont pas empêché tous les Roms d'être victimes du violent racisme albanais et d'un « nettoyage ethnique » radical depuis juin 1999. Dans la Yougoslavie de Tito, des efforts réels avaient été consentis pour faciliter un développement de la culture rom, mais l'éclatement de la fédération a remis en cause ces politiques dans la plupart des États successeurs, à l'exception peut-être de la Macédoine, où les Roms disposent d'une représentation politique au parlement. Partout méprisés, économiquement discriminés, les Roms représentent la population la plus rétive à se laisser enfermer dans le cadre des États-nations. C'est en Macédoine que l'on trouve aujourd'hui le plus fort pourcentage de Roms de la région : 2,3 % de la population en 1994, soit 44 000 individus, auxquels il convient d'ajouter les 3 000 citoyens qui ont choisi de se déclarer sous le qualificatif surprenant d'« Égyptiens » lors du recensement. Il faut noter cependant une tendance générale des recensements balkaniques à sous-évaluer l'importance des Roms.

Les juifs constituaient un élément essentiel du paysage urbain des Balkans ottomans. Malgré la présence de certains ashkénazes, la plupart d'entre eux étaient des séfarades qui avaient trouvé refuge dans l'Empire après l'expulsion des juifs d'Espagne (1492). Ces communautés, particulièrement influentes à Istanbul ou à Sarajevo, et surtout à Salonique[1], avaient conservé leur langue, le ladino, une forme vieillie de castillan, toujours pratiquée par les quelques cen-

1. Voir Gilles Veinstein (dir.), *Salonique (1850-1918) : la ville des juifs et le réveil des Balkans*, Paris, Autrement, 1992, et Esther Benbassa et Rodrigue Aron, *Juifs des Balkans. Itinéraires judéo-espagnols (xive-xxe siècle)*, Paris, La Découverte, 1990.

taines de juifs qui demeurent à Sarajevo. En Albanie, au Kosovo ou en Macédoine, la présence juive a été presque totalement effacée par la Seconde Guerre mondiale, et la tombe toujours honorée d'un rabbi exilé par la Porte à Ulcinj (Monténégro) au XVIIIe siècle fait figure d'exception dans un pays qui n'a jamais connu de communauté importante.

Alors que les juifs ont presque disparu du paysage balkanique, Vlachs et Roms représentent aujourd'hui les peuples vestiges d'une réalité préétatique dans les Balkans. S'ils pouvaient trouver leur place dans un système impérial, où le centre du pouvoir était lointain, les États nationaux ont systématiquement tendance à ostraciser — ou bien à assimiler — ces éléments hétérogènes.

Parmi tous les peuples chrétiens soumis à l'Empire, seuls les Bosniaques et les Albanais se convertirent massivement à l'islam. L'Empire n'imposait pas la conversion, mais celle-ci comportait un certain nombre d'avantages. Il apparaît pourtant que la conservation de la religion héritée des ancêtres a été, dans la majorité des cas, perçue comme le fondement de l'identité individuelle et collective. Pourquoi donc les Bosniaques et Albanais ont-ils réagi différemment des Serbes ou des Grecs ? Aucune réponse vraiment satisfaisante n'a jamais été apportée à la question, mais ces deux peuples présentent au moins un trait commun : Bosnie et Albanie étaient des espaces multiconfessionnels, puisqu'on trouvait dans ces deux régions des chrétiens catholiques et orthodoxes, sans compter dans le cas de la Bosnie la tradition de l'« Église bosniaque » hérétique, qui n'existait toutefois plus qu'à titre résiduel à l'époque de la conquête ottomane. L'Albanie se trouvait à la cassure des sphères d'influence romaine et byzantine. Tandis que certains peuples se sont solidement ancrés dans une confession, l'orthodoxie pour les Serbes, le catholicisme romain pour les Croates, tel n'a pas été le cas des Albanais, dont le territoire ethnique est partagé par le fleuve Shkumbini, qui fit à la mort de l'empereur Théodose le partage entre Empire romain d'Occident et Empire romain d'Orient.

L'ancrage des Serbes dans l'orthodoxie a été largement déterminé par la famille princière des Nemanjić, qui ont unifié les terres serbes au début du XIIIe siècle et jeté les fondements d'une Église nationale. Jamais le monde albanais n'a connu un tel pouvoir homogénéisateur. Entre l'influence orthodoxe qui persistait malgré la décomposition progressive de l'Empire byzantin, et les villes côtières de plus en plus soumises à l'influence des comptoirs vénitiens, tandis que les franciscains prenaient pied en Albanie et confirmaient l'ancrage catholique d'une part du pays, il subsistait un large *hinterland* religieux et culturel. Le choix confessionnel revenait bien sûr au chef de clan, qui entraînait avec lui toutes les familles de son clan. Si la Serbie médiévale offrait l'exemple d'un pouvoir étatique qui a su imposer une identité confessionnelle, toujours valable même après que cet État a disparu, au contraire, dans la réalité préétatique de l'Albanie, seules les allégeances personnelles des chefs de clan pouvaient déterminer un choix religieux. La pluralité religieuse des Albanais est une des expressions de cette réalité préétatique, même si l'État ottoman suscita de larges conversions à l'islam.

L'islam des Balkans est tout entier sunnite, mais la création spirituelle s'exprima principalement à travers les ordres mystiques de derviches. L'islam des Balkans a toujours probablement été, comme aujourd'hui, un islam tolérant et peu contraignant pour ses fidèles. La pureté et l'ascèse sont réservées à une élite, les membres des confréries dont certains vivent dans des *tekke*, selon des règles quasi monastiques[1]. Le dervichisme, reconnu dans la Yougoslavie socialiste sous des formes modérées et fédérées au sein d'une union officielle des derviches, regroupe toujours aujourd'hui des individus dans des réseaux capables de jouer un grand rôle politique[2]. Les derviches des Balkans relèvent principalement de deux ordres, les Mevlevis, connus également sous le nom de « derviches tourneurs » en raison des danses qu'ils exécutent pour parvenir à l'extase, et les Bektachis. L'enseignement du fondateur des Bektachis, Hâdji Bektach, qui vécut en Anatolie au XIIIe siècle, emprunte au fonds religieux turcoman préislamique, au chi'isme comme au christianisme. Cette forme de syncrétisme pouvait le rendre particulièrement attirant pour des convertis de fraîche date. Le corps des janissaires était un des principaux bastions du bektachisme. Inquiété en Turquie au début du XXe siècle, le bektachisme, qui tendait à se différencier toujours plus de l'islam sunnite, replia bientôt sa capitale mondiale à Tirana. Relativement préservé, en tant que confession jugée « indigène », c'est-à-dire ne dépendant pas d'un centre étranger, des persécutions des deux premières décennies communistes, le bektachisme fut durement attaqué par la suite, et l'absence d'un centre bektachi extérieur à l'Albanie rend aléatoire sa renaissance, même s'il conserve

1. Pour la Bosnie-Herzégovine, voir la magistrale évocation romanesque de Meša Selimović, *Le derviche et la mort*, traduit du serbo-croate par M. Begic et S. Meuris, Paris, Gallimard, 1977.

2. Voir Alexandre Popović, *L'islam balkanique*, Berin-Wiesbaden, Otto Harrassowitz, 1986, et *Les musulmans yougoslaves, médiateurs et métaphore (1945-1989)*, Lausanne, L'Âge d'homme, 1990.

un nombre certain mais inconnu de fidèles, en Albanie comme au Kosovo.

Si, dans le monde orthodoxe, l'adhésion confessionnelle est un élément essentiel de la conscience (proto)nationale, tel n'est pas le cas pour les musulmans, à moins, comme en Bosnie-Herzégovine et dans le Sandžak de Novi Pazar, que la foi musulmane ne devienne facteur identitaire face aux chrétientés dominantes. Ce n'est d'ailleurs qu'au XXe siècle, après la disparition de l'Empire ottoman, que les intellectuels de Sarajevo ou de Novi Pazar cherchèrent à définir une identité qui dépassât la stricte définition confessionnelle. Le critère religieux n'est cependant pas suffisant pour épuiser le problème des sentiments identitaires. Tel paysan de Šumadija ou du Kosovo peut se sentir serbe parce que orthodoxe, mais cette définition n'épuise pas sa conscience identitaire.

Les chrétientés albanaises

Les Albanais sont majoritairement musulmans, même si une personnalité comme mère Teresa, albanaise de Macédoine, a illustré le catholicisme albanais. La conversion à l'islam semble avoir été tardive, bien postérieure à la conquête musulmane. Ce n'est guère qu'aux XVIIe et XVIIIe siècles que les réformes administratives de l'Empire poussèrent les chefs de famille à professer l'islam : la fiscalité des terres était sensiblement différente si l'on appartenait à la confession dominante. Une étrange pratique est attestée jusqu'au XIXe siècle dans certaines régions du Kosovo : les hommes se déclaraient musulmans, tandis que les femmes, qui transmettaient la foi dans l'intimité familiale, restaient officiellement catholiques. Seules les petites filles étaient baptisées en public, ce sacrement n'étant donné qu'en secret aux petits garçons[1]. Cette pratique ambiguë exposait théoriquement les crypto-catholiques aux rigueurs de la loi islamique si, devenus légalement musulmans, ils pouvaient être convaincus d'apostat. On trouve toujours des crypto-catholiques à Gnjilane (sud-est du Kosovo) : les noms et prénoms administratifs sont musulmans, mais chacun reçoit un prénom de baptême « secret », même après que la pratique catholique fut devenue pleinement libre. Lorsqu'ils ne sont pas musulmans, les Albanais guègues, au nord de l'Albanie, au Kosovo, au Monténégro et en Macédoine, sont traditionnellement catholiques, tandis que ceux du sud de l'Albanie, les Tosques, sont orthodoxes. C'est au Monténégro que l'on trouve la plus forte proportion relative de chrétiens : près de la moitié des Albanais du pays sont catholiques. Un rite catholique albanais oriental, reconnu par Rome, compte toujours quelques fidèles en Albanie centrale, dans la région d'Elbasan, mais surtout parmi les Arbëresh, ces Albanais émigrés en Italie du Sud à la fin du Moyen Âge. Cette communauté importante a gardé sa culture et sa langue, et entretient des rapports ambigus avec la « mère patrie ».

Le régime d'Enver Hoxha a mené une sévère répression antireligieuse, l'Albanie étant proclamée « premier État athée de la planète » en 1967. Toute pratique religieuse était strictement interdite. Des prêtres ont été exécutés pour avoir baptisé. Dès le départ, Hoxha reprenait en fait la méfiance déjà cultivée par le roi Zog Ier dans l'entre-deux-guerres envers les influences

1. Voir Noel Malcolm, *Kosovo. A Short History*, New York University Press, 1998.

étrangères. Zog avait beau avoir favorisé la création d'une Église orthodoxe albanaise autocéphale en 1921, les croyants orthodoxes restaient suspectés d'être les fourriers de l'influence et des prétentions grecques, tandis que le lien des catholiques avec le Vatican était cause de suspicion. En 1946, Enver Hoxha tenta sans succès de convaincre le clergé de rompre la communion avec Rome et de s'engager dans la construction d'une Église nationale indépendante. L'Église catholique d'Albanie est sortie exsangue des persécutions envéristes, et compte sur l'aide des Églises du Kosovo et de Macédoine pour reconstruire ses cadres.

Les rares enquêtes fiables indiquent une pratique religieuse, aussi bien catholique que musulmane, sensiblement plus forte au Kosovo ou en Macédoine qu'en Albanie. On construit pourtant massivement nouvelles églises et nouvelles mosquées, mais qui peinent souvent à se remplir. Comme dans beaucoup de pays postcommunistes, les sectes ou les petites Églises évangéliques prolifèrent en Albanie. Le dogme officiel du régime d'Enver Hoxha voulait que « la seule religion des Albanais soit l'albanité », et il est certain que, face aux peuples slaves de la région, la langue constitue un marqueur identitaire suffisant. Au Kosovo, les unions entre Albanais musulmans et catholiques ne sont pas rares, tandis que les mariages entre Serbes et Albanais se comptent sur les doigts d'une main. La langue et la culture suffisent à définir l'identité albanaise.

La langue constitue un facteur identitaire d'évidence déterminant, mais il convient dans ce cas de distinguer nettement le monde des campagnes, fréquemment monoglotte, et celui des villes, toujours polyglotte. Au village, on ne connaissait guère que la langue maternelle, pratiquée dans une forme dialectale souvent difficilement compréhensible à quelques dizaines de kilomètres de distance. À cette connaissance s'ajoutait pour quelques-uns une pratique plus ou moins rudimentaire de la langue du pouvoir, le turc durant longtemps, mais bientôt par exemple le serbe pour les paysans albanais du Kosovo, après que leur région fut réunie au royaume de Serbie (1913).

Les villes étaient au contraire des espaces plurinationaux, pluriconfessionnels et plurilinguistiques. Au turc s'ajoutait l'albanais et/ou une langue slave parlée souvent de différentes façons, l'arabe de la mosquée, le grec des affaires et de la liturgie orthodoxe, la langue romane des Vlachs, le ladino des juifs séfarades, le rom... Le turc, langue administrative, pouvait être aussi langue de culture. Les plus grands écrivains de la renaissance albanaise, à la fin du XIXe siècle, les frères Këlmendi, écrivaient en turc, et certaines vieilles familles patriciennes de Priština ou de Vučitrn, longtemps capitale administrative du Kosovo ottoman, gardent encore aujourd'hui une tradition de turcophonie.

Les processus de formations étatiques et nationaux des XIXe et XXe siècles ont modifié la donne linguistique. Les réformes linguistiques ont créé une nouvelle césure entre la langue « officielle », celle de la culture, mais aussi de l'administration, de la communication à longue distance, de l'armée et bientôt de la radio et de la télévision, et les langues réellement pratiquées. Beaucoup de Balkaniques pratiquent encore une diglossie[1] entre langue savante et

1. Coexistence de deux langues différentes dans un même pays.

langue parlée, même si les évolutions ne se sont pas faites partout au même rythme. Le macédonien et l'albanais sont les deux langues les plus tardivement codifiées. L'affirmation d'une langue macédonienne, après 1945, était inséparable de la reconnaissance d'une nationalité macédonienne, distincte de l'identité bulgare, et de la création d'une république fédérée de Macédoine, au sein de la Yougoslavie[1]. Pour fixer une norme de cette « nouvelle » langue, on a sélectionné les parlers des régions centrales de Veleš et Kukeš, pas forcément très proches des pratiques linguistiques d'autres régions de la Macédoine yougoslave. La greffe a cependant pris, et tous les Macédoniens, bien qu'ayant conservé un accent ou des tournures régionales, parlent aujourd'hui une langue qui est du macédonien, proche mais différent de la langue bulgare.

Dans le cas de l'albanais, la réforme de 1971 a retenu comme norme littéraire la langue tosque du sud de l'Albanie, fortement différenciée des parlers guègues du nord de l'Albanie ou du Kosovo. La réforme a même été introduite au Kosovo yougoslave, créant cette situation assez aberrante où une langue dominée (par rapport au serbo-croate) est pratiquée dans une forme littéraire très éloignée de ses formes parlées. Agir autrement, expliquent les linguistes de Priština, aurait abouti à reconnaître l'existence de deux langues albanaises, et donc à remettre en cause l'unité du peuple albanais. La plupart des Albanais du Kosovo ou de Macédoine peinent encore aujourd'hui pour écrire en « bon » albanais. Dernière conséquence linguistique des récents événements politiques, on privilégie ce qui distingue les langues plutôt que ce qui les unit. Les

1. Voir *infra* p. 56.

musulmans du Sandžak de Novi Pazar prétendent aujourd'hui parler bosniaque plutôt que serbe ou serbo-croate et, comme avant eux les Croates, les linguistes monténégrins travaillent à la définition d'une langue monténégrine. Les idiotismes et les différences de prononciation deviennent le fondement de l'identité nationale.

Guègues et Tosques

Au sud du fleuve Shkumbimi, qui partage l'Albanie un peu en dessous de Tirana, le monde tosque. Au nord du pays, mais aussi au Kosovo, au Monténégro et en Macédoine, des Albanais guègues. Les différences entre les deux aires dialectales sont certes réelles, mais l'opposition guègue/tosque a parfois tendance à être surévaluée.

En dehors de la majorité musulmane, les catholiques albanais sont guègues et les orthodoxes sont tosques. Le dictateur Enver Hoxha et la plupart des cadres de l'Albanie communiste étaient tosques, tandis que Sali Berisha et les dirigeants du parti démocratique (au pouvoir de 1992 à 1997) sont guègues. Du constat de la différence dialectale, on glisse vite à une projection idéologique. Tandis que les terres du Sud connaissaient la grande propriété foncière et les règles de l'Empire ottoman dans toute leur rigueur, les hautes terres guègues du Nord auraient constitué le refuge des clans libres et du *kanûn*. Bref, l'Orient byzantino-ottomano-communiste s'opposerait à l'Occident épris de liberté. La réalité est forcément beaucoup plus nuancée, et les ethnologues rapportent, dans les régions centrales, l'existence de beaucoup de clans « mixtes », aux parlers guégo-tosques. Le grand problème de l'Albanie contemporaine tient moins à une éventuelle opposition irréductible entre Guègues et Tosques qu'aux pratiques toujours claniques de pouvoir. Lorsque Sali Berisha était au pouvoir, ses obligés, naturellement guègues, ont rempli les allées du pouvoir. Le retour aux commandes des néocommunistes du Parti socialiste, après les émeutes de février-mars 1997, a également signifié le retour au pouvoir des Tosques.

L'émergence des nationalismes modernes et la création d'États-nations ont entraîné une double simplification des réalités culturelles et linguistiques des Balkans. Les parlers paysans ont été confrontés à un face-à-face dévalorisant avec la langue savante, induisant un phénomène d'homogénéisation linguistique, et le monde des villes a largement perdu ses accents polyglottes[1]. La disparition des communautés juives durant la Seconde Guerre mondiale, les échanges et déplacements de population ont ôté leurs couleurs à beaucoup de pièces de la mosaïque. Certains peuples ont été particulièrement affectés par les phénomènes d'assimilation, comme les Vlachs, qui ont eu tendance à se fondre dans le peuple orthodoxe localement dominant. Une culture vlach ne se maintient et n'essaie de revivre que dans les régions de forte concentration, comme les montagnes du Pinde en Grèce ou la région de Kumanovo en Macédoine.

À l'opposé du patriotisme local de la ville ou de la petite région natale, à l'opposé de la diversité lin-

1. Voir « Le monde des villes dans les Balkans », colloque franco-yougoslave, Belgrade, 1990.

guistique et confessionnelle, les mouvements de libération nationale des XIXe et XXe siècles ont fonctionné comme des mouvements d'homogénéisation culturelle. Chacun fut sommé de s'identifier à l'une des « grandes » nations en cours de formation, ou bien de déguerpir pour rejoindre les territoires de « sa » nation. Ceux qui, comme les Vlachs ou les Roms, n'avaient pas de nation de référence étaient condamnés à la marginalisation ou à l'assimilation. Les guerres actuelles représentent peut-être le stade final de ce processus.

Diversité ethnique et mythes des origines

Comme tous les peuples ayant accédé tardivement à l'indépendance nationale, les peuples des Balkans cultivent une culture historique d'affirmation. Les mouvements d'émancipation du siècle dernier se sont accompagnés d'un travail de redécouverte et de réécriture du passé historique occulté à l'époque ottomane, qui impliquait en même temps la fabrication idéologique de mythes historiques destinés à illustrer la grandeur de chaque peuple, et à soutenir ses revendications contemporaines[1]. Les Grecs avaient bien sûr la part belle, en rattachant leur insurrection au souvenir de l'Hellade classique, mais tous les peuples des Balkans ont suivi le modèle, avec deux constantes : prouver qu'à un moment du passé le peuple considéré avait occupé un beaucoup plus vaste territoire que celui sur lequel il vivait, et isoler dans ce passé quelques moments d'emblématique grandeur. Cette historiographie engagée et ses dérapages dans le pré-

1. Voir Anne-Marie Thiesse, *La création des identités nationales. Europe, XVIIIe-XXe siècle*, Paris, Le Seuil, 1999.

sent ont même été justifiés par l'historien grec Constantin Paparrighopoulos, qui, plutôt que de se référer à des statistiques démographiques toujours douteuses et controversées, proposait d'établir des « ethnocraties » pour savoir à qui devait appartenir tel territoire. Selon ses dires, il aurait mieux valu établir d'abord lequel des peuples avait le plus de droits historiques à revendiquer ce territoire[1] !

La survalorisation idéologique du Kosovo dans la conscience nationale et le discours nationaliste serbe représente l'exemple classique de ces mythes fondateurs des nations. En juin 1389, les armées du sultan ottoman Murad rencontraient une grande armée chrétienne dans la plaine du Champ-des-Merles, Kosovo Polje, non loin de l'actuelle ville de Priština, la capitale du Kosovo. Les historiens non engagés sont à peu près unanimes à affirmer qu'une coalition des peuples chrétiens des Balkans combattit alors contre les Turcs — il y avait des Serbes, mais aussi les Bosniaques du roi Tvrtko, des Vlachs ou encore des Albanais —, le commandement stratégique de la bataille ayant seulement été confié au prince serbe Lazar Hrebeljanović. Autre certitude : l'issue de la bataille ne fut pas décisive, le sultan Murad, tout comme le prince Lazar trouvant la mort au cours des combats. L'historiographie, l'imaginaire et le discours nationaliste serbes se sont pourtant emparés de la bataille pour en faire un élément décisif de l'histoire de ce peuple. À Kosovo Polje, les Serbes auraient seuls offert une résistance désespérée à la poussée musulmane, acceptant de se sacrifier pour essayer de sauver l'Europe chrétienne.

1. Georges Prevelakis, « La "laographie" grecque, ethnogéographie ou idéologie ? », *Géographies et cultures*, n° 2, Paris, 1992, p. 75-84.

Mieux encore, prévenu par un ange, le prince Lazar aurait été mis devant un choix, à la veille de la bataille : accepter de la perdre pour gagner le ciel. Tel un nouveau Christ, Lazar aurait renoncé alors à la victoire temporelle et au royaume de ce monde, faisant des Serbes, par son choix engageant tous ses compatriotes, un « peuple céleste ». Dès lors, le Kosovo serait « la Jérusalem serbe », d'autant plus que les monuments sacrés les plus anciens et les plus prestigieux du peuple serbe se trouveraient au Kosovo. Ce dernier point peut aisément être nuancé : le programme architectural des Nemanjić s'est d'abord développé en Raška, aux confins nord du Kosovo, comme en témoignent les monastères de Sopočani ou de Mileševa. Ce n'est qu'après que le contrôle des princes serbes se fut bien établi sur la région, au XIVe siècle, que furent édifiés les grands monastères du Kosovo, Visoki Dečani, Peć ou Gračanica[1]. Le point de départ de l'expansion des Nemanjić se situe légèrement au nord du Kosovo, et la capitale de Dušan, le grand tsar du XIVe siècle, était Skopje, en Macédoine. Le caractère sacré de la dynastie des Nemanjić est renforcé par la réputation de sainteté que leur attribue généreusement l'Église serbe, qui a canonisé plus d'un souverain sur deux !

Deux lectures diamétralement opposées peuvent être faites du serment du prince Lazar lui-même. Si les nationalistes soutiennent que ce serment fonde les droits serbes sur la « terre sacrée » du Kosovo, on peut aussi estimer que Lazar a justement renoncé à la domination temporelle, au royaume terrestre au

1. Voir Matei Cazacu et Ana Dumitrescu, « La royauté sacrée dans la Serbie médiévale », *in* A. Boureau et C. Ingerflom (dir.), *La royauté sacrée dans le monde chrétien*, EHESS, 1992.

profit du royaume céleste. C'est la lecture purement spirituelle que proposent aujourd'hui certains courants de l'Église orthodoxe serbe.

Le thème du Kosovo, lié aux grands héros des combats contre les Turcs, le prince Lazar et surtout Kraljević Marko, constitue un cycle important de la poésie orale serbe. Le prince-poète du Monténégro Petar II Petrović Njegoš reprit une grande part de cette thématique dans sa *Couronne des montagnes*, (1847) la faisant ainsi sortir de l'oralité. Au début du XIXe siècle, l'intérêt politique pour le Kosovo contemporain, sous contrôle ottoman, demeure cependant faible dans la principauté de Serbie qui commence sa marche vers l'émancipation. Les regards des Serbes sont plutôt tournés vers les territoires autrichiens ou la Bosnie-Herzégovine toujours ottomane. Le Congrès de Berlin (1878) détermine un nouvel équilibre régional et fixe provisoirement les frontières, tout en ouvrant la voie à la reconnaissance de l'indépendance totale de la Serbie. L'Autriche-Hongrie reçoit à cette occasion un mandat sur la Bosnie, et pose ses conditions à la reconnaissance de la Serbie : que celle-ci renonce à toutes prétentions sur les territoires habsbourgeois partiellement peuplés de Serbes (Croatie, Slavonie, Voïvodine et Bosnie sous mandat). La dynastie des Obrenović resta fidèle à l'alliance autrichienne jusqu'à ce que son renversement au profit de la famille des Karadjordjević, en 1903, n'entraîne un changement des obligations internationales de la Serbie. L'expansion territoriale de la principauté, ainsi bloquée à l'ouest, ne pouvait trouver un débouché que vers le sud. C'est ainsi que les thèmes de la « vieille Serbie » (le Kosovo) et de la « Serbie du Sud » (la Macédoine) deviennent des idéologies politiques : il faut libérer et réunir les terres qui ont fait partie de l'Empire de Dušan au XIVe siècle ! La commémoration de la bataille de Kosovo Polje, en 1889, fut un point d'apogée de cette campagne, soutenue à la fois par l'État, l'Église et les milieux intellectuels qui justifiaient et théorisaient l'expansion serbe, comme le géographe Jovan Cvijić[1]. Ce n'est pourtant qu'avec les guerres balkaniques de 1912-1913 que Kosovo et Macédoine tombèrent dans l'escarcelle serbe. En 1989, Slobodan Milošević ressuscita cette tradition, en prononçant le discours-programme de réhabilitation du nationalisme serbe devant le monument commémorant la bataille de 1389, aux portes de Priština.

Au Kosovo, deux logiques argumentaires s'opposent : aux droits démographiques de l'immense majorité albanaise de la population (environ 80 % du total avant la guerre) répondraient les arguments historiques et « ethnocratiques » des Serbes. Le conflit entre les deux communautés peut cependant être lu selon de tout autres clés. À la manipulation des arguments historiques par les régimes serbes successifs qui cherchent avant tout à utiliser l'enjeu de pouvoir du Kosovo s'oppose le « nationalisme démographique » des Albanais. À la « Grande Serbie » répond en miroir la « Grande Albanie », et la guerre est le résultat sanglant du heurt de ces deux idéologies.

L'origine ethnique des Albanais demeure fort mal connue. Eux-mêmes se disent *shqipëtar*, et désignent leur pays du nom de *Shqipëria*. Deux étymologies sont proposées pour ces termes : soit la racine du verbe *shqiptoj*, « prononcer », soit le terme *shqiponjë*, signifiant « aigle ». Les Albanais sont-ils les « fils des

1. Voir Jovan Cvijić, *Remarques sur l'ethnographie de la Macédoine*, Paris, 1907, et *Osnove za geografiju i geologiju Stare Srbije i Makedonjie*, Beograd, 1911.

aigles», ou bien les seuls capables de «prononcer» la langue devenue facteur central de l'identité nationale ? Le romantisme de la première hypothèse permit toutes les outrances rhétoriques.

Les premières mentions du terme «Arbanoi» apparaissent dans des textes byzantins du XIe siècle. Doit-on en conclure que les Albanais seraient des tard-venus dans les Balkans ? Certains auteurs serbes n'ont pas hésité à élaborer de fumeuses hypothèses sur les origines caucasiennes des Albanais qui n'auraient migré vers la péninsule balkanique qu'au Moyen Âge, soit après que les Slaves s'y furent installés[1]. Les Albanais se verraient ainsi déposséder de tout droit de «premiers occupants», notamment au Kosovo. À l'inverse, les Albanais ont cherché à se construire les plus antiques filiations.

Trois hypothèses ont été avancées. Dans ses *Conversations avec Staline*, le dirigeant communiste Enver Hoxha raconte comment il exposa au maître du Kremlin les éléments essentiels de la «théorie pélagienne» : les Albanais descendraient en droite ligne du peuple antique des Pélages, lequel présente l'intéressante particularité d'être installé dans les Balkans plus anciennement encore que les Grecs. La culture grecque aurait donc emprunté à la culture pélagienne, et non l'inverse[2]. Voilà l'origine autochtone des Albanais assurée, et la culture albanaise promue mère de toutes les cultures européennes. Malheureusement Enver Hoxha ne nous confie pas les commentaires de Staline à cette audacieuse explication historique. La deuxième théorie ferait,

1. Pour les auteurs grecs, il existe bien une autre Albanie, dans le Caucase, qui correspond à peu près à l'actuel Azerbaïdjan. Voir Vuk Drašković, «Confrontations avec la vérité», *Le Monde diplomatique*, avril 1989.

2. Enver Hoxha, *Conversations avec Staline*, Tirana, 1979.

quant à elle, des Albanais les ancêtres ou, au moins, les cousins des Étrusques. Un chercheur albanais, Zacharie Mayani, avait même entrepris de percer les secrets de la langue étrusque à partir de l'actuelle langue albanaise, sans guère convaincre la communauté scientifique internationale. Là encore, l'ancienneté du peuple albanais est assurée, tandis que la culture « albano-étrusque » se trouverait à la base de la civilisation romaine... Les Pélages et les Étrusques présentent en fait le point commun d'être deux civilisations fort mal connues. Dès lors, il est aisé d'exploiter les carences documentaires pour échafauder les théories les plus saugrenues. La situation n'est guère différente avec les Illyriens, peuple mal connu ayant peuplé une grande part de la péninsule balkanique. La « théorie illyrienne » est aujourd'hui généralement retenue. Les prénoms religieux, qu'ils soient chrétiens ou musulmans, étant fort mal vus dans l'Albanie d'Enver Hoxha, toute une génération porte des prénoms « illyriens », comme Teuta, du nom de la reine du IIe siècle. Les Albanais sont ainsi le plus vieux peuple des Balkans, voire de la Méditerranée [1]. Ces élucubrations ont une visée directement politique : malmenés par l'histoire moderne et contemporaine, les Albanais veulent prouver l'ancienneté de leur présence dans les Balkans, et sur un territoire s'étendant bien au-delà des frontières de la république d'Albanie : qu'est-ce que les Serbes du Kosovo, arrivés dans les Balkans aux VIe et VIIe siècles pourraient bien opposer à des descendants en droite ligne des Pélagiens ?

Le caractère illyrien, ou « illyro-albanais », des tribus dardaniennes occupe une place essentielle dans ce dispositif « scientifique ». Les Dardaniens peu-

1. Voir les pages intéressantes de deux archéologues français : Pierre et Bruno Cabanes, *Passions albanaises*, Paris, Odile Jacob, 1999.

plaient en effet un territoire correspondant à peu près au Kosovo actuel. Si les Dardaniens, « premiers occupants du Kosovo », sont bien des Illyriens, et si les Illyriens sont bien les ancêtres des Albanais, qui pourrait remettre en cause les « droits » des Albanais modernes sur le Kosovo ? Une part importante de la toponymie du Kosovo étant incontestablement slave, il faut, pour les chercheurs albanais, essayer de démontrer que ces toponymes serbes ne seraient apparus que récemment — ce qui est parfois vrai, ainsi des bourgades ou des villages rebaptisés après 1918 du nom de héros serbes — et chercher les traces d'une plus ancienne toponymie « dardano-illyro-albanaise »... Ces chercheurs insistent aussi sur le caractère « étatique » de l'organisation sociale des Illyriens, sans se rendre compte du complet anachronisme qu'il y a à projeter la notion moderne d'État sur des réalités antiques. Mais il devient de la sorte possible de mythifier une « Grande Illyrie », couvrant la moitié des Balkans, face à laquelle même une « Grande Albanie » contemporaine fait bien modeste figure ! La méthode consiste à transformer les hypothèses en dogmes, et surtout à ériger l'anachronisme en système : il est pourtant impossible de concevoir dans les mêmes termes des identités nationales modernes et des appartenances ethniques antiques, sauf à accepter également le vieux dogme très français de « nos ancêtres les Gaulois » !

En plus de la question des origines, l'identité albanaise s'est construite à partir d'un personnage glorieux, Georges Kastrioti, « le nouvel Alexandre », ce qui se dit en turc Skanderbeg. Issu d'une puissante famille albanaise, il fut envoyé par ses parents à la cour du sultan et reçut une éducation musulmane. Revenu en Albanie pour le compte de la Porte en 1438, il leva l'étendard de la révolte en 1443, un étendard frappé de l'aigle noir à deux têtes, ses armes familiales qui allaient devenir le drapeau national albanais. Les armoiries de Skanderbeg, alliées à la possible étymologie *shqiponjë-shqipëtar*, amenèrent les Albanais à se définir comme les « fils des aigles ». Skanderbeg bénéficia du soutien du pape Pie II, qui le qualifiait d'« athlète du Christ », et comptait sur lui pour relancer la croisade. De l'épisode Skanderbeg, les Albanais ont tiré la conviction d'avoir été le rempart de la chrétienté (*antemuralis christianitatis*) et d'avoir été sacrifiés par cette même chrétienté. Le mythe de Skanderbeg a déterminé une double tradition identitaire. La communauté catholique jouit d'une survalorisation idéologique dans la perception de la nation, et les musulmans eux-mêmes se considèrent volontiers comme d'anciens catholiques que l'on a forcés à abjurer la foi de leurs ancêtres. Au moment de la proclamation symbolique de leur république, en 1992, certains intellectuels albanais du Kosovo envisageaient même un « retour à la foi des ancêtres », sous forme d'une conversion massive des Kosovars musulmans au catholicisme, afin d'attirer ainsi la bienveillance du monde occidental ! Les Albanais se perçoivent également comme un peuple héroïque d'éternels résistants. Certains auteurs n'hésitent pas à reconstruire une filiation mythique de l'État albanais, expliquant que Skanderbeg aurait ressuscité le grand État illyrien, avant que la proclamation d'indépendance de 1912 ne constitue une nouvelle renaissance[1] ! Le dictateur communiste Enver Hoxha, de plus en plus isolé après ses ruptures idéologiques avec l'URSS (1961) et la

1. Voir, par exemple, Ali Jakupi, *Two Albanian States and National Unification*, Priština, Institute of Economics, 1997, p. 41.

Chine (1979), dernier défenseur de la pureté d'un marxisme-léninisme intransigeant, aimait à se camper dans la pose d'un nouveau Skanderbeg.

La Macédoine représente pour sa part l'exemple d'un territoire très anciennement connu, mais dont les habitants actuels sont déchirés entre plusieurs discours nationaux, qui cherchent tous à les revendiquer. La « question de Macédoine » empoisonna les relations internationales à la fin du XIXe siècle et au début du XXe. Le territoire de la Macédoine, dotée d'une personnalité géographique bien déterminée, était peuplé par des Grecs, des Slaves et des Vlachs, sans parler des Roms et des juifs, nombreux à Salonique. Alors que la décomposition de l'« homme malade de l'Europe » s'accélérait, tous les nationalismes entrèrent en concurrence en Macédoine. L'exarchat bulgare et le patriarcat grec se livrèrent une lutte sans merci. L'Église serbe était *a priori* hors course du fait de la suppression de son patriarcat, mais les popes serbes n'entendaient pas renoncer à leurs droits. Les gouvernements serbe, grec, bulgare et roumain financèrent écoles et institutions culturelles, et bientôt deux mouvements de résistance armés, les Andartès grecs et les Comitadjis probulgares, entrèrent dans le jeu, s'opposant à la Porte, mais se livrant aussi entre eux une guerre acharnée. De leur côté, Serbes et Albanais créèrent des mouvements armés plus modestes. L'enjeu était de savoir quel peuple était le plus nombreux en Macédoine, et à qui devait revenir ce territoire. On se battait à coups de statistiques, même si pour les Grecs l'enjeu du nombre était en réalité secondaire par rapport aux droits historiques qui, là encore, auraient fait de la Macédoine une terre hellénique depuis Alexandre le Grand.

FIGURE 2

Les populations de la Macédoine ottomane

	statistiques bulgares (1900)	statistiques grecques (1904)	statistiques serbes (1889)
Turcs	499 200	634 000	231 000
Bulgares	1 181 000	332 000	57 600
Grecs	228 700	652 700	201 100
Serbes	700	—	2 048 000
Vlachs	80 700	25 100	69 600
Albanais	128 700	—	165 000
Juifs	67 800	53 100	64 600
Tsiganes	54 500	8 900	28 700
Divers	16 500	18 600	3 500
Total	2 258 000	1 724 000	2 870 000

D'après G. Castellan, *op. cit.*, p. 355.

Le tableau met en lumière deux situations extrêmes : pour les Bulgares, on ne trouve presque aucun Serbe en Macédoine, tandis que pour Belgrade les Serbes constituent, et de loin, le groupe le plus nombreux de la population macédonienne (71,3 % du total). Toutes les statistiques reconnaissent que la majorité de la population de la Macédoine est slave, mais qui est serbe, qui est bulgare ? Ou plutôt, qu'est-ce qu'être serbe ou bulgare veut donc dire ? Le prosélytisme scolaire et religieux essayait d'attirer vers l'une des deux nations une population flottante, dont les parlers étaient, bien souvent, plus proches de la norme bulgare que de la norme serbe. La question de Macédoine illustre comment deux combats, en fait, se menaient de front : le premier contre la Porte, le second, et peut-être le plus ardent, visant à faire adhérer à l'une des nations en formation des populations à l'identité encore incertaine. Il fallait « nationaliser » les Macédoniens, c'est-à-dire les amener à se reconnaître dans l'un ou l'autre des États-nations en construction.

La paix de Bucarest (1913) partagea la Macédoine en trois : la Grèce recevait la Macédoine égéenne autour de Salonique, soit près de 50 % du territoire total, la Serbie la Macédoine du Vardar autour de Skopje (40 %), et la Bulgarie seulement 10 % du territoire avec la Macédoine du Pirin. Mais ce n'est qu'avec la Seconde Guerre mondiale que la question de Macédoine trouva un épilogue provisoire. À partir de 1945, la Macédoine du Vardar fut l'une des républiques fédérées yougoslaves, et le régime titiste déploya de gros efforts pour promouvoir une identité nationale macédonienne, passant notamment par la codification d'une langue littéraire macédonienne distincte et du serbe et du bulgare[1]. La reconnaissance d'une nation macédonienne resta toujours une pomme de discorde entre les régimes communistes de Yougoslavie et de Bulgarie, et l'indépendance de la république de Macédoine, en 1992, suscita de nouvelles dissensions. En prenant comme drapeau le soleil d'Alexandre, le nouvel État entendait fonder une continuité entre une réalité territoriale — la Macédoine indépendante héritière

1. Voir Hugh Poulton, *Who are the Macedonians?*, Bloomington et Indianapolis, Indiana University Press, 1994.

géographique de la Macédoine antique — et un peuple, les Macédoniens slaves, qui n'avaient rien de commun avec les antiques Macédoniens. La Grèce protesta vigoureusement et refusa même qu'un État puisse prendre le nom de Macédoine, propriété exclusive du patrimoine hellénique. Le compromis ne fut trouvé qu'en 1994, avec la reconnaissance de l'État sous le nom de *Former Yugoslavia's Republic of Macedonia* (FYROM). Du côté bulgare, le nouvel État indépendant avait tout de suite été reconnu, mais toujours pas l'existence d'une nation macédonienne spécifique. Vu de Sofia, Macédoine-FYROM et Bulgarie seraient les deux États d'un seul et même peuple bulgare[1]...

Le nationalisme macédonien contemporain a essayé de fonder son originalité sur un autre mythe des origines, celui d'une ascendance thrace des Macédoniens. Ne pouvant rejeter le fait que les Macédoniens sont des Slaves et qu'à ce titre ils ne sont arrivés dans les Balkans qu'au cours des migrations des VIe et VIIe siècles, ce courant historiographique postule que l'ethnogenèse des actuels Macédoniens résulterait d'une fusion entre l'élément slave et les descendants des Thraces de l'Antiquité. Voilà de quoi fonder la spécificité des Macédoniens parmi les peuples slaves, mais aussi d'en remontrer aux Grecs, tout imbus de l'ancienneté de leur présence dans les Balkans !

Bien évidemment, les actuels États voisins de la Macédoine ne sont guère enclins à reconnaître l'existence de minorités macédoniennes. L'Albanie a toujours fortement minoré la présence macédonienne dans la région des lacs de Prespa (voir enca-

1. Voir Bernard Lory et Christophe Chiclet (dir.), *La république de Macédoine*, Paris, L'Harmattan, 1998.

dré « Les minorités en Albanie », chapitre III), tandis que la communauté slavo-macédonienne a été victime d'une radicale acculturation en Grèce. Dans cet État, pourtant membre de l'Union européenne, il ne saurait exister de minorités nationales, tous les citoyens étant sommés de faire leurs les vertus de l'hellénisme. De même, la Bulgarie ne saurait reconnaître de minorité macédonienne, puisque les Macédoniens sont censés être des Bulgares. À ce titre, les partis politiques qui entendent représenter la communauté slavo-macédonienne de la Macédoine du Pirin sont frappés d'une répression quasi constante depuis l'accession de la Bulgarie à la démocratie.

De manière résiduelle, certaines régions comportent encore des peuples à l'identité incertaine, comme dans le triangle qui relie le lac de Skadar au littoral de Bar à Ulcinj, au Monténégro. Qui sont, par exemple, les Shestani ? Catholiques, ils posent leur bilinguisme albanais-serbe en facteur identitaire. Probablement, les Shestani descendent de fuyards qui ont quitté les territoires soumis à l'Empire ottoman, à l'époque moderne, pour rejoindre les possessions vénitiennes ou ragusaines, sur les bords de l'Adriatique. En plus de ceux du Monténégro, on trouvait des Shestani dans les environs de Zadar, en Dalmatie. Pour les Albanais, les Shestani seraient des Albanais n'ayant pas encore « achevé » leur prise de conscience nationale, mais les quelques milliers de Shestani du Monténégro n'entendent pas abdiquer leur singularité et, s'ils veulent bien se reconnaître albanophones, ils refusent d'être assimilés aux Albanais. Des conditions particulières de tolérance ont permis que subsistent localement ces identités flottantes, mais si le Monténégro devait connaître l'expérience d'une guerre civile, les Shestani seraient sommés de « choisir leur camp » et de s'assimiler soit à un projet national monténégrin, soit à la communauté albanaise du Monténégro. Un durcissement des conditions politiques entraîne automatiquement une « simplification » de la carte ethno-nationale[1].

La formation des identités nationales modernes a été l'œuvre d'intellectuels du XIXe siècle, historiens, linguistes ou folkloristes. Souvent partis à la recherche des traditions populaires, ils ont eux-mêmes contribué à définir ces traditions. Malgré l'osmose culturelle de tous les peuples des Balkans, il fallait essayer de fixer ce qui aurait été propre au « génie » de chaque peuple[2]. Ce phénomène revient à dire que la formation des identités nationales a été l'œuvre d'intellectuels influencés par les idées romantiques de 1848, mais aussi par le mythe national français issu de la Révolution de 1789, qui ont d'abord dû inventer des peuples, bien campés dans leurs irréductibles singularités, désormais différents de leurs voisins. L'histoire a joué un grand rôle dans ces processus. La recherche d'antécédents glorieux, la réécriture du passé obéissent à des règles toujours assez simples. La téléologie est de règle. On postule que la nation aujourd'hui constituée ou en cours de constitution a de tout temps existé, que son existence multiséculaire n'a été qu'une longue lutte pour l'existence et la reconnaissance. La création d'États indépendants vient couronner cette longue marche, qui justifie à son tour l'existence de l'État. Le passé des autres peuples est minimisé ou dévalo-

1. Voir J.-A. Dérens, « Débalkanisation des Balkans ? », *Confluences Méditerranée*, n° 30, été 1999, p. 15-25.

2. Une approche théorique de ce phénomène est proposée par Ernest Gellner, *Nations et nationalismes*, Paris, Payot, 1989.

risé, quitte à se battre sur l'appartenance de beaucoup de figures mythiques ou historiques : le héros médiéval Marko Obilić, grand pourfendeur de Turcs, est serbe pour les Serbes, mais les Albanais le veulent parfois albanais, et écrivent alors son nom Obiliq... Cette réécriture de l'histoire s'est toujours appuyée sur un appareil d'État et son réseau d'écoles et d'universités. Tantôt par la coercition, tantôt par la persuasion, les États ont su créer des nations, quitte à ce que l'identité des peuples sans État finisse par être niée. Par simple stratégie de survie, les communautés minoritaires n'avaient souvent pas d'autre choix que d'acquiescer à cette politique assimilatrice, et de renoncer à leurs singularités pour se fondre dans l'une des « grandes » nations en train d'émerger. Certaines des plus grandes figures nationales serbes ou grecques sont d'origine vlach ou albanaise.

L'histoire sert à justifier toutes les revendications territoriales : il est toujours possible de prouver que le peuple auquel on appartient a, dans le passé, vécu sur des territoires beaucoup plus étendus que ceux de l'État-nation actuel. Le problème est que ces territoires ne présentaient sûrement pas un caractère mononational aux époques envisagées. Les Balkans se révèlent bien trop petits pour abriter toutes les revendications historico-territoriales concurrentes !

CHAPITRE II

MOUVEMENTS DE LIBÉRATION ET CONSCIENCE NATIONALE AU XIXe SIÈCLE

Le XIXe siècle fut le siècle de l'émergence des nations. Depuis la Révolution française et le « printemps des peuples » de 1848, une vague de libération secoue l'Europe. Les nationalismes « romantiques » supposent un mouvement fondé sur une donnée éternelle, l'identité nationale, qui aurait existé de tout temps, et qui doit enfin aboutir à sa pleine réalisation par la naissance d'un État indépendant. Encore fallait-il définir ces identités et que, dans la réalité bigarrée des Balkans, des peuples prennent conscience d'eux-mêmes, en se voulant différents les uns des autres. Les mouvements d'émancipation dans les Balkans mirent à profit la décomposition progressive des structures de l'Empire ottoman. La période des *tanzimat*, c'est-à-dire des réformes de l'Empire — notamment le *Katti-cherif*, l'édit de 1839 qui prévoyait l'égalité entre tous les sujets, quelle que soit leur confession —, arriva probablement trop tard[1]. Mis en contact avec les idées de la Révolution française, avec les nationalismes émergents du monde allemand et austro-hongrois, des jeunes intellectuels

1. Robert Mantran (dir.), *Histoire de l'Empire ottoman*, *op. cit.*, pp. 459 *sq.*

serbes, grecs ou bulgares se lançaient dans l'aventure qui devait aboutir à la constitution d'États indépendants.

L'émergence des États-nations

L'insurrection grecque, saluée par les lettrés de tous les pays européens comme Lord Byron ou Chateaubriand, débuta en 1821, et se solda par la création d'un royaume indépendant, reconnu par le traité de Londres de 1830, sur un territoire certes encore réduit (50 000 kilomètres carrés, et quelque 800 000 habitants). La « Grande Idée » grecque (*Megale Idea*) visait pourtant à réunir tous les Grecs, qui vivaient encore après 1830, en majorité, dans les territoires ottomans. La réalisation de la *Megale Idea* grecque supposait le rattachement progressif au nouvel État indépendant de territoires toujours « sous le joug » ottoman, mais posait aussi le problème des délimitations territoriales avec les autres peuples assujettis à l'Empire. Nulle part ou presque l'élément grec n'était le seul occupant du territoire : l'émancipation grecque se heurtait donc au problème des relations avec les autres groupes nationaux. De très nombreux Grecs vivaient, par exemple, à Constantinople et sur les rives asiatiques du Bosphore : il était impossible de songer à leur rattachement au nouvel État tant que subsistait l'Empire ottoman, mais pouvait-on se satisfaire d'un État grec qui négligerait tant d'authentiques Hellènes ? En Épire, les Grecs étaient mêlés à la population albanaise, et la Macédoine devait devenir le champ de toutes les rivalités. En Anatolie surtout, et jusque dans le Caucase, les Grecs étaient nombreux. Les insurgés grecs prétendaient faire revivre l'Hellade antique, mais en réalité leur modèle devait plus à l'Empire byzantin du Moyen Âge qu'au monde éclaté de la myriade de villes-États de la période classique. Le nationalisme grec du XIXe siècle a beau se revendiquer du prestigieux héritage antique, il est bien plus marqué par la tradition orthodoxe, et il reprend les cadres du *millet* ottoman.

La Grèce antique est un souvenir lointain, trop différent des réalités contemporaines, et les nationalistes sont bien davantage les héritiers de Byzance, c'est-à-dire d'un Empire à la fois grec et chrétien. Pourtant, si cet Empire utilisait bien le grec comme langue d'État et de religion, il représentait une réalité plurinationale ou, plutôt, ignorait la catégorie moderne de nation. Les nationalistes du XIXe siècle constituent leur projet à la croisée de deux légitimités contradictoires, celle de l'Empire chrétien, nécessairement plurinational, et celle d'une définition ethnique étroite de la nation. Loin de l'universalisme de l'Empire chrétien, la nouvelle Grèce doit être purement hellénique, et la rencontre entre l'héritage byzantin et une conception centraliste, jacobine « à la française », de l'État, délimite les contours d'un nationalisme fort exclusif. En Grèce ne sauraient vivre que des Grecs, et les peuples minoritaires, comme les Vlachs, sont sommés de s'assimiler. Le premier grand « nettoyage ethnique » des Balkans fut l'œuvre du nationalisme grec, qui éradiqua tous les éléments musulmans des territoires qu'il contrôlait[1].

L'idée yougoslave procède d'une histoire plus complexe. La première insurrection serbe éclata dans la région de la Šumadija en 1804, sous la

1. Justin McCarthy, *Death and Exile. The ethnic cleansing of Ottoman Muslims, 1821-1922*, Princeton (New Jersey), The Darwin Press, 1995.

conduite d'un petit chef de guerre, Karadjordje. Malgré les aléas des combats, et les rivalités sanglantes entre les familles Karadjordjević et Obrenović[1], une principauté serbe autonome prend place sur un territoire correspondant à peu près au *pachalük* ottoman de Belgrade.

En fait, l'unité serbe fut dès le départ confrontée à la réalité de l'émiettement du pouvoir. Avant de devenir chef de l'insurrection, Karadjordje avait été *buljukbaša*, c'est-à-dire chef d'une unité de cent hommes de la milice nationale serbe que le sultan Selim III avait autorisée : son autorité était strictement locale, et il n'était guère connu en dehors de sa région de la Šumadija, au centre de l'espace serbe. D'autres chefs issus d'autres régions ne pouvaient manquer de contester son ascendant. Jamais les terres serbes n'avaient formé une entité administrative distincte dans le cadre de l'Empire, et les bases du pouvoir étaient soumises à un éclatement en microrégions[2]. Dans les territoires « libérés » par Karadjordje vivaient de nombreux non-Serbes, notamment des fidèles de l'islam, de langue tantôt turque, tantôt slave. De plus, de très nombreux Serbes restaient en dehors du nouvel État, car ils vivaient au Kosovo, dans le Sandžak de Novi Pazar et les régions avoisinantes encore ottomanes, ou bien en Voïvodine, en Slavonie, en Bosnie, ou dans les *krajine* croates, toujours austro-hongroises. D'autres encore vivaient dans la petite principauté ecclésiastique du Monténégro qui, elle aussi, devenait autonome.

1. Voir Bernard Feron, *Yougoslavie, histoire d'un conflit*, Paris, Le Monde poche, 1994.
2. Voir Charles et Barbara Jelavich, *The Establishment of Balkan National States. A History of East Central Europa*, vol. VIII, University of Washington Press, 1977, p. 29-30.

En même temps qu'émergeait la principauté de Serbie, les intellectuels fixaient une norme linguistique, et allaient à la découverte de la culture orale, comme le linguiste Vuk Karadžić, originaire d'Herzégovine. En 1850, un congrès réunit à Vienne des linguistes serbes et croates, pour poser les fondements d'une langue commune qui allait s'appeler le serbo-croate. C'est en effet en Croatie, en Dalmatie et en Slavonie, territoires intégrés à l'Empire habsbourgeois, que naquit l'idée « illyrienne » ou « slave du Sud », c'est-à-dire yougoslave. Cette idée postulait une communauté linguistique et culturelle, donc ethnique et nationale, entre l'ensemble des peuples « sud-slaves » (ce que veut dire le terme « yougo-slaves ») des Balkans, malgré les différences de vécu historique (appartenance à la Porte ou aux possessions habsbourgeoises) et de confession (à l'opposé des Serbes orthodoxes, Croates et Slovènes sont catholiques). D'emblée, cette idée butait sur un problème majeur : cette unité nationale devait-elle déboucher sur une unification politique et étatique, en détruisant les cadres des deux empires dominants, ou bien les Slaves méridionaux de l'Empire habsbourgeois devaient-ils trouver les voies de leur devenir spécifique à l'intérieur de celui-ci, sans tenir compte de l'émergence d'une Serbie autonome puis indépendante ?

Du côté serbe, plusieurs approches se faisaient concurrence. L'une mettait l'accent sur la tradition et la dimension religieuse, voire même mystique, du peuple serbe. Durant des siècles, dans le système du *millet*, l'Église avait été la seule institution « nationale » serbe, et le nationalisme du XIXe siècle redonnait un sens politique au mythe de Kosovo tout comme elle idéalisait l'expérience de l'Empire médiéval du tsar Dušan. Dans cette perspective, il fallait restaurer un « Empire serbe », qui ne pouvait être que l'Empire de la « vraie » chrétienté, orthodoxe. Le nouvel État serbe aurait donc eu vocation à rassembler tous les chrétiens orthodoxes, du moins ceux qui avaient reconnu l'autorité du patriarche des Serbes, jusqu'à ce que le siège patriarcal de Peć ne soit supprimé par la Porte en 1766. L'autre approche, laïque, inspirée des conceptions du romantisme allemand (qui ne tenait nul compte des critères religieux dans l'affirmation de l'identité nationale), insistait beaucoup plus sur la communauté de langue qui était censée fonder une communauté de civilisation. Dans cette optique, la tentation était grande de penser que la principauté autonome, devenue royaume indépendant (1878-1881), devait être le pilier d'une unification politique impliquant aussi les « Slaves du Sud » d'autres confessions, catholiques ou musulmans. Le modèle volontiers retenu était celui du rôle joué par le Piémont dans le *Risorgimento*, l'unification italienne, ce qui posait aussi le problème du statut du Monténégro et de la dynastie régnante des princes-évêques de la famille Petrović Njegoš, bien plus ancienne et prestigieuse que les Karadjordjević ou les Obrenović de Serbie. Seules les conséquences de la Première Guerre mondiale allaient aboutir au rattachement des possessions austro-hongroises (Croatie, Slovénie, Voïvodine et, depuis 1878, Bosnie-Herzégovine) au royaume de Serbie pour former en 1918, sous le sceptre des Karadjordjević, un nouveau « royaume des Serbes, Croates et Slovènes ».

Durant toute la seconde moitié du XIXe siècle, l'expansion de la Serbie allait se canaliser vers le sud. Ce développement a été théorisé et justifié dans les années 1850 par le « Bismarck des Balkans », le ministre serbe Ilija Garašanin, dans sa fameuse « Esquisse » (*Načertanje*)[1], qui fait en quelque sorte la

1. David MacKenzie, *Ilija Garašanin: Balkan Bismarck*, New York, Boulder, East European Monographs, 1985, p. 181.

synthèse des conceptions religieuses et laïques du nationalisme serbe. La principauté serbe était appelée à restaurer l'Empire de Dušan qui, au XIVe siècle, couvrait une grande part du sud de la péninsule balkanique. Kosovo et Macédoine étaient le centre de gravité de cet Empire, mais la principauté avait aussi vocation à unifier tous les Slaves du Sud parlant une langue que l'on commençait à appeler le serbo-croate. La démarche de Garašanin visait à réunir l'approche mystique du souvenir de l'Empire serbe et le nationalisme moderne. Seules les conditions politiques ont cependant amené la principauté à orienter d'abord son extension vers le sud, puisque les territoires balkaniques de l'Empire ottoman semblaient être une proie beaucoup plus facile que les possessions austro-hongroises. Surtout, l'alliance avec l'Autriche-Hongrie cultivée par la dynastie des Obrenović, depuis le Congrès de Berlin (1878) jusqu'à ce que les Karadjordjević ne chassent violemment du pouvoir les Obrenović en 1903, interdisait toute visée expansionniste sur les territoires habsbourgeois. La « fabrication » du mythe de Kosovo, sa transformation en idéologie politique, renvoie donc à des circonstances historiques qui n'appartiennent pas au domaine de la légende, mais à celui de la *realpolitik*.

C'est dans cet esprit que les autorités serbes participèrent activement à la bataille livrée par Grecs et Bulgares pour « nationaliser » et s'approprier la Macédoine. L'historien serbe Stojan Novaković estimait dès 1866 que les parlers macédoniens étaient plus proches du serbe que du bulgare[1]. En 1886, une Société de Saint Sava était fondée à Belgrade, avec l'objectif de promouvoir le nationalisme serbe en

1. Klime Džambazovski, « Stojan Novaković i makedonizam », in *Istoriski Časopis*, n° 14-15, 1963.

Macédoine et au Kosovo, et le cinquième centenaire de la bataille de Kosovo Polje, en 1889, fut célébré avec solennité en Serbie. La transformation du mythe, essentiellement religieux, du Kosovo en idéologie politique justifiant une politique expansionniste est dans une large mesure le résultat des circonstances qui canalisaient vers le sud le développement de l'État serbe.

Les États serbe et grec qui émergeaient ne regroupèrent longtemps qu'une part des populations serbe et grecque. C'est ce qu'exprime en 1860 l'historien Constantin Paparreghopoulos : « Le royaume de Grèce n'est pas la Grèce ; c'est seulement la plus petite et la plus pauvre part de la Grèce[1]. » De la même manière, les étudiants nationalistes de Novi Sad, ville encore rattachée aux possessions austro-hongroises, interpellaient dans les années 1880 le roi Milan Obrenović en ces termes : « Milan, tu es roi de Serbie, mais tu n'es pas roi des Serbes, la plus grande part de notre race vit encore en esclavage[2] ! » Les nouveaux États sont perçus comme les simples points de départ, les « piémonts » de nations encore à réaliser.

Dès le début de son expansion territoriale, l'État serbe avait pourtant été confronté à la présence de nombreux éléments non serbes : Slaves musulmans, Turcs, Vlachs ou encore Albanais. La prise de Belgrade par les armées de Karadjordje, le 30 novembre 1806, s'était accompagnée d'un grand massacre des « Turcs », c'est-à-dire de toute la population islamisée. En progressant vers le sud, les Serbes rencon-

1. Cité *in* Charles et Barbara Jelavich, *The Establishment of Balkan National States, op. cit.*, p. 78.
2. Cité *in* Dušan T. Bataković, *Yougoslavie*, Lausanne, L'Âge d'homme, 1992.

trèrent de plus en plus d'Albanais — souvent assimilés aux Turcs, car très majoritairement musulmans. Le choix se réduisait souvent au massacre, à l'exil ou à la conversion forcée à l'orthodoxie. Seule la toponymie garde encore souvenir de la vieille présence albanaise en Toplica, au sud de la Serbie, et la création de territoires ethniquement purifiés modifia les équilibres ethniques de la région. Les terres habitées par les Serbes n'étaient pas habitées que par des Serbes, et le « nettoyage ethnique » se trouva ainsi au fondement de la cohésion des nouveaux États — non pas seulement de la Serbie, mais aussi de la Grèce. L'exil des Albanais les dirigea souvent vers le Kosovo, d'où ils eurent tendance en retour à chasser les Serbes. L'« albanisation » du Kosovo, terre jusqu'alors de coexistence entre Serbes et Albanais catholiques ou musulmans, est en partie une conséquence de la « serbisation » des terres libérées par la nouvelle principauté.

Le Sandžak de Novi Pazar connut aussi une modification notable de sa structure ethnique. Bande territoriale séparant la Serbie et le Monténégro, cette région resta théoriquement sous contrôle ottoman, malgré, après 1878 [1], la présence de garnisons autrichiennes qui veillaient à empêcher une réunion entre les deux États slaves. Suite à quoi, beaucoup de musulmans chassés des nouvelles terres libérées par l'État serbe y trouvèrent refuge, alors que des orthodoxes de la région, au contraire, gagnèrent le royaume de Serbie. Spontanément, ou par l'action violente des nouveaux pouvoirs, l'émergence des nou-

1. L'Autriche-Hongrie reçut en 1878 un mandat similaire sur la Bosnie et le Sandžak, mais elle n'intégra pas cette dernière région aux cadres de l'État comme elle le fit de la Bosnie. En 1908, Vienne transforma en annexion son mandat sur la Bosnie, mais pas celui sur le Sandžak.

veaux États commençait ainsi à modifier la réalité multiconfessionnelle et multiculturelle des Balkans, en déterminant des regroupements de populations sur des bases ethnico-religieuses. Pourtant, le taux d'homogénéisation ethnique des nouveaux États restait encore faible : alors que beaucoup de non-Serbes et de non-Grecs vivaient toujours en Serbie et en Grèce, de nombreux Serbes et Grecs vivaient encore en dehors de ces États.

L'« Esquisse » *(Načertanije)* d'Ilija Garašanin (1844)

« Les Serbes, parmi tous les Slaves de Turquie, ont les premiers combattu pour leur liberté par leurs moyens et avec leurs forces propres ; par conséquent, ils ont aussi un droit absolu et prioritaire de continuer à diriger cette œuvre. Dès à présent, de nombreux milieux et mêmes certains gouvernements prévoient et perçoivent ceci : un grand avenir attend les Serbes, et c'est ce qui a attiré l'attention de toute l'Europe sur la Serbie. Si nous ne pensions pas aller au-delà de la principauté telle qu'elle existe actuellement, et si la racine du futur Empire serbe ne se trouvait pas dans cette principauté, alors le monde ne se soucierait pas plus de la Serbie qu'il ne l'a fait des principautés moldave et valaque, dans lesquelles il n'y a aucun principe vital d'indépendance, et qui sont donc considérées seulement comme des appendices de la Russie.

Un nouvel État serbe donnerait à l'Europe toutes garanties qu'il sera un État supérieur et fort, et qui pourra se maintenir entre l'Autriche et la Russie. La situation géographique du pays, l'étendue territoriale, la richesse en produits naturels et l'esprit guerrier des populations, un sentiment national demeurant élevé et enflammé, l'origine identique, la langue unique, tout cela montre sa permanence et son grand avenir [...].

Disons en bref : la Serbie doit tendre à s'approprier chaque pierre enlevée seulement une par une à l'édifice de l'État turc, afin de pouvoir, à partir de ce bon matériau, édifier et reconstruire un nouveau grand État serbe, sur le bon vieux fondement de l'ancien Empire serbe. Dès à présent, alors que la Serbie se trouve sous gouvernement turc, cette construction peut être amorcée et préparée, car les travaux de ce genre ne peuvent pas être entrepris et terminés au dernier moment. »

In Mirko Grmek, Marc Gjidara
et Neven Simac, *Le nettoyage ethnique. Documents historiques sur une idéologie serbe*, Paris, Fayard, 1993.

La crise d'Orient de 1878

L'émergence d'un troisième nationalisme, la revendication bulgare, allait précipiter la confrontation généralisée dans les Balkans. Dès le début du siècle, des lettrés bulgares redécouvraient l'histoire de leur peuple, tandis que la bourgeoisie commerçante finançait généreusement des écoles en langue bulgare. La question de l'autonomie ecclésiastique fut le principal terrain d'affrontement. Le siège métropolitain d'Ohrid, aujourd'hui en Macédoine, avait joui de l'autocéphalie jusqu'en 1767, mais son clergé était totalement hellénisé. Les patriotes bulgares réclamaient une liturgie en langue slave, et s'opposaient aux Grecs phanariotes du patriarcat œcuménique. En 1870, le sultan promulgue un *firman*, un édit impérial consacrant la création d'un exarchat ayant juridiction sur tous les Bulgares où qu'ils se trouvent dans l'Empire — c'est-à-dire qu'est créé, sur le modèle ancien, un *millet* bulgare. L'exarche doit résider à Istanbul. La réaction du patriarcat œcuménique est violente : en 1872, un concile qualifie de « schismatique » l'Église bulgare, et condamne pour la première fois en termes explicites le « philétisme », c'est-à-dire « la formation d'Églises particulières fondées sur la race, qui accueillent des fidèles d'une seule ethnie, excluant tous ceux d'autres ethnies, et dirigées par des pasteurs de la même ethnie[1] ». Cette tentation « nationale » des Églises orthodoxes mise pour la première fois en lumière est régulièrement dénoncée, jusqu'à nos jours, par le patriarcat œcuménique, lequel ne reconnut l'autocéphalie bulgare qu'en 1945. L'affirmation culturelle et religieuse devait néanmoins déboucher sur une revendication directement politique, déclenchant ce que les historiens appellent la « troisième crise d'Orient », la première ayant été constituée par l'indépendance égyptienne arrachée par un pacha d'origine albanaise, Mehmed Ali (1832-1841), et la seconde par la guerre de Crimée (1853-1856).

Au printemps 1876, les nationalistes bulgares lancèrent l'insurrection d'Avril et massacrèrent systématiquement les populations musulmanes qu'ils trouvèrent. Les troupes ottomanes rétablirent l'ordre

1. Cité *in* Roberto Morozzo della Rocca, *Le chiese ortodosse. Una storia contemporanea*, Rome, Studium, 1997, p. 38 et 104.

en moins d'un mois, au prix d'une sanglante répression qui émut l'Europe. Victor Hugo apostropha le Sénat français, la cause bulgare devint célèbre.

En même temps, la Bosnie-Herzégovine était agitée, depuis une dizaine d'années, par des révoltes endémiques. Les différentes populations, toutes slaves, mais séparées par leur appartenance aux trois confessions, l'islam, le catholicisme et l'orthodoxie, vivaient en état de tension permanente, tension aggravée par la pesanteur des structures sociales. La conquête ottomane avait conduit à la formation d'une noblesse spécifique. Les *kapetani*, qui se paraient du titre de beys, musulmans, faisaient régner un strict ordre féodal sur leurs terres travaillées par les *rêa'ya*, paysans chrétiens ou musulmans. L'adage voulait que ces beys de Bosnie, fanatiquement religieux et socialement conservateurs, fussent « plus turcs que les Turcs ». La population chrétienne orthodoxe, dominante dans l'est de la Bosnie[1], était en outre confusément travaillée par l'aspiration à l'unification avec le nouveau royaume de Serbie. Aspirations sociales et nationales se mêlaient pour rendre la situation bosniaque[2] explosive.

Après que le sultan ottoman Abdül Aziz eut été renversé au profit d'Abdül Hamîd (1876-1909), les puissances s'inquiétèrent sérieusement de la situation dans les Balkans. L'opinion des pays chrétiens de la région poussait à la guerre, et le prince de Serbie Milan Obrenović en fixa les objectifs : annexion

1. Chaumette des Fossés, chancelier du consulat de France à Travnik en 1807-1808, dénombrait en Bosnie 1,2 million d'habitants, à 50 % musulmans, 40 % orthodoxes et 10 % catholiques. Le recensement autrichien de 1910 dénombra néanmoins 1,9 million d'habitants, à 44 % orthodoxes, 33 % musulmans et 23 % catholiques.

2. Voir Thierry Mudry, *Histoire de la Bosnie-Herzégovine. Faits et controverses*, Paris, Ellipses, 1999.

de la Bosnie et du Sandžak par la Serbie, partage de l'Herzégovine avec le Monténégro. En juillet 1876, Serbie et Monténégro envahissaient le territoire ottoman, mais si le Monténégro connut quelques succès, les armées serbes, commandées par le général russe Tchernaïev, allèrent d'échec en échec. Une contre-offensive faillit ouvrir aux Turcs la route de Belgrade. La Russie envoya un ultimatum à la Sublime Porte, et l'armistice du 3 novembre figea les positions des troupes. Les grandes puissances entrèrent en jeu, en exigeant avant tout des réformes de la Porte. Russie et Autriche avaient déjà esquissé un plan de partage des possessions ottomanes, tandis que l'Angleterre restait attachée à la survie de l'Empire. La crise d'Orient met en pleine lumière le fait que les destinées de la péninsule balkanique étaient désormais largement déterminées par le jeu des grandes puissances.

Les grandes puissances et la question des Balkans

Les peuples des Balkans ont-ils jamais été véritablement libres de décider de leur devenir ? Au début du XIXe siècle, les visées concurrentes de trois empires déterminent l'histoire de la péninsule. L'Autriche et la Russie essaient de venir à bout de la puissance ottomane. Au cours du siècle, la Russie mène quatre guerres contre la Sublime Porte. Les objectifs stratégiques de Vienne, qui consistent à obtenir un débouché sur la mer Noire, s'opposent à ceux de Moscou, qui essaie de se poser en protectrice des peuples orthodoxes. Très vite, l'Angleterre intervient aussi dans le jeu balkanique. Le but de Londres est de protéger la route des Indes, et pour cela de tenir l'Autriche et la Russie éloignées de la Méditerranée. Dans ce but, l'Angleterre apportera son soutien à l'Empire ottoman. France, Allemagne et Italie n'interviendront pas véritablement dans le jeu balkanique avant la fin du siècle. Dans un premier temps, les petits États chrétiens en formation, souvent encore seulement autonomes et non pas formellement indépendants, cherchent un protecteur auprès de la puissance la plus proche. Les Serbes, par exemple, se tournent vers l'Autriche-Hongrie, la Grèce vers l'Angleterre, si présente en Méditerranée. En 1830, Londres, Paris et Moscou se portent garants du royaume grec, auquel est attribué un prince bavarois. En 1878, le Congrès de Berlin, patronné par l'Allemagne, marque l'apothéose mais aussi la fin du « Concert européen », où les grandes puissances règlent à leur guise le sort des petits peuples. L'Angleterre annexe Chypre, peuplée majoritairement de Grecs, l'Autriche impose son protectorat sur la Bosnie-Herzégovine, tandis qu'avec l'autonomie bulgare la Russie trouve un nouveau protégé. Surtout, les « petits » États découvrent qu'ils peuvent s'allier aux puissances de leur choix, et qu'ils peuvent jouer ces alliances les unes contre les autres. La Turquie passe de l'alliance anglaise à la protection allemande. La Serbie, d'abord liée à l'Autriche-Hongrie, se rapproche de la France et de la Russie, après le changement dynastique de 1903, qui voit les Karadjordjević chasser du trône les Obrenović. Dans un contexte d'affrontement grandissant entre l'Allemagne et l'Autriche-Hongrie d'une part, et la France et la Russie d'autre part, les petits pays balkaniques essaient de tirer profit de ces conflits entre les « grands ». La Bulgarie, du fait de son antagonisme avec la Serbie, abandonne la protection russe pour se rapprocher de l'Allemagne, la Grèce joue sur plusieurs tableaux à la fois.

La Première Guerre mondiale détermina une nouvelle carte des alliances et des influences. Les pays ayant rallié le camp des alliés, au premier chef la Serbie et la Roumanie, furent largement gratifiés de leur engagement, tandis que ceux qui, comme la Bulgarie, se trouvèrent du côté des puissances centrales en payèrent lourdement les conséquences[1].

L'Empire ottoman sut jouer des contradictions entre puissances occidentales. Le 23 décembre 1876, le sultan annonçait l'octroi d'une constitution, en même temps qu'il affirmait le principe de l'indivisibilité de l'Empire. C'était un échec pour Saint-Pétersbourg, qui déclara la guerre le 24 avril 1877. L'avance russe fit vibrer les alliés balkaniques, mais exacerba leurs dissensions. La Serbie craignait surtout la création d'une « Grande Bulgarie » qui aurait été l'alliée préférée de la Russie. La Grèce, étroitement contrôlée par l'Angleterre, restait inactive. L'avancée russe se poursuivit jusqu'à Andrinople, où un armistice fut signé le 31 janvier 1878. Les négociations de paix s'ouvrirent dans la petite station maritime de San Stefano, et Russie et Empire ottoman signèrent un traité de paix le 3 mars.

Le traité de San Stefano prévoyait essentiellement la création d'une très grande Bulgarie, sous protectorat russe, qui allait jusqu'à Skopje (Macédoine) et Korçë en pays albanais. La Serbie n'obtenait que la

1. Voir Paul Garde, *Les Balkans*, Paris, Flammarion, 1994, p. 101 *sq*.

région de Niš, et la Roumanie devait même céder le sud de la Bessarabie à la Bulgarie. Cette paix souleva un tollé, Londres menaça d'envoyer sa flotte, l'Autriche-Hongrie réclamait à cor et à cri la Bosnie, tant et si bien que le chancelier allemand Bismarck finit par proposer de s'entremettre, et un nouveau congrès s'ouvrit à Berlin en 1878.

À Berlin, les grandes puissances dessinèrent seules la carte des Balkans. La Bulgarie de San Stefano était divisée en deux entités : au nord, une principauté de Bulgarie, autonome mais théoriquement vassale du sultan, et au sud des monts Balkans, la Roumélie orientale, semi-autonome seulement, avec un gouvernement chrétien choisi par Istanbul. La Serbie recevait les districts de Niš, Pirot et Vranje, le Monténégro s'étendait à Nikšić, Podgorica et Bar. L'Autriche-Hongrie reçut un mandat d'occupation militaire sur la Bosnie-Herzégovine et le Sandžak, qui continuaient théoriquement à faire partie de l'Empire ottoman. L'Autriche-Hongrie ne transforma qu'en 1908 ce mandat militaire en annexion de la seule Bosnie-Herzégovine. L'occupation autrichienne du Sandžak avait une importance stratégique majeure. Cette bande de terre allongée empêchait toute jonction entre la Serbie et le Monténégro. Elle restait ottomane grâce à la protection autrichienne. Dernier point, personne n'avait parlé des Albanais, le chancelier Bismarck expliquant, avec son sens de la formule géopolitique, « qu'il n'existe pas de nationalité albanaise ».

Une pleine indépendance fut reconnue au Monténégro et à la Serbie, cette dernière se proclamant royaume en 1881. La Serbie des rois Obrenović restait encore pour un temps fidèlement alliée à l'Autriche, l'alliance russo-bulgare ayant rejeté Belgrade loin de Saint-Pétersbourg.

Le Monténégro, îlot de résistance

Dans les Balkans dominés par les Ottomans, le Monténégro faisait figure de minuscule îlot de résistance. Depuis 1696, l'évêque (*vladika*) de Cetinje était élu dans la branche des Petrović du clan des Herkalović de la tribu des Njeguši. Ce prince-évêque présidait aux destinées d'un pays minuscule, replié sur des montagnes d'accès difficile, même s'il devait partager une grande part de son pouvoir avec l'assemblée des chefs de la trentaine de tribus monténégrines. La Porte envoyait régulièrement des expéditions militaires pour tenter de prélever le tribu que devait verser le Monténégro, État autonome mais vassal. Aux expéditions turques répondaient les razzias monténégrines dans la plaine. En 1782, le *vladika* Petar Ier, canonisé après sa mort, commença un règne de cinquante années où il entreprit de transformer en État cette confédération clanique et guerrière régie par les lois coutumières. Il débuta aussi une durable politique d'alliance avec la Russie contre l'Empire ottoman. L'œuvre de son neveu et successeur, le prince-poète Petar II Petrović Njegoš (1830-1851), la *Couronne des montagnes*, représente le monument symbolique de la littérature serbo-croate. Le règne de Nikola Petrović Njegoš (1860-1921), prince puis roi du Monténégro (à partir de 1910), acheva de transformer le Monténégro en un État moderne. « Beau-père de l'Europe », le roi Nikola maria ses neuf filles dans toutes les maisons royales d'Europe afin d'assurer l'indépendance de son

État, mais il se trouvait confronté à plusieurs contradictions. L'expansion territoriale du Monténégro avait fait entrer dans la principauté de nombreux Slaves musulmans, ainsi que des Croates catholiques et des Albanais, tantôt catholiques, tantôt musulmans. Surtout dépassé par la montée en puissance de la principauté de Serbie, autonome depuis 1830, le Monténégro devait-il poursuivre son existence de plus « vieil État des Balkans », ou se rallier à l'objectif de l'unification yougoslave ? Les Monténégrins cultivent à la fois une fière conscience des singularités de leur histoire, et le sentiment d'appartenance à un ensemble plus vaste. Slaves orthodoxes, les Monténégrins se définissent comme Serbes, c'est-à-dire chrétiens orthodoxes reconnaissant traditionnellement l'autorité du patriarche de Peć[1], quitte à vouloir se distinguer des « Serbiens », ressortissants de la principauté de Serbie. L'histoire scella le sort du Monténégro : réfugiée en France après l'invasion du Monténégro par les armées austro-hongroises en 1915, la famille Petrović Njegoš fut assignée à résidence par le gouvernement français, afin de permettre à la dynastie Karadjordjević de Serbie de monter sur le trône du nouveau royaume des Serbes, Croates et Slovènes, créé en 1918. Le Monténégro fut annexé au nouveau royaume au prix d'une sanglante guerre civile, et le vieux roi Nikola mourut à Antibes sans avoir rien abdiqué de ses droits, comme le montre son ultime mémorandum à la Société des Nations réclamant la condamnation de l'annexion du Monténégro. Issu d'une lignée de princes-évêques, Nikola avait su faire montre d'un étonnant pragmatisme. Jamais les armées monténégrines ne se livrèrent à la purification ethnique comme

1. L'Église orthodoxe monténégrine devint de facto autonome après la suppression du siège patriarcal de Peć en 1766.

les armées serbes lors des guerres balkaniques de 1912-1913, et le principe d'une citoyenneté monténégrine multiconfessionnelle et multinationale, sous la houlette royale, sembla en mesure d'agréger les populations allogènes. Les tentatives d'expansion du roi Nikola vers le nord de l'Albanie, au début de ce siècle, auraient même pu détacher le Monténégro du projet yougoslave qu'avaient su capter à leur profit les Karadjordjević de Serbie.

L'émergence d'États autonomes ou indépendants dans les Balkans se soldait par l'affirmation de quelques nations décidées à réunir des « territoires nationaux » largement imaginés par les idéologies romantiques. Aucun de ces États n'était prêt à accepter la diversité des populations vivant dans ces territoires. La « purification ethnique » était donc une conséquence inéluctable de la constitution de ces États-nations. En même temps, la marge de manœuvre réelle de ces États était singulièrement limitée par le jeu des grandes puissances, qui conduisait à faire des Balkans l'un de leurs théâtres privilégiés d'affrontements. Chaque nationalisme balkanique avait besoin de protecteurs, mais le nationalisme serbe, par exemple, qui allait peu à peu remplacer l'alliance autrichienne par l'alliance française, savait bien qu'il ne devait pas seulement servir les intérêts géopolitiques de son protecteur. Il était aussi de bon ton de reprendre à son compte les présupposés idéologiques dont la nation protectrice se voulait porteuse. Le nationalisme serbe fut ainsi, consciemment, un décalque du nationalisme français, dans sa variante la plus « jacobine » et centralisatrice.

La difficile émergence du nationalisme albanais

Au milieu du XIXe siècle encore, les Albanais semblaient tout ignorer du bouillonnement national et culturel qui saisissait leurs voisins. En 1878, dans les trois arrondissements de Vlora, Berat et Gjirokastër (sud de l'Albanie), on comptait 80 écoles turques, 163 écoles grecques, mais aucune école albanaise. La première école albanaise du Kosovo fut ouverte à Prizren en 1889. Les prémices d'une aspiration nationale semblaient en fait venir des communautés étrangères à l'étranger, surtout des Arbëresh d'Italie du Sud[1], ou bien d'intellectuels émigrés en Roumanie comme Naum Vergilarzi, ou en Égypte comme Thimi Mitko, qui publia un recueil de chants populaires sous le titre de *L'Abeille albanaise*. La crise d'Orient et l'anarchie généralisée affectant les provinces balkaniques de l'Empire allaient précipiter la prise de conscience. En avril 1877, un notable issu d'une famille seigneuriale du sud du pays, Abdyl Frasheri (1839-1892), élu député de Janina au premier parlement ottoman, publia un mémorandum réclamant l'autonomie des pays albanais et leur réunion au sein d'une même province — d'un *eyâlet*. Il n'était nullement question de rompre le cadre de l'Empire, mais de réunir dans une même unité administrative les *vilayets* de Kosovo, Shkodër, Janina et Monastir, qui auraient ainsi défini les frontières d'une très grande Albanie, couvrant des territoires qui se trouvent aujourd'hui en Grèce (Janina) ou en Macédoine (Monastir, que les Macédoniens appellent aujourd'hui Bitola).

1. Il s'agit d'Albanais installés dans le sud de l'Italie depuis la fin du Moyen Âge. Les communautés arbëresh de Calabre, des Pouilles et de Sicile comptent toujours plusieurs centaines de milliers d'individus. Ces Albano-Italiens sont catholiques, de rite romain ou catholique albanais (rite oriental reconnu par Rome).

FIGURE 3

Les Balkans à la fin du XIXe siècle

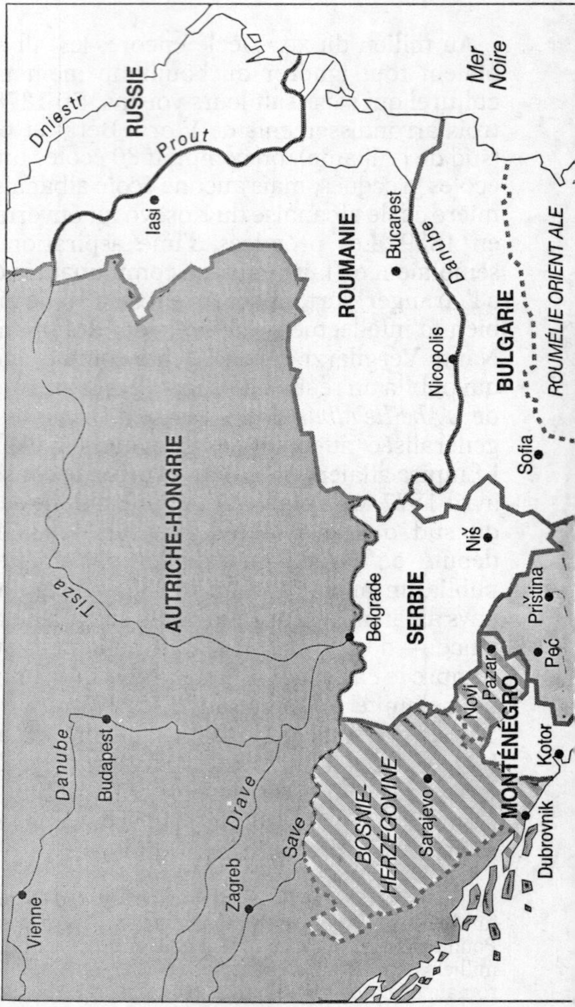

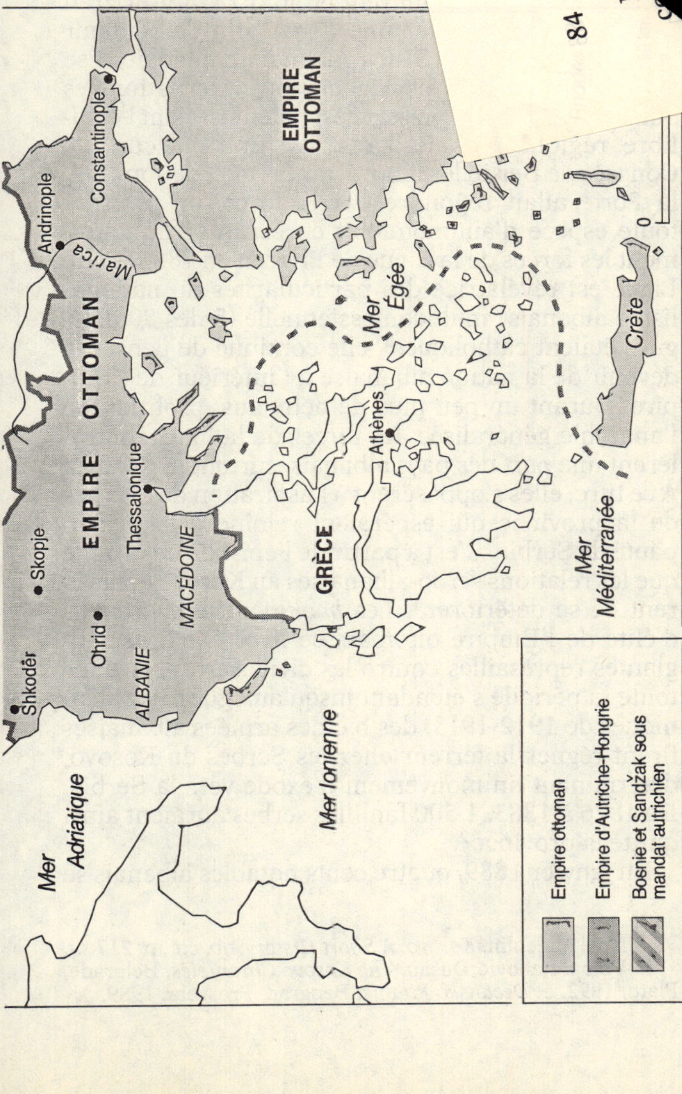
EMPIRE OTTOMAN
EMPIRE OTTOMAN
Constantinople
Andrinople
Marica
Thessalonique
Skopje
Ohrid
Shkodër
ALBANIE
MACÉDOINE
GRÈCE
Athènes
Mer Égée
Crète
Mer Méditerranée
Mer Ionienne
Mer Adriatique
0
Empire ottoman
Empire d'Autriche-Hongrie
Bosnie et Sandžak sous mandat autrichien

[illegible] même Frasheri convoqua des notables des trois confessions qui se réunirent en juin 1878 à Prizren (Kosovo), pour former une Ligue afin de soutenir cette revendication. Si les Albanais entendaient se faire entendre dans les négociations internationales qui, sous l'égide des puissances, redéfinissaient l'équilibre régional des Balkans, ils furent déçus. Le Congrès de Berlin les ignora, tandis que, de son côté, la Porte allait répondre par la force, en refusant toute espèce d'autonomie et en écrasant militairement les forces de la Ligue de Prizren en 1881. Cette Ligue est révélatrice des particularités du nationalisme albanais : multiconfessionnelle (5 des 80 délégués étaient catholiques), elle continue de penser le devenir de la nation albanaise à l'intérieur de l'Empire. Durant un peu plus de deux ans, profitant de l'anarchie généralisée, les forces de la ligue contrôlèrent une part des pays albanais, surtout le Kosovo. À ce titre, elles s'opposèrent à l'aspiration des Serbes de la province qui espéraient rejoindre la principauté de Serbie. C'est à partir de l'épisode de la ligue que les relations serbo-albanaises au Kosovo achevèrent de se détériorer[1]. Les *bachibouzouks*, troupes d'élite de l'Empire ottoman, se livrèrent à de sanglantes représailles contre les civils serbes, et dans toute la période s'étendant jusqu'aux guerres balkaniques de 1912-1913, des bandes armées albanaises firent régner la terreur chez les Serbes du Kosovo, déterminant un mouvement d'exode vers la Serbie. De 1876 à 1883, 1 500 familles serbes auraient ainsi quitté la province[2].

En janvier 1889, quatre cents notables albanais se

1. Noel Malcolm, *Kosovo. A Short History*, *op. cit.*, p. 217 *sq.*
2. Voir Bataković Dušan, *The Kosovo Chronicles*, Belgrade, Plato, 1992, et *Decansko Pitanje*, Beograd, Prosveta, 1989.

réunirent à Peć, et formèrent une seconde ligue connue sous le nom de Ligue de Peja (forme albanaise de Peć). Par rapport à la Ligue de Prizren, la Ligue de Peja accentuait son caractère musulman plus que nationaliste, et se proposait surtout de défendre les intérêts de l'islam albanais convoité par les puissances chrétiennes voisines[1]. Le projet national albanais, qui devait être nécessairement pluriconfessionnel, avait bien du mal à se dégager des cadres de l'Empire, tandis que le Kosovo et le nord de l'Albanie s'avéraient rétifs à toute forme d'État. Lorsque l'administration impériale voulut installer un poste de gendarmerie dans le village de Llausha, en Drenica, au cœur du Kosovo, à la fin des années 1890, cinq mille hommes armés se réunirent aussitôt et chassèrent les gendarmes en expliquant fièrement « qu'il n'y avait jamais eu d'État ici[2] ». Pendant ce temps, le Monténégro annexait le district côtier d'Ulcinj, au peuplement albanais, et le roi Nikola, prenant langue avec les chefs de clan catholiques des Mirdita, songeait à constituer une principauté autonome dans les montagnes du nord de l'Albanie.

Malgré ses avatars, la Ligue de Prizren constitua un épisode fondateur et un point de référence de la nation albanaise. « Berceau » du nationalisme albanais après avoir été promu « berceau de la nation serbe », le Kosovo se définissait désormais comme une terre sacrée pour deux discours nationaux incapables de coopérer et de s'entendre. Le nationa-

1. Miranda Vickers, *Between Serbs and Albanians. A History of Kosovo*, New York, Columbia University Press, 1998, p. 54.
2. Anecdote rapportée par Michel Roux, *Les Albanais en Yougoslavie. Minorité nationale, territoire et développement*, Paris, Maison des sciences de l'homme, 1992, p. 244.

lisme albanais, dernier venu des nationalismes balkaniques, n'allait pas tarder à faire entendre sa voix. La création d'un État albanais, malgré sa genèse retardée et difficile, vint parachever en 1912 la « nationalisation » des peuples des Balkans.

On était désormais sommé de s'affilier à l'un des groupes ethnolinguistiques dominants : on était ou serbe, ou albanais, ou grec, ou bulgare. Seule l'identité macédonienne demeurait encore objet de controverse. L'identité confuse des ressortissants de la « plus grande zone tribale d'Europe [1] » (les montagnes du nord de l'Albanie et du Monténégro) appartenait au passé : les voyageurs notaient encore, au début du XIXe siècle, des clans bilingues, parlant indifféremment l'albanais et le slave. Désormais, il fallait choisir son appartenance à l'une des nations en cours de constitution. Quant à ceux, Roms, Slaves musulmans du Sandžak ou Vlachs réfractaires à l'assimilation, qui ne voulaient ou ne pouvaient pas rejoindre l'une des nations constituées dans ses caractéristiques politiques, linguistiques et religieuses, ils devenaient des « minorités nationales ». Le concept était dépourvu de valeur avant l'heure des États-nations, mais l'idée que ces minorités puissent, en tant que telles, disposer de droits quelconques n'était pas encore d'actualité. Au contraire, lorsque ces minorités nationales pouvaient se référer à un autre État-nation de référence, comme cela allait être le cas pour les Albanais du Kosovo, la situation devenait particulièrement conflictuelle.

1. L'expression est de Paul-Henri Stahl, *Terra, miti, società nei Balcani*, Milan, Rubbettino, 1993.

Guerres balkaniques (1912-1913) et Première Guerre mondiale : les nouveaux États indépendants

La révolution jeune-turque de 1908 porta le coup de grâce aux vieilles structures chancelantes de l'Empire ottoman. Ce fut en fait un coup d'État mené principalement par des officiers du IIIe corps d'armée ottoman de Salonique. La visée des révolutionnaires consistait à obliger le sultan Abdül Hamîd à rétablir la constitution octroyée en 1876. Les Jeunes-Turcs étaient eux-mêmes porteurs d'idéologies contradictoires. Plusieurs visions de l'avenir avaient été élaborées au cours des années précédentes, en réponse aux nationalismes émergents des peuples de l'Empire. Certaines se référaient au « pantouranisme », c'est-à-dire au rassemblement de tous les peuples turcomans d'Europe, d'Anatolie et d'Asie centrale, d'autres à un « ottomanisme » intégral, qui voyait l'avenir de l'Empire dans une fusion des différents peuples qui le constituaient. En fait, la réaction des officiers s'explique avant tout par un désarroi devant les reculs répétés de l'Empire en Europe, et une volonté d'affirmer un nationalisme spécifiquement turc, par contraste avec le projet étatique ottoman supranational, ou plutôt anational. La révolution jeune-turque sonna le glas de l'Empire.

La révolution jeune-turque avait soulevé une vague d'espérance parmi les Albanais de l'Empire : la constitution promulguée par le sultan fut accueillie avec enthousiasme, clubs patriotiques, journaux et écoles se multiplièrent dans tous les pays albanais, et vingt-six députés albanais furent élus au parlement d'Istanbul. Les Albanais du Kosovo furent particulièrement nombreux à rejoindre le mouvement jeune-turc. L'aspiration à une libéralisation de l'Empire paraissait un compromis acceptable entre leur soif d'autonomie et leur répugnance à se débarrasser totalement des cadres ottomans. Après s'être rapidement consolidé, le régime jeune-turc jeta pourtant le voile, en envisageant une centralisation administrative et une « turquisation » des cadres de l'État. Dès l'été 1909, sous la conduite d'un chef de clan de la région de Mitrovica, Isa Boletini, les Albanais du Kosovo partaient en guerre en exigeant la restauration des privilèges accordés par le sultan Abdül Hamîd. Pour écraser la rébellion, la Porte établit un régime de terreur au Kosovo, et les historiens estiment que 150 000 personnes avaient quitté la province en 1911, dont au moins 100 000 Serbes. Par contre, les insurgés albanais d'Isa Boletini ne pouvaient trouver un soutien qu'auprès de la Serbie et du Monténégro, où beaucoup d'entre eux s'étaient réfugiés[1].

Les puissances voisines profitèrent de la crise créée par la révolution jeune-turque. Le 5 octobre 1908, Ferdinand Ier proclama l'indépendance de la Bulgarie, qui gardait jusqu'alors un lien de vassalité théorique à l'Empire, et se proclama tsar des Bulgares. Le lendemain, l'Autriche-Hongrie transformait son protectorat sur la Bosnie-Herzégovine en annexion pure et simple.

Confrontés à la phase finale de l'agonie de l'« homme malade de l'Europe » mais aussi à l'expansionnisme austro-hongrois, les États balkaniques, soutenus par la Russie, essayèrent de constituer un front commun, malgré l'importance des différends subsistant

1. Miranda Vickers, *Between Serbs and Albanians*, *op. cit.*, p. 70.

entre eux, au premier chef la question de Macédoine. Ce fut la deuxième ligue balkanique. Le 30 septembre 1912, les pays balkaniques mobilisaient, et, le 8 octobre, le Monténégro envoyait son armée « rétablir l'ordre » dans le nord de l'Albanie. Le 18 octobre, Monténégro, Serbie et Albanie déclaraient la guerre à la Porte, et la Grèce rejoignait les alliés balkaniques, par souci de réaliser l'*enosis*, l'union, de la Crète à la mère patrie.

Au printemps 1913, la Macédoine était prise, tandis que les Grecs avançaient en Épire, au peuplement largement albanais. Quelques mois plus tard, la Grèce et la Serbie se partageaient l'essentiel de la Macédoine. La création d'un État albanais devenait pourtant inévitable.

Ismail Qemal, homme du Sud albanais, fut élu député de la ville de Berat au premier parlement jeune-turc ; il profita du déclenchement de la première guerre balkanique pour prendre une initiative décisive : devant une « assemblée nationale » de 83 délégués, il proclama l'indépendance de l'Albanie le 28 novembre 1912. L'assemblée de Vlora hissa les aigles de Skanderbeg comme drapeau national. Entre-temps, les Grecs s'étaient emparés de Janina et de toute l'Épire, remontant même jusqu'à Gjirokastër et Vlora, tandis que les armées monténégrines s'assuraient le contrôle de toutes les rives du lac de Shkodër. La Serbie, de son côté, prenait possession du Kosovo, en poussant jusqu'à Skopje, et, venues appuyer les Monténégrins, les armées serbes avançaient jusqu'à Tirana.

L'initiative d'Ismail Qemal obligea pourtant les grandes puissances à réagir et à accepter le principe d'un État albanais. En juillet 1913, la conférence des Ambassadeurs, réunie à Londres pour régler le conflit balkanique, décida de la création d'une « principauté souveraine héréditaire et neutre d'Albanie », dont le trône fut confié à un prince allemand, Guillaume de Wied. Ce nouvel État ne s'étendait toutefois que sur 28 000 kilomètres carrés (les frontières de l'Albanie actuelle), laissant en dehors du nouvel État deux régions au peuplement majoritairement albanais : le Kosovo concédé à la Serbie, et la Çameria (Épire du Sud) à la Grèce. La population albanaise de Macédoine, vivant principalement dans la Macédoine du Vardar, était confiée à la Serbie. Des Albanais vivaient également au Monténégro, et dans le Sandžak de Novi Pazar, étroite bande musulmane qui avait séparé Serbie et Monténégro depuis 1878, et qui était maintenant partagée entre les deux États.

La création d'un État d'Albanie apparut à l'époque comme une victoire de la diplomatie autrichienne, soucieuse d'interdire à la Serbie l'accès direct à l'Adriatique. En réponse, les Serbes déployèrent une intense propagande pour nier toute légitimité à la revendication albanaise. Le Serbe Stojan Protić allait jusqu'à réduire tout le nationalisme albanais à une pure et simple création de la diplomatie autrichienne[1]. Ce fragile État d'Albanie naissait dans les pires conditions. Son prince allemand rembarqua quelques mois après avoir tenté de s'installer, et la Première Guerre mondiale fit basculer l'Albanie dans une anarchie généralisée.

Hormis le cas de l'Albanie, où le prince de Wied n'eut pas le temps d'instaurer un semblant d'État[2], la carte des Balkans au sortir des conflits de 1912-

1. Balkanicus (pseudonyme de S. Protić), *Le problème albanais, la Serbie et l'Autriche-Hongrie*, Paris, A. Challamel, 1913.

2. Pour une évocation romanesque de cette période compliquée de l'histoire albanaise, voir Ismail Kadaré, *L'année noire*, Paris, Fayard, traduit de l'albanais par Jusuf Urioni, 1987.

1913 semblait réaliser beaucoup des aspirations nationales mûries depuis un siècle. Des États, se définissant comme des États-nations, avaient acquis une totale indépendance et se partageaient le territoire. La Bulgarie était toutefois la grande perdante, du fait de la perte de la Dobroudja, au nord, au profit de la Roumanie, et de son échec à s'implanter notablement en Macédoine. Grèce, Serbie et Monténégro sortaient victorieux de l'épreuve.

La question albanaise illustre combien l'émergence d'États-nations dans les Balkans, favorisée ou contrariée selon les cas par les intérêts contradictoires des grandes puissances, impliquait l'apparition de nouveaux conflits. Les territoires revendiqués de manière exclusive par un État comme « berceau » de sa nation, l'étaient également par d'autres États, tout aussi assurés de leurs droits démographiques ou historiques. Aucun découpage territorial des Balkans ne pouvait satisfaire toutes les revendications. Les découpages territoriaux ne sont toujours que le fruit de rapports de force, laissant des gagnants et des perdants. Et les perdants d'un jour n'attendent que l'occasion de prendre leur revanche.

Le partage des dépouilles de l'Empire ottoman était gros des conflits encore à venir. Aucun des nouveaux États ne présentait la cohérence ethnique ou nationale dont ils se targuaient tous. Les Slaves macédoniens ne pouvaient apprécier que très modérément la tutelle serbe ou grecque, et la question albanaise n'était pas réglée, du fait de l'anarchie régnant dans le nouvel État, mais surtout parce que la moitié environ des Albanais étaient d'emblée rejetés en dehors des frontières théoriques de cet État.

La réalité plurinationale et pluriculturelle de l'Empire ottoman était par contre bien morte. Les temps de l'État-nation étaient durs pour ceux qui se

FIGURE 4

Les États balkaniques après 1912-1913

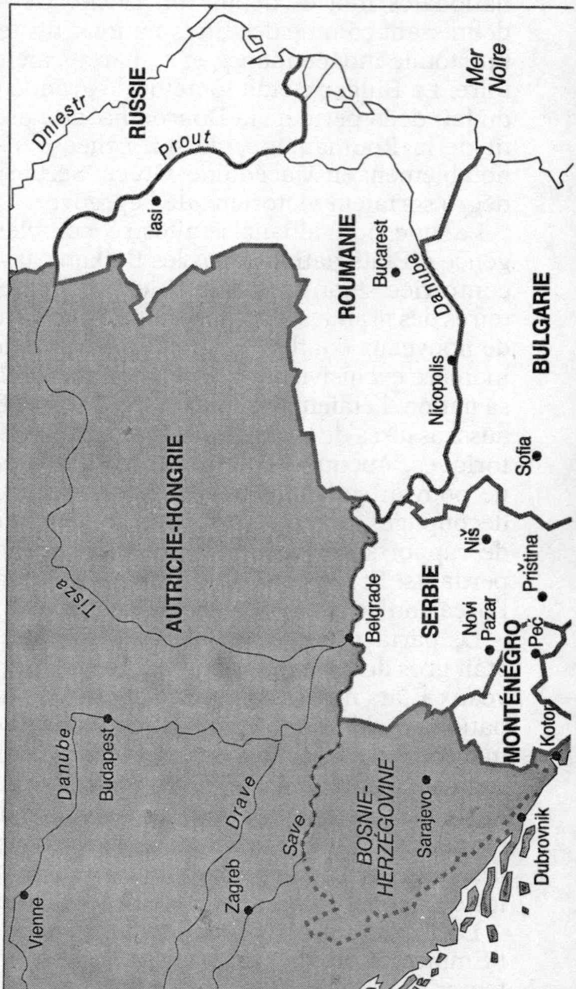

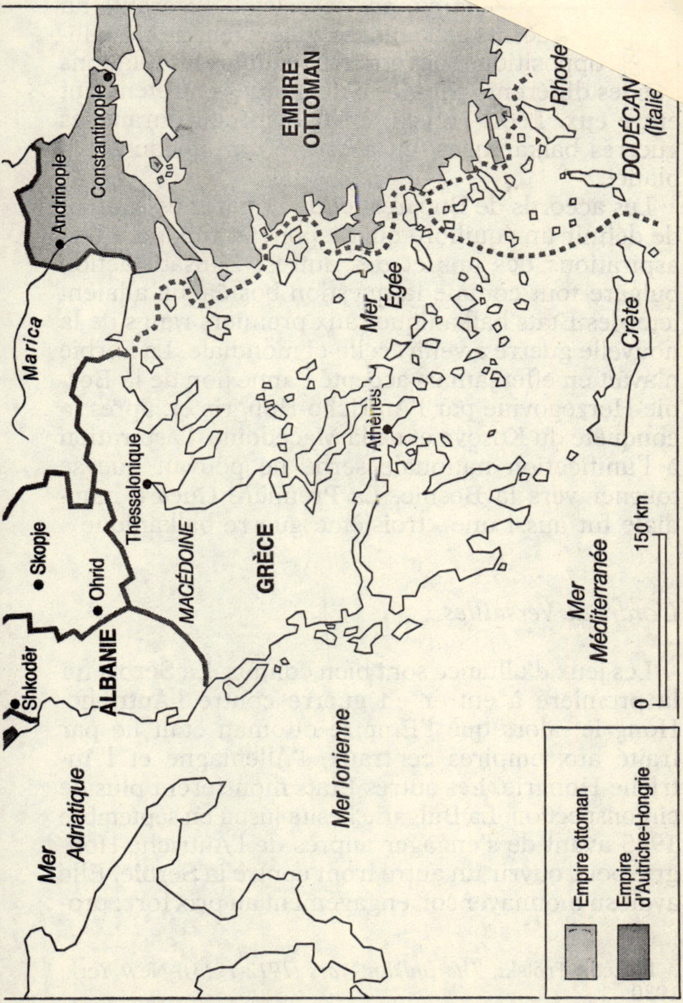
Mer Adriatique
Shkodër
ALBANIE
Ohrid
Skopje
MACÉDOINE
GRÈCE
Thessalonique
Marica
Andrinople
Constantinople
EMPIRE OTTOMAN
Mer Égée
Athènes
Crète
Mer Ionienne
Mer Méditerranée
0
150 km
Empire ottoman
Empire d'Autriche-Hongrie

trouvèrent en situation de minorité nationale, et les massacres commis par tous les belligérants au cours des guerres balkaniques achevèrent de cristalliser en oppositions souvent irréductibles les relations que les différents peuples balkaniques entretenaient entre eux. Léon Trotski, envoyé spécial durant les guerres balkaniques, en a dressé un tableau accablant[1].

Les accords de Bucarest et de Londres essayaient de définir un équilibre qui ne pouvait répondre aux aspirations des uns et des autres. L'insatisfaction bulgare tout comme la question bosniaque allaient jeter les États balkaniques aux premiers rangs de la nouvelle guerre à venir, celle-ci mondiale. La Serbie n'avait en effet jamais accepté l'annexion de la Bosnie-Herzégovine par l'Autriche-Hongrie et, après la conquête du Kosovo et de la Macédoine, l'aspiration à l'unification nationale serbe ne pouvait que se tourner vers la Bosnie. La Première Guerre mondiale fut aussi une « troisième guerre balkanique ».

L'ordre de Versailles

Les jeux d'alliance sont bien connus. La Serbie fut la première à entrer en guerre contre l'Autriche-Hongrie, alors que l'Empire ottoman était lié par traité aux empires centraux, l'Allemagne et l'Autriche-Hongrie. Les autres États montrèrent plus de circonspection. La Bulgarie hésita jusqu'en septembre 1915 avant de s'engager auprès de l'Autriche-Hongrie pour ouvrir un autre front contre la Serbie. Elle avait su monnayer son engagement au prix fort : pro-

1. Léon Trotski, *The Balkan Wars (1912-1913)*, New York, 1980.

messe de cession d'une partie de la Thrace orientale par la Turquie et retour aux frontières de 1912. La Roumanie, alléchée par la perspective de réunir la Transylvanie, alors austro-hongroise et à la population majoritairement hongroise, rallia le camp des alliés en août 1916. L'engagement de la Grèce, à l'automne 1915, se fit en bonne part en réaction à l'entrée en guerre de la Bulgarie.

Le règlement du conflit mondial dans les Balkans, l'« ordre de Versailles » — en fait entériné pour les Balkans par les traités de Saint-Germain-en-Laye (10 septembre 1919) qui partagea les dépouilles de l'Empire austro-hongrois, et de Neuilly (27 novembre 1919) —, se fit sous l'étroite tutelle des puissances victorieuses. Le « principe des nationalités », avancé par le président américain Wilson et qui servit à justifier le démantèlement de l'Empire austro-hongrois, connut une application spécieuse dans les Balkans. Sur quelles bases devaient être définies les nationalités en mesure de faire valoir leur droit à l'autodétermination ?

Loin d'être fondé sur ce « droit des peuples », le règlement du conflit consista à récompenser les États qui s'étaient engagés dans le conflit du côté des vainqueurs, et à punir ceux qui avaient fait le « mauvais choix ». La Grèce n'eut pas à se plaindre de son engagement, car elle obtint de la Bulgarie la Thrace occidentale, mais elle se lança dans l'aventure catastrophique d'une guerre contre la Turquie en 1920 pour tenter de réunir les populations helléniques d'Asie mineure. La conférence de Lausanne (24 juillet 1923) fixa la frontière gréco-turque, et provoqua un des plus vastes échanges de populations des Balkans.

Les deux grands vainqueurs de la guerre et des négociations furent la Roumanie et la Serbie. La

FIGURE 5

Les États balkaniques au lendemain de la Première Guerre mondiale

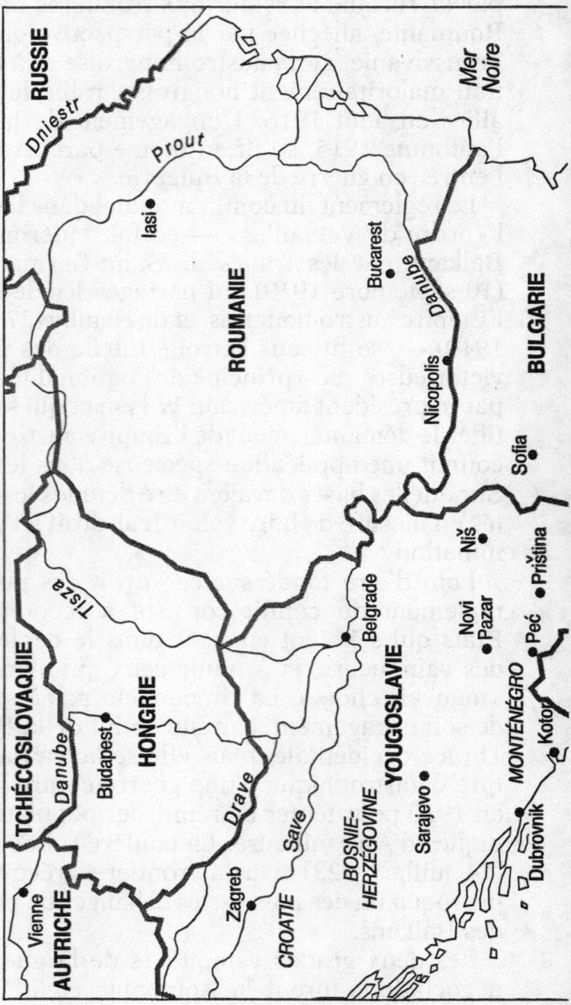

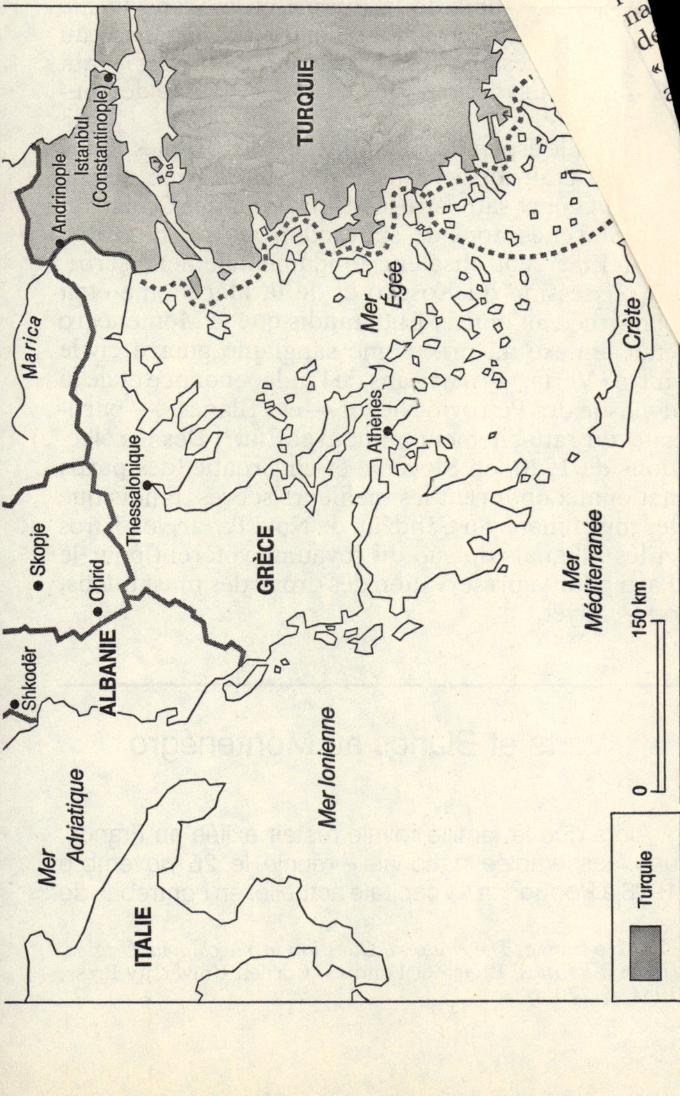
TURQUIE
Istanbul (Constantinople)
Andrinople
Marica
Skopje
Ohrid
Shkodër
ALBANIE
Thessalonique
GRÈCE
Mer Égée
Athènes
Crète
Mer Méditerranée
Mer Ionienne
Mer Adriatique
ITALIE
0
150 km
Turquie

mière doublait presque son territoire en obtenant la Bessarabie de la Russie, et la Transylvanie l'Autriche-Hongrie. La seconde créait le nouveau royaume des Serbes, Croates et Slovènes », qui llait devenir, dix ans plus tard, le royaume de Yougoslavie.

La vieille espérance d'unification des peuples slaves du Sud était ainsi réalisée sous une forme qui ne pouvait guère satisfaire les aspirations des Croates et des Slovènes, tout de suite confrontés à la réalité d'un État centralisateur fondamentalement serbe. La possession du Kosovo et de la Macédoine était confirmée au nouvel État, tandis que le Monténégro était annexé au prix d'une sanglante guerre civile entre « Verts » — partisans de l'indépendance et de la dynastie des Petrović Njegoš — et « Blancs » — partisans du rattachement au nouvel État[1]. Dès les élections de 1920, en Slovénie et en Croatie, des partis nationaux obtinrent les meilleurs scores, tandis que les musulmans du Sandžak de Novi Pazar, les Turcs et les Albanais du sud du royaume votèrent pour le Parti pour la préservation des droits des musulmans, ou Çemiyet.

Verts et Blancs au Monténégro

Alors que la famille royale restait exilée en France, une « assemblée nationale » réunie le 26 novembre 1918 à Podgorica (la capitale actuelle, en contrebas de

1. Ivo Banać, *The National Question in Yugoslavia. Origins, History, Politics*, Ithaca et Londres, Cornell University Press, 1984, p. 270 *sq.*

la capitale historique du royaume, Cetinje) prononça la déposition du roi Nikola Ier et le rattachement à la Serbie. Les décisions de l'assemblée furent immédiatement contestées par une large part des Monténégrins, issus de plusieurs tribus des *narhije* de Katunska, de Brda et d'Hercegovina — le terme *narhija* ayant au Monténégro le sens de confédération de tribus. L'opposition entre les « Blancs », partisans du rattachement, et les « Verts », partisans de l'indépendance, était irréductible. Une guerre civile sanglante allait opposer les unités militaires des Verts, les komitasis, aux détachements blancs et à l'armée yougoslave. Retranchés dans les montagnes de la région de Cetinje, les derniers komitasis ne déposèrent pas les armes avant le début des années 1930. La sociologie politique du Monténégro présente une surprenante permanence. Les tribus qui avaient été blanches combattirent avec les Tchetniks serbes durant la Seconde Guerre mondiale, tandis que les tribus vertes rejoignirent les partisans communistes de Tito ; le clivage actuel de la vie politique monténégrine recouvre toujours cette division : les partisans de Belgrade, aujourd'hui regroupés derrière Momir Bulatović, sont issus des tribus blanches, tandis que les Verts soutiennent le président de la République Milo Djukanović, ou bien le Parti libéral, partisan d'une indépendance immédiate du Monténégro.

Le débat politique yougoslave allait vite se focaliser autour de l'affrontement serbo-croate, reléguant au second plan les problèmes des provinces méridionales, alors que la pensée politique proprement serbe hésitait entre deux tendances. L'une, incarnée par le Parti radical, s'en tenait à une vision proprement nationaliste serbe, tandis que l'autre courant, celui du Parti démocratique des frères Pribižević visait à créer un nationalisme yougoslave fédérateur. Dans tous les cas, les Croates sont perçus comme des ennemis potentiels, et les musulmans slaves comme des Serbes ayant abjuré la foi de leurs ancêtres au cours des siècles, tandis que les peuples non slaves, comme les Albanais, n'ont guère leur place dans le nouvel État.

La Yougoslavie royale resta marquée par un très grand centralisme, renforcé par la création de circonscriptions administratives, les *banovine* (singulier : *banovina*), dépourvues de signification historique, des peuples comme les Croates ou les Albanais étant, par exemple, partagés entre plusieurs *banovine*. Ce n'est qu'en 1939 que fut trouvé un « compromis serbo-croate » passant par la création d'une *banovina* de Croatie, étendue à l'essentiel de la Bosnie.

La guérilla des Albanais du Kosovo essaya de remettre en cause cette nouvelle donne régionale. En fait, la survie et la définition même de l'État d'Albanie n'étaient nullement assurées en 1918. Le principe de la restauration d'un État indépendant ne fut définitivement acquis qu'au printemps 1920, alors que des troupes françaises étaient toujours casernées à Korça, et que les Italiens occupaient le littoral. L'Albanie fut admise à la Société des Nations en décembre 1920, et les premières élections, en 1921, virent la victoire d'un notable musulman du Nord, Ahmed Zogu, soutenu par les services secrets yougoslaves. Les principaux ennemis d'Ahmed Zogu étaient en effet les Albanais du Kosovo émigrés dans le nouvel État. Basés en Albanie, ils formèrent le Comité Kosovo, dominé par les personnalités de Bajram Curri et d'Hasan Prishtina, en vue de construire un État regroupant tous les Albanais des Balkans.

En fait, dès 1913, au moment des guerres balkaniques, les Albanais du Kosovo étaient entrés en guérilla et, cinq ans plus tard, ils n'entendaient pas accepter l'ordre balkanique décrété par les vainqueurs de la Première Guerre mondiale. Ce fut le mouvement des Kaçaks. Sous la conduite d'Azem Bejta, ils établirent d'abord une petite « zone libre » autour du village de Junik, près de la frontière albanaise, avant de se replier dans la « République de Drenica », la région d'Azem Bejta. La répression fut sanglante. Des sources italiennes rapportent qu'en janvier et février 1919 les forces serbes tuèrent 6 040 personnes et détruisirent 3 873 maisons[1].

De son côté, Ahmed Zogu soutenait l'ordre de Versailles et trahissait donc, aux yeux du Comité Kosovo, la cause nationale albanaise. Les coups d'État à répétition ne cessèrent que le temps de la brève expérience démocratique impulsée par l'évêque orthodoxe Fan Nolli. Issu de la communauté albanaise des États-Unis, artisan de la création d'une Église orthodoxe albanaise autocéphale, Fan Nolli fut porté au pouvoir par la révolution du printemps 1924, mais son programme démocratique, qui incluait une réforme agraire, était inacceptable pour les grands propriétaires terriens qui, avec l'aide de Russes blancs rescapés de l'armée de Wrangel, préparèrent depuis Belgrade une expédition militaire pour chasser l'« évêque rouge ». Grâce à l'appui de Belgrade, Zogu revint au pouvoir en décembre 1924, avant de se proclamer roi d'Albanie en 1928. Sa victoire signifiait un abandon des Albanais du Kosovo, et le mouvement kaçak ne tarda pas à s'essouffler sous les coups de la répression.

De fait, l'existence du mouvement kaçak contri-

1. L. Rushiti, *Lëvizja kaçakë në Kosovë*, Priština, 1981.

bua à fortifier parmi les Albanais du Kosovo une culture et une tradition de résistance. Pour eux, dès cette époque, l'occupation yougoslave de la province relevait d'un régime colonial.

La politique de Zogu, devenu Zog Ier, représentait, malgré tout, la condition d'une stabilisation politique de l'Albanie, et le roi entreprit d'édifier un appareil d'État dans un pays à la structure sociale demeurée fondamentalement préétatique. Elle impliquait aussi une acceptation de l'ordre de Versailles, qui domina les Balkans jusqu'en 1941, et pacifia pour un temps les relations entre l'Albanie et la Yougoslavie.

La Bulgarie était le pays des Balkans le plus à même de nourrir de la rancœur à propos du règlement du conflit. Tout naturellement, elle abritera les bases arrière des Comitadjis macédoniens qui continuaient eux aussi à combattre le nouvel État yougoslave, et à se revendiquer Bulgares. Les violentes luttes de faction internes privèrent le mouvement d'une véritable capacité opérationnelle, mais son maintien signifiait au moins que l'ordre des États balkaniques défini par les grandes puissances suscitait toujours l'insatisfaction des peuples qui s'estimaient dépossédés de leurs droits. Fort naturellement, les Comitadjis s'allièrent avec un nouveau mouvement clandestin croate, les Oustachis (ou « insurgés »), pour assassiner le roi Alexandre de Yougoslavie à Marseille en octobre 1934. Le ministre français des Affaires étrangères Barthou fut lui aussi victime de l'attentat.

La communauté internationale veilla jusqu'en 1939 à ce que les frontières issues des traités de 1919-1920 ne soient pas menacées, mais la consolidation des États balkaniques se fit partout sur un mode autoritaire, dérivant fréquemment vers des formes autochtones de fascisme. Les oppositions politiques et sociales furent vite muselées, et tous les États de la région se pensèrent comme des États-nations unitaires, ignorant systématiquement les droits des minorités. Seul le royaume yougoslave, s'il étouffa les aspirations des Albanais ou des Hongrois de Voïvodine, ne pouvait réduire la singularité de chacun des peuples slaves qui le composaient, notamment celle du peuple croate. Les tentatives de création d'un sentiment national yougoslave ne furent guère couronnées de succès. Tandis que les différents peuples soumis considéraient le royaume comme une simple extension de la monarchie serbe, les Serbes eux-mêmes n'avaient nullement l'intention de dépasser leur création nationale dans l'affirmation d'une identité yougoslave. L'importation de la forme politique de l'État-nation, issue de la tradition occidentale, était pourtant bien imparfaite pour encadrer les réalités humaines, sociales et historiques des Balkans. Les nouveaux États ne résistèrent guère à la bourrasque de la Seconde Guerre mondiale, obligeant chaque peuple à repenser les formes étatiques de son devenir.

CHAPITRE III

DES SOCIALISMES ATYPIQUES

Avec la Seconde Guerre mondiale, les États balkaniques révélèrent leur faiblesse : ils s'effondrèrent comme des châteaux de cartes, à l'exception de la Grèce qui opposa une résistance héroïque et désespérée aux forces italiennes. Les puissances d'occupation redéfinirent la carte de la région, marquée par un enchevêtrement de différentes zones d'occupation. Parmi les principales caractéristiques de ces Balkans hitlériens, on assiste à la formation d'une « Grande Albanie » sous contrôle italien et à l'émergence d'un « État indépendant croate », en fait sous tutelle allemande. Très vite se constituèrent des mouvements de résistance qui réussirent au final à libérer la péninsule au prix de luttes souvent héroïques. Ces résistances étaient elles-mêmes divisées, et tous les pays de la région connurent l'affrontement fratricide entre une résistance communiste et une résistance « légaliste », attachée à restaurer les cadres étatiques et politiques ayant existé avant l'invasion. Les grandes puissances jouèrent leur partie, en favorisant ici la résistance communiste (Yougoslavie), en s'opposant ailleurs par tous les moyens à son succès (Grèce). La vision des vainqueurs du devenir régional n'était pas elle-même bien déterminée, et cette expérience de la guerre aurait pu déboucher sur une redéfinition totale des cadres étatiques des Balkans. Les partis communistes de la région n'avaient-ils pas caressé l'idée d'une fédération balkanique ? Au contraire, les frontières demeurèrent finalement presque inchangées, mais les Balkans, à l'exception de la Grèce, s'engageaient désormais dans la voie d'une expérience socialiste.

Le mouvement communiste et la question nationale dans les Balkans

Quelle vision les communistes vainqueurs en Yougoslavie et en Albanie avaient-ils de la question nationale ? Les partis communistes avaient connu une très brève heure de gloire à la fin de la Première Guerre mondiale, avant d'être vite plongés dans la clandestinité. Dès le début des années 1920, tous les partis communistes de la région sont placés hors la loi.

Le Parti communiste yougoslave (PCY) était assurément le plus fort de la région. Après son succès aux élections de 1920 (24 % des voix, avec des pointes à 30-40 % au Monténégro et en Macédoine)[1], il essaya de construire un réseau de cadres et de militants, mais les divisions internes l'affaiblirent aussi sûrement que la traque des policiers du royaume yougoslave, après son interdiction en décembre 1920. Le Parti communiste bulgare (PCB) restait squelettique, et sa figure de proue, Georgi Dimitrov, grand patron du Komintern, résida à Berlin puis à Moscou, en se désintéressant largement des affaires balkaniques. En Grèce, la dictature du général Metaxas

1. Ivo Banać, *The National Question in Yugoslavia*, *op. cit.*

bloqua tout développement du Parti communiste, et le communisme demeura une chose parfaitement inconnue en Albanie jusqu'à la Seconde Guerre mondiale.

Dans les années qui suivent immédiatement le premier conflit mondial, les communistes balkaniques sont tentés de reprendre, à propos des questions nationales, le discours dominant de chacun de leur propre pays. Les communistes bulgares sont ainsi volontiers revanchards, la Bulgarie figurant parmi les perdants de la Première Guerre mondiale, tandis que les Yougoslaves adhèrent au nouvel État unitaire qui vient d'être créé. Leur position intransigeante et leur hostilité à toute revendication nationale tenue pour une « aspiration petite-bourgeoise » cachent souvent un nationalisme inavoué de la part des militants communistes appartenant aux nations dominantes. Les communistes yougoslaves, dont les premiers cadres sont majoritairement serbes, sont, par exemple, prompts à dénoncer les partis nationaux et « cléricaux » croates ou slovènes. D'une manière générale, ils refusent le débat sur les questions nationales, estimant qu'il est de nature à détourner les masses des revendications sociales. Une position qui revient à accepter un cadre étatique pourtant loin de faire l'unanimité[1]. Le journal du Parti, les *Radničke Novine* (*Nouvelles ouvrières*), dénonce même vigoureusement les « fédéralistes », en fait des socialistes de gauche qui proposaient une « fédération des États-Unis balkaniques[2] ».

1. Sur le difficile rattachement de la Croatie au nouvel État yougoslave, voir Jasna Adler, *L'union forcée. La Croatie et la création de l'État yougoslave*, Chêne Bourg, Georg éditeur, 1997.

2. Une dizaine de numéros du journal *La Fédération des États-Unis yougoslaves* ont été publiés à Paris. Voir V. C. Fisera,

Et pourtant, le vote communiste de 1920 en Yougoslavie avait largement été un vote anticentraliste. Le PCY obtenait ses meilleurs résultats au Monténégro, en Macédoine ou au Kosovo. Des régions particulièrement peu industrialisées mais surtout des régions où n'existait pas de parti nationaliste, comme on pouvait en trouver en Slovénie ou en Croatie. Les déçus du nouveau royaume unitaire avaient beaucoup plus massivement voté communiste que les ouvriers de Zagreb ou de Belgrade.

La position du PCY sur les questions nationales devait cependant évoluer, au gré des changements de ligne du Komintern. Le premier dirigeant du Parti, S. Marković, est opposé à l'autodétermination des nationalités non serbes, mais cette ligne se heurte très vite à celle de l'Internationale, qui veut remettre en cause l'ordre « impérialiste » de Versailles, et souhaite mobiliser contre les accords internationaux issus de la Première Guerre mondiale. Le Komintern fixe alors le slogan d'une « République fédérative des soviets d'Europe », et pose comme première condition la destruction des États multinationaux comme la Yougoslavie ou encore comme la Roumanie, où vivent d'importantes minorités hongroise et allemande. Le Ve congrès de l'Internationale communiste, en juillet 1924, impose au PCY d'inscrire à son programme le mot d'ordre de « séparation de la Croatie, de la Slovénie et de la Macédoine du cadre de la Yougoslavie et leur constitution en républiques indépendantes[1] ». Cette position intransigeante de l'Internationale amena probablement le Parti communiste yougoslave à perdre beaucoup de sympathi-

---

Les peuples slaves et le communisme, Paris, Berg International, 1992, p. 176.

1. *Ibid.*, p. 207.

sants potentiels en Serbie, sans en gagner en Slovénie, en Croatie ni parmi les musulmans slaves et albanais du royaume. De tels changements de ligne ont également interdit au PCY de se poser en défenseur d'une ligne « yougoslaviste » de gauche et républicaine, qui aurait pu rallier une part non négligeable des intelligentsias de tous les peuples réunis dans le royaume. De fait, la dynastie serbe des Karadjordjević confisque à son profit l'idée yougoslave et nul ne vient sérieusement lui en contester la légitimité, tandis que l'option séparatiste rallie de plus en plus l'opinion croate.

À partir des années 1930, l'Internationale communiste subordonne tous les efforts des militants communistes du monde à la « défense de l'URSS » contre le fascisme, et réhabilite dans ce cadre le rôle des États existants et même le concept de patriotisme. L'URSS a besoin d'alliés et considère que des alliances tactiques doivent être passées avec les bourgeoisies nationales autrefois vilipendées. Bien sûr, dans les Balkans, les partis communistes, hors la loi, ne peuvent espérer participer à des fronts populaires comme en Europe de l'Ouest, mais les partis doivent essayer de combattre les forces agressives envers l'URSS. Par exemple, lorsque le Premier ministre yougoslave Stojadinović esquisse un rapprochement avec l'Italie fasciste, en 1937, le Parti manifeste violemment dans la rue. Le Parti devient désormais le défenseur de l'unité yougoslave, s'opposant notamment aux séparatistes croates radicaux, les Oustachis, soutenus par Mussolini. À cette époque, le Parti ne compte que 1 000 à 1 500 membres, et sa direction a été dramatiquement affaiblie par les purges de 1937[1].

1. Le romancier nationaliste serbe Dobrica Ćosić évoque magistralement une figure de dirigeant communiste serbe pris

Les cadres du Parti ont, pour la plupart, été éliminés à Moscou, la Guépéou stalinienne se révélant plus dangereuse que la police des Karadjordjević. Mais ces purges permirent l'ascension au sein du PCY d'un cadre du Komintern, jusqu'alors spécialisé dans les besognes de l'ombre, le Croato-Slovène Josip Broz, dit Tito, qui devient secrétaire général du Parti.

La guerre va marquer un nouveau tournant. Dans un premier temps, le PCY, doublement décimé par la répression gouvernementale et les purges staliniennes, ne manifeste guère d'états d'âme face à la signature du Pacte germano-soviétique. Le communisme yougoslave compte peu de dissidents, trotskistes ou autres. Le 25 mars 1941, le régent Paul — qui préside aux destinées du royaume vu le jeune âge du roi Pierre II Karadjordjević — acculé par Hitler, avait signé un pacte avec l'Allemagne nazie. Deux jours plus tard, le 27 mars, il est renversé par un putsch militaire, tandis que la population de Belgrade, en partie à l'initiative du Parti communiste toujours clandestin, défile aux cris de « Mieux vaut la guerre que le pacte, mieux vaut le tombeau que l'esclavage ! ». Le 6 avril, l'aviation allemande bombarde la capitale yougoslave, faisant plusieurs milliers de victimes. Le pays est envahi en une dizaine de jours. Les structures chancelantes du royaume, déjà ébranlées par l'octroi d'une très large autonomie territoriale à la Croatie — dans le cadre de la « *banovina* de Croatie » mise en place en 1939 (voir chapitre II) — se sont effondrées en démontrant leur fragilité.

En réaction à l'attaque de l'URSS par l'Alle-

---

dans le tourbillon de ces purges dans son roman *Le temps du mal*, Lausanne, L'Âge d'homme, 1994.

magne, le 22 juin 1941, les dirigeants soviétiques vont développer un discours panslaviste, appelant tous les « frères de race » à la lutte contre l'ennemi commun. Un « Comité de tous les Slaves » se met en place à Moscou en août 1941 et, dans ce cadre, la lutte « héroïque » du peuple serbe est exaltée.

Les peuples des Balkans en guerre et en résistance

L'Allemagne nazie et l'Italie fasciste procédèrent à une redéfinition radicale de la carte politique des Balkans. Les Allemands annexent le nord de la Slovénie, et se réservent l'administration du Banat, une partie de la Voïvodine largement peuplée de *Volksdeutschen* de langue allemande qui furent presque tous expulsés après la guerre. L'Italie annexe une large bande côtière, qui réunit le sud de la Slovénie, la Dalmatie et le Monténégro. Les régions du Kosovo et de Macédoine peuplées d'Albanais sont rattachées à la « Grande Albanie », également créée sous l'égide mussolinienne. Le reste de la Macédoine yougoslave revient à la Bulgarie. La Hongrie reçoit une part de la Voïvodine, la Baranja et le Medjumurje (Croatie), ainsi que le Prekmurje (Slovénie). Le reste du pays se partage entre un « État indépendant de Croatie » (*Nezavisna Država Hrvatske*, ou NDH), protégé du grand Reich et dirigé par les ultranationalistes croates, les Oustachis d'Ante Pavelić, et la Serbie occupée, dirigée à partir d'août 1941 par le général Nedić, qui se donne pour ambition d'être « le Pétain serbe ». Le NDH des Oustachis comprend la Croatie, diminuée des régions annexées par l'Italie et la Hongrie, mais augmentée de presque toute la Bosnie-Herzégovine.

La résistance ne tarde pas à s'organiser à partir de

FIGURE 6
Les Balkans en 1942

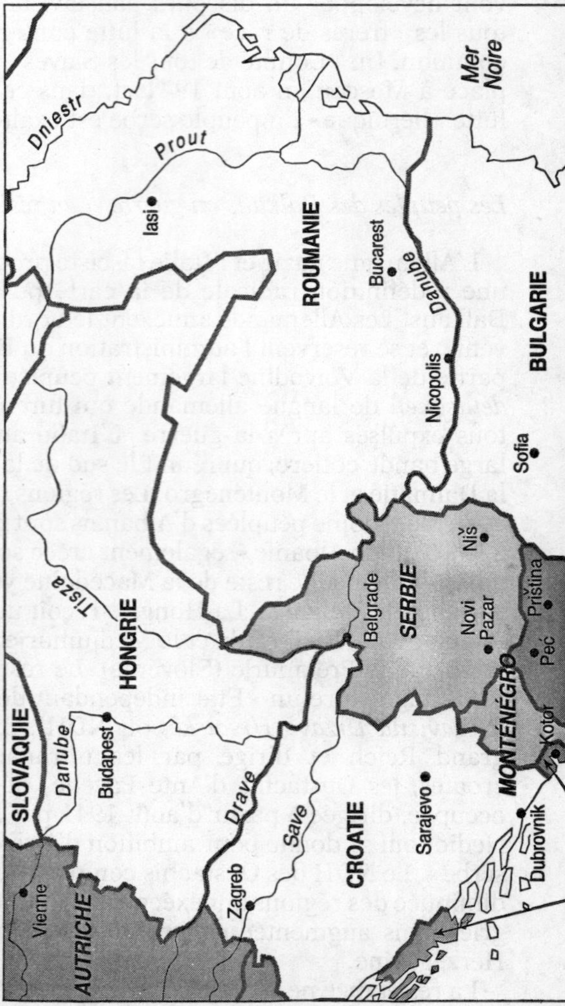

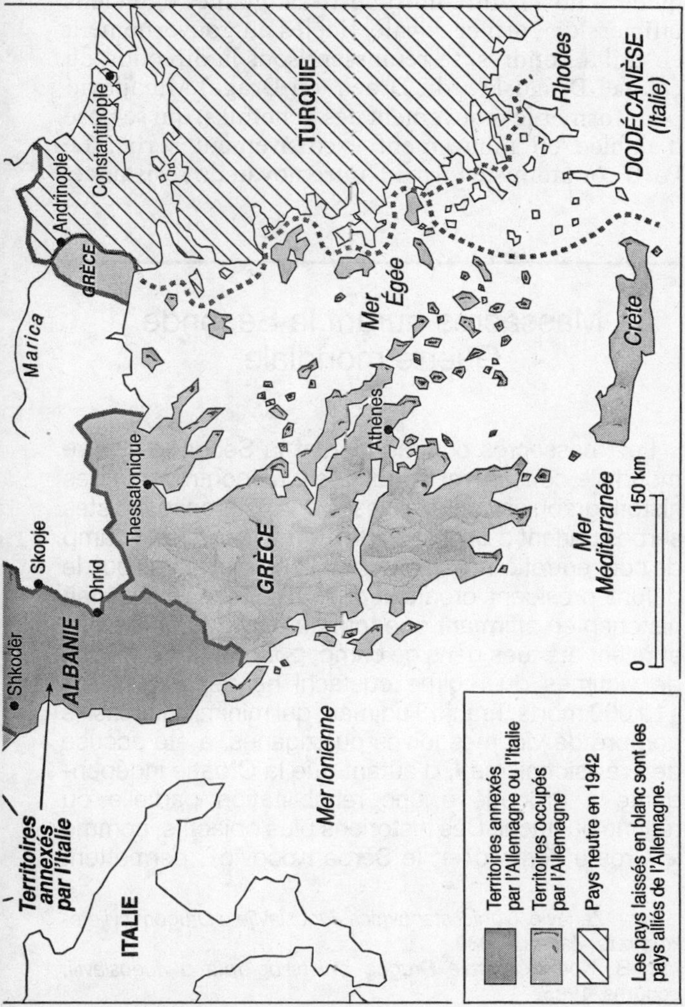
Territoires annexés par l'Italie
ITALIE
Shkodër
ALBANIE
Skopje
Ohrid
Mer Ionienne
GRÈCE
Thessalonique
Athènes
Marica
GRÈCE
Andrinople
Constantinople
TURQUIE
Mer Égée
Crète
Rhodes
DODÉCANÈSE (Italie)
Mer Méditerranée
0 150 km
Territoires annexés par l'Allemagne ou l'Italie
Territoires occupés par l'Allemagne
Pays neutre en 1942
Les pays laissés en blanc sont les pays alliés de l'Allemagne.

deux groupes qui vont entrer en rivalité, et même se mener l'un à l'autre une guerre sanglante : d'anciens officiers de l'armée royale, fidèles au gouvernement en exil à Londres, se réunissent sous la direction du colonel Dragoslav (dit Draža, ou Draga) Mihajlović pour former le mouvement des Tchetniks, qui se pose d'emblée en mouvement exclusivement serbe. Le Parti communiste forme l'autre noyau de résistance.

Massacres durant la Seconde Guerre mondiale

Les massacres commis durant la Seconde Guerre mondiale constituent le point le plus controversé des historiographies yougoslaves. Certains propagandistes serbes parlent d'un million de morts dans le seul camp de concentration oustachi de Jasenovac, tandis que le défunt président croate, Franjo Tudjman, s'était fait historien en affirmant que tout au plus 30 000 Serbes auraient été tués dans ce camp, pour un nombre total de victimes du régime oustachi ne dépassant pas 110 000 morts. Franjo Tudjman, qui minimisait aussi le nombre de victimes juives ou tziganes, a été accusé de « révisionnisme », d'autant que la Croatie indépendante a procédé à une réhabilitation partielle du régime oustachi. Des historiens plus objectifs, comme le Croate Žerjavić[1] et le Serbe Koćović[2], permettent

1. V. Žerjavić, *Gubici stanovnica Jugoslavije u Drugom svjetskom ratu*, Zagreb, 1989.
2. B. Koćović, *Žrtve Drugog svijetskog rata u Jugoslaviji*, Londres, 1985.

de proposer le bilan suivant. La guerre aurait fait au total un million de victimes sur tout le territoire yougoslave (pour une population de 16 millions d'habitants). Sur ce total, il faudrait décompter environ 300 000 victimes serbes dans le seul État indépendant croate (NDH). Les combats ou les massacres de villages isolés ayant fait un grand nombre de victimes, le nombre des morts doit être revu à la baisse à Jasenovać, mais aux Serbes, il faut ajouter les juifs et les Roms massacrés par les Oustachis. La création du NDH est proclamée le 10 avril 1941 à Zagreb, et, dès le mois de mai, les campagnes de massacres des Serbes commencent en Bosnie, souvent assorties de tentatives de conversions forcées au catholicisme. Les affrontements entre Tchetniks, Oustachis et partisans ont fait de très nombreuses victimes, notamment en Bosnie, des villages entiers payant au prix fort le fait d'avoir apporté une aide au camp adverse. Les Tchetniks se sont notamment « illustrés » par de nombreux massacres de Croates et de musulmans, comme à Foća, en Bosnie orientale, à la fin de l'année 1941. En Serbie, les juifs ont aussi été victimes de la politique antisémite du régime du général Nedić, et des milices fascistes de Dimitrije Ljotić. Les partisans n'ont pas été en reste, surtout à la fin de la guerre. L'épisode le plus connu est celui de Bleiburg-Kočevje (Slovénie). Près de 30 000 hommes rescapés des milices adverses — gardes blancs slovènes, Tchetniks ou Domobranis, c'est-à-dire conscrits de l'armée régulière du NDH (à distinguer des Oustachis, comme l'on peut distinguer les appelés de la Wehrmacht des SS) — furent exécutés en mai 1945. La « pacification » du Kosovo par les partisans, notamment la région centrale de la Drenica, au printemps 1945, fit aussi des milliers de victimes. Le souvenir de ces massacres a joué un rôle idéologique majeur dans les récentes guerres. Les combattants de tous les camps revendiquaient souvent une logique de vengeance pour justifier leurs exactions[1].

Même si leur organisation fut toujours défectueuse, laissant libre cours à des bandes mal contrôlées, les Tchetniks restèrent tout au long de la guerre la principale force de résistance en Serbie et dans une partie du Monténégro. Les partisans communistes avaient tenté dès septembre 1941 de créer une « république bolchevique » dans le massif du Zlatibor, près d'Užice, au sud-ouest de la Serbie, mais l'aventure tourna tragiquement court. Durant les premières années de la guerre, les partisans ne réussirent pas non plus à s'implanter très fortement en Croatie, où les Oustachis les pourchassaient impitoyablement. Ils furent par contre très vite hégémoniques auprès de populations qui ne pouvaient se reconnaître ni dans le nationalisme serbe des Tchetniks, ni dans le nationalisme croate des Oustachis. Les Monténégrins « verts », c'est-à-dire les anciens partisans de la dynastie des Petrović Njegoš rallièrent d'autant plus massivement les Partisans que le prince Danilo, héritier de la dynastie, avait refusé une restauration du trône sous protection italo-allemande. Alors que les tribus « blanches » du Monténégro se faisaient tchetniks, les tribus « vertes » basculaient du côté de Tito, contribuant ainsi à perpétuer la vieille ligne de partage politique du pays (lire encadré « Verts et Blancs au Monténégro », chapitre II). Si certains Macédoniens antiserbes avaient salué le rattachement de la Macédoine yougoslave à

1. Voir Joseph Krulić, *Histoire de la Yougoslavie de 1945 à nos jours*, Bruxelles, Complexe, 1993, p. 37 *sq*.

la Bulgarie, beaucoup plus nombreux furent ceux qui rallièrent les partisans. De même, les partisans recrutèrent largement auprès des musulmans de Bosnie. Le chef des Oustachis, le *poglavnik* (équivalent croate de *Führer* ou de *duce*) Ante Pavelić, avait certes déclaré qu'ils constituaient « la fleur de la nation croate » et pratiqué des gestes d'ouverture à leur égard, comme la construction d'une grande mosquée à Zagreb, mais ces populations, prises en tenaille entre nationalismes serbe et croate, étaient naturellement tentées par le discours antinationaliste des combattants de Tito. Seuls les Albanais du Kosovo et de Macédoine étaient enclins à voir en la « Grande Albanie » créée sous l'égide mussolinienne une réalisation acceptable de leurs aspirations nationales. Les rangs des partisans restèrent tout au long de la guerre singulièrement clairsemés parmi les Albanais, et ils seront collectivement soupçonnés de « collaboration » jusqu'à l'époque présente.

En novembre 1942, le Conseil antifasciste de libération nationale (AVNOJ), première forme de gouvernement provisoire, se met en place à Bihać, au nord-ouest de la Bosnie, une région peuplée presque exclusivement de musulmans, théoriquement rattachée au NDH mais passée sous le contrôle des partisans. Un an plus tard, le 29 novembre 1943, l'AVNOJ se réunit à nouveau, à Jajce, au cœur de la Bosnie, et jette les fondements du futur État : la Yougoslavie sera fédérale et le retour du roi Pierre est interdit. En même temps qu'ils envisagent un État fédéral, sur le modèle soviétique, les partisans tirent gloire et reconnaissance de leur caractère réellement plurinational. Le 29 novembre, « jour de la République », fut la fête nationale de la Yougoslavie titiste, et c'est dans la guerre de partisans que s'est forgée l'idéologie politique d'« unité et fraternité » (*bratstvo i jedinstvo*) censée remplacer à jamais les vieux antagonismes entre les peuples yougoslaves.

Josip Broz, dit Tito

Né en 1892 à Kumrovec, dans le Zagorije croate, issu d'une famille de notables appauvris, il quitte très jeune son village et ne semble pas avoir fait d'études. Après avoir tenté l'aventure de ville en ville à travers l'Empire habsbourgeois, il devient ouvrier métallurgiste. Mobilisé en 1914 dans l'armée austro-hongroise, il est blessé sur le front de l'Est par une lance cosaque. Il ne semble pas avoir participé directement aux événements révolutionnaires de Russie ni aux mouvements de rébellion qui affectaient les troupes austro-hongroises, mais il revint pourtant de la guerre révolutionnaire convaincu. Activiste clandestin du Parti communiste à Zagreb, il écopa d'une condamnation à vingt ans de prison. Dès le début des années 1930, il est employé par le Komintern, et réside la plupart du temps à Moscou, qu'il ne quitte que pour des missions commandées. Cet agent stalinien réussit à passer à travers toutes les purges, et il est nommé secrétaire général du Parti communiste yougoslave en 1937, après l'élimination de l'ancienne direction. Germanophone dès son jeune âge, devenu russisant, il garda l'influence des parlers de sa région natale, aux confins des espaces linguistiques croate et slovène, rendant toujours incertaine sa maîtrise du serbo-croate. Il conforte sa domination totale sur le parti durant les années de guerre, se voyant conférer le titre de maréchal le 29 novembre 1943, lors de la conférence de Jajce de l'AVNOJ. Le soutien britannique lui permit de se détacher de la tutelle soviétique, mais il n'abandonna jamais l'ambition de prendre la tête du mouvement communiste international, même après sa rupture avec l'Union soviétique en 1948. Son rôle de dirigeant du mouvement des non-alignés, à partir de 1955, pouvait apparaître comme un pis-aller. Son régime, incontestablement « libéral » par rapport à ceux des autres pays socialistes, s'accommoda toujours d'un culte de la personnalité peut-être moins grandiloquent mais non moins réel que dans les autres pays socialistes. La constitution de 1974 lui conféra le statut de président à vie de la Fédération yougoslave, mais dans ses dernières années il ne quittait plus guère ses villas du littoral ou de l'île de Brioni. Il mourut le 4 mai 1980, sincèrement pleuré par l'immense majorité des Yougoslaves, autant que respecté à l'étranger. L'ouverture du régime yougoslave fut toujours un jeu bien dosé du pouvoir, mais il est impossible pour autant de rendre Tito responsable du tragique éclatement du pays, qui allait suivre son décès, comme le reconnaît parmi beaucoup d'autres l'historien Ivan Djurić[1].

La capitulation italienne de septembre 1943 avait radicalement modifié la donne militaire, permettant aux partisans de Yougoslavie et d'Albanie de faire

1. Voir Ivan Djurić, *Glossaire de l'espace yougoslave*, Paris, L'Esprit des péninsules, 1999, article « Tito ». La bibliographie sur le personnage est abondante, l'ouvrage classique étant bien sûr celui de Vladimir Dedijer, *Nouveaux éléments pour la biographie de Joseph Broz Tito*, Paris, Gallimard, 1953, malgré son ton volontiers hagiographique. À signaler aussi l'ouvrage de l'ancien cadre du régime devenu dissident, Milovan Djilas, *Tito, mon ami, mon ennemi*, Paris, Fayard, 1981.

main basse sur d'importants stocks d'armement. En Yougoslavie, elle permit aussi aux partisans de prendre très solidement pied en Slovénie et en Dalmatie, et de conforter leurs positions au Monténégro. Lors de la conférence des alliés de Téhéran (décembre 1943), Winston Churchill abandonne définitivement les Tchetniks et se rallie aux partisans. Sûrs désormais de leur reconnaissance internationale, qui ne doit pas grand-chose à l'Union soviétique, et de leur légitimité interne, ceux-ci volent de victoire en victoire. Le 20 octobre 1944, les partisans libèrent Belgrade, même si des détachements de l'Armée rouge arrivant de Hongrie pénètrent en même temps qu'eux dans la capitale. La libération de Belgrade a été l'objet d'une véritable « course de vitesse » entre les partisans et les troupes soviétiques. Tito savait bien le risque qu'il y aurait eu à être redevable de la victoire à l'URSS.

Un gouvernement de coalition réunissant communistes et démocrates est formé en mars 1945, sous la présidence de Tito. Les partisans libèrent Zagreb et détruisent le régime oustachi en mai 1945. Le front national dominé par les communistes remporte une victoire écrasante aux élections pour l'Assemblée constituante du 11 novembre 1945. Le scrutin ne fut sûrement pas impartial, d'autant plus que les partis d'opposition avaient préconisé l'abstention, mais les observateurs internationaux s'accordèrent à dire que cette victoire traduisait malgré tout le soutien dont jouissaient les partisans dans de très larges couches de la population.

En Albanie, l'invasion italienne constitua la chance qu'Enver Hoxha[1], le « camarade Enver », sut saisir.

1. Une transcription phonétique de son nom a parfois été tentée en français, sous la forme « Hodja ».

La première victoire de ses partisans fut d'éliminer un autre groupe qui se posait en embryon de Parti communiste albanais. Enver Hoxha était originaire de Gjirokastër, et tous ses premiers compagnons étaient également méridionaux, le groupe rival recrutait à Shkodër et au nord du pays. D'après le seul survivant, ce groupe septentrional aurait, au début de la guerre, dénoncé le Pacte germano-soviétique, ce qui permit de l'affubler de l'étiquette infamante de « trotskiste » et de le détruire. Les qualificatifs politiques auraient-ils servi à camoufler le traditionnel antagonisme entre Albanais guègues et tosques ? Il est un fait que le groupe d'Enver Hoxha se constitua d'emblée comme un clan, soudé autour de son chef. Enver Hoxha et ses camarades entrèrent aussi en rivalité avec les autres groupes, non communistes, de résistants, et notamment avec les partisans du roi déchu, Zog Ier, réfugié en Grande-Bretagne, sans avoir officiellement abdiqué après l'invasion italienne[1].

Le programme initial du Parti communiste albanais ne contenait aucune référence à la préparation de la révolution socialiste ni à la nationalisation des moyens de production, la nouvelle formation se posant seulement en championne du patriotisme et du combat pour la libération nationale. En septembre 1942, le Parti prit l'initiative de tenter un regroupement de toutes les forces antifascistes. Selon les termes de la conférence de Peza, la lutte de libération qui devait se mener sous l'égide de la coalition antifasciste visait à la création d'une « Albanie

1. Selon certaines sources, ce sont les envoyés de Tito en Albanie qui ont choisi Enver Hoxha pour en faire un leader communiste « à leur main ». Sans véritable enracinement politique, il apparaissait alors comme un homme parfaitement manipulable.

libre, indivisible, indépendante et démocratique». Seuls une poignée de résistants anticommunistes restèrent en dehors de la coalition et formèrent en novembre 1942 le Balli Kombëtar (Comité national), sous la direction de Mitat Frashëri. Issus pour la plupart des cercles intellectuels libéraux, les fondateurs du Balli Kombëtar s'opposaient aussi aux partisans du roi Zog et, voyant leur marge de manœuvre se rétrécir comme peau de chagrin, ils en arrivèrent à passer un accord secret avec les occupants italiens. Les ballistes escomptaient un affaiblissement des communistes dans les combats contre les Italiens. Le pronostic se révéla erroné, et les partisans communistes profitèrent au contraire de la capitulation italienne (8 septembre 1943) pour occuper plusieurs villes et faire main basse sur l'armement de deux divisions italiennes.

Le combat se joua dès lors contre les troupes allemandes, mais Mitat Frashëri donna l'ordre aux troupes du Balli Kombëtar, le 7 octobre 1943, de cesser tout affrontement avec celles-ci, le danger principal venant désormais, selon lui, des communistes et non des hitlériens. Le chef des zoguistes, Abaz Kupi, fit la même analyse et lui emboîta le pas, malgré les protestations de la mission militaire britannique, qui aurait souhaité soutenir les partisans du roi Zog. Enver Hoxha et ses camarades devinrent du coup les seules véritables forces de résistance. Un Comité antifasciste de libération nationale fut créé à Përmet en mai 1944, avec les fonctions d'un gouvernement provisoire. Enver Hoxha se fit proclamer chef du gouvernement et commandant en chef de l'Armée de libération nationale. En novembre 1944, les partisans libéraient successivement Tirana et Shkodër, la grande ville du nord du pays. Le sort de l'Albanie était fixé et, prenant le pouvoir deux ans après sa création, le Parti communiste pouvait se féliciter des erreurs politiques de ses adversaires qui déterminèrent son propre succès, assuré non seulement grâce au courage de ses partisans mais aussi grâce à l'aide de l'URSS, de la Yougoslavie et de la Grande-Bretagne.

Enver Hoxha

Né à Gjirokastër le 16 octobre 1908, le jeune Enver, comme tous les jeunes gens issus des milieux aisés du sud de l'Albanie, va étudier au lycée français de Korçë. Il part ensuite en France, comme boursier, à la faculté des sciences de Montpellier. La légende pieuse d'Enver Hoxha en fait un jeune étudiant parti s'instruire en France, où il aurait rejoint les rangs du Parti communiste. D'autres sources veulent qu'Enver Hoxha ait, à l'époque, espionné la diaspora albanaise pour le compte du roi Zog. Une troisième version, plus prosaïque mais peut-être aussi plus réaliste, en fait simplement un étudiant bambochard, qui savourait les charmes provinciaux de Montpellier, sans trop se soucier de ses examens, grâce aux mensualités régulièrement envoyées par son père. Fabio Martelli[1] pense que l'extrême pudibonderie du régime communiste albanais — obligation du port du costume et de la cravate pour les hommes, de la jupe longue pour les femmes, interdiction de la barbe ou des cheveux longs — s'explique par trois éléments : une

1. Fabio Martelli, *Capire l'Albania*, *op. cit.*

volonté de paraître « occidental » et de rejeter les signes qui, comme la barbe, pouvaient évoquer l'Orient musulman ; l'homosexualité du fondateur, bien sûr cachée mais connue de tous ceux qui comptaient dans l'appareil ; et enfin la fascination d'Enver pour les fastes républicains de province. Enver ne voulait plus voir en Albanie de paysans « orientaux », mais des « prolétaires occidentaux » à l'allure de petits-bourgeois radicaux-socialistes du Montpellier des années 1930 !

Enver Hoxha séjourne à Paris à l'hiver 1933-1934, puis travaille au consulat d'Albanie à Bruxelles. De retour au pays, il enseigne un an au lycée français de Korçë, avant de devenir patron de café à Tirana. Il passe dans la clandestinité le 28 octobre 1941, après avoir organisé un défilé antifasciste. Le Parti communiste albanais est fondé le 8 novembre 1941, et Enver Hoxha s'impose d'emblée comme son principal dirigeant. Il est nommé commandant en chef de l'Armée de libération nationale le 28 mai 1944. Il entraîne la République populaire d'Albanie dans une série de ruptures, avec la Yougoslavie (février 1948), l'URSS (décembre 1961), la Chine (juillet 1978). Convaincu d'être le seul défenseur de l'orthodoxie marxiste-léniniste, « le Guide bien-aimé du peuple » appuie ses prétentions théoriques sur une œuvre pléthorique, traduite dans la plupart des langues européennes. Il est l'objet d'un culte immodéré de la personnalité, le slogan « Enver-Parti » s'étalant sur les flancs de toutes les montagnes d'Albanie. Il élimine son fidèle bras droit Mehmet Shehu le 18 décembre 1981 et meurt finalement d'une crise cardiaque le 9 avril 1985. Son successeur désigné, Ramiz Alia, prend les rênes du Parti et de l'État. Sa veuve, Nexhmije Hoxha, fut condamnée pour corruption après la victoire électorale du Parti démocratique de Sali Berisha en 1992.

Libérée, cette vieille dame très active défend depuis l'œuvre de son mari[1].

Dans l'euphorie de la libération, les élections du 2 décembre 1945 consacrèrent la victoire du Front démocratique, contrôlé par le Parti. Les organisations rivales furent démantelées, leurs dirigeants éliminés ou poussés à l'exil. Une « démocratie populaire » se mettait en place à grande vitesse. Le 11 janvier 1946, l'Assemblée constituante proclama l'Albanie république populaire.

La grande force des socialismes yougoslave et albanais a été de pouvoir se prétendre seuls artisans de leur victoire. Il est certain que les régimes communistes, ici, n'ont pas été importés dans les fourgons de l'Armée rouge, comme en Pologne ou en Roumanie, même si le soutien politique et logistique de l'URSS n'a tout de même pas été étranger à leur victoire, et malgré l'entrée de l'Armée rouge dans Belgrade en 1944. En fait, l'originalité tient surtout au fait que la Grande-Bretagne a choisi de soutenir ces deux résistances communistes. L'attitude collaborationniste des Tchetniks serbes de Draga Mihajlović, ainsi que des monarchistes et des « zoguistes » albanais, ne laissait d'autre choix que de soutenir Tito et Enver, seuls « vrais » résistants. La Grande-Bretagne raisonnait en termes de partage du monde, et fut prête, très vite, à laisser la Yougoslavie et l'Albanie rejoindre le camp soviétique. Pour Londres,

1. Voir Alain Brossat, « Les faces multiples d'un dictateur », *in* Sonia Combe et Ivaylo Ditchev (dir.), *Albanie utopie*, Paris, Autrement, 1996, p. 80-97.

seul l'attachement de la Grèce au camp occidental n'était pas discutable. Le soutien britannique permit par contre aux dirigeants yougoslaves et albanais de ne pas se sentir dépendants du Kremlin. Bien au contraire, Staline aurait été prêt à se rallier à un partage de la Yougoslavie, l'ouest du pays (Slovénie et Croatie) rejoignant le camp occidental, l'est (Serbie et Macédoine) le camp socialiste. Les succès des partisans de Tito prirent Staline de cours et, à la conférence de Téhéran (décembre 1943), Churchill fut le meilleur avocat de l'hypothèse du maintien d'une Yougoslavie unitaire, quand bien même dût-elle tout entière tomber dans l'escarcelle communiste.

Au sortir de la guerre, le prestige de Tito était immense, non seulement dans le monde communiste, mais dans toute l'Europe. Si le vieux projet de fédération balkanique se réalisait enfin, il en était le leader tout naturel. Le siège du Kominform — le « Bureau d'information » des partis communistes succédant au Komintern — fut installé en 1947 à Belgrade, mais Staline n'avait de cesse de limiter les prétentions du dirigeant yougoslave, probablement la seule personne capable de contester ou de limiter son pouvoir absolu au sein du mouvement communiste mondial. Pour Staline, la création d'une fédération balkanique revenait à faire naître une « mini-Union soviétique » dont le maître aurait évidemment été Tito. Ce projet était inacceptable. De son côté, Tito était pleinement lucide quant aux risques de conflits avec Moscou, mais il croyait, tout comme Enver Hoxha, son pouvoir suffisamment solide dans son propre pays pour prendre le risque d'une rupture avec l'URSS.

Entre Enver et Tito, le Kosovo, enjeu ou appât ?

Le Parti communiste ne disposait presque d'aucun cadre dans le Kosovo d'avant-guerre, et le mouvement des partisans y resta particulièrement peu développé. La première conférence du Conseil de libération nationale du Kosovo et de la plaine de la Dukagjin, tenue à Bujan, sur le territoire de l'Albanie, du 31 décembre 1943 au 2 janvier 1944, a suscité d'abondantes controverses. Les délégués y reconnaissaient que « le Kosovo et la plaine de la Dukagjin sont une région habitée en majorité par le peuple albanais qui désire, aujourd'hui comme de tout temps, s'unir avec l'Albanie », en expliquant que « la seule voie pour le peuple albanais du Kosovo et de la plaine de la Dukagjin pour s'unir à l'Albanie est la lutte commune avec les autres peuples de Yougoslavie contre le sanguinaire occupant nazi et ses mercenaires ». Par la suite, l'Armée de libération nationale de Yougoslavie et les partisans communistes albanais s'engageaient à laisser ce « peuple albanais » décider librement de son destin. Si les Albanais du Kosovo commencèrent à rejoindre notablement les partisans durant l'année 1944, cette résolution provoqua un tollé parmi les Serbes, et Tito ne tarda pas à critiquer la résolution adoptée, tout comme son représentant au Kosovo et en Macédoine, Svetozar Vukmanović-Tempo. Des groupes nationalistes albanais du Kosovo, parfois liés au Balli Kombëtar, parfois effectivement manipulés par les nazis, s'opposèrent aux partisans de Tito qui durent finalement écraser dans le sang un véritable soulèvement populaire en janvier-février 1945 pour assurer leur contrôle sur le Kosovo. Encore une fois, la région de la Drenica, sous la conduite de Shaban Polluzha, était le cœur de la résistance albanaise. Le maintien du Kosovo dans la Yougoslavie reconstituée de Tito, mais avec la perspective, même vague, d'une autodétermination, avait aussi pour objectif d'attirer l'Albanie dans le projet de fédération balkanique. Enver Hoxha commenta ultérieurement cette tentative : « Ce que Tito projetait secrètement ce n'était pas que la Kosovë fût rattachée à l'Albanie, mais que l'Albanie fût rattachée à la Kosovë et, avec elle, engloutie dans la Yougoslavie titiste[1]. »

La position d'Enver Hoxha était infiniment plus fragile que celle de Tito, du simple fait de la modestie et de l'extrême dénuement de l'Albanie. La problématique d'Enver pouvait se résumer de la manière suivante : pour d'évidentes raisons de survie, l'Albanie devait rester sous la chaleureuse protection d'un « grand frère » défendant ses intérêts, mais elle devait craindre qu'à tout moment ce « grand frère » ne l'absorbât tout entière en réduisant sa singularité. Enver savait bien que les projets de fédération balkanique auraient réduit l'Albanie au rang de simple entité fédérée d'un ensemble dominé par Tito.

La rupture entre Staline et Tito constitua la seconde grande chance de la carrière d'Enver. Elle détruisait toute perspective de fédération balkanique qui aurait conforté la mainmise de Tito sur tous les pays communistes de la région. Plutôt que de s'appuyer sur l'envahissant « grand frère » yougoslave, l'Alba-

1. Enver Hoxha, *Les titistes*, Tirana, 1978, p. 297. Voir Michel Roux, *Les Albanais en Yougoslavie, op. cit.*, p. 230 *sq.*

nie avait tout intérêt à se raccrocher au protecteur soviétique, géographiquement plus lointain, en acquérant même une nouvelle importance stratégique du fait de se trouver collée aux flancs du « traître » titiste. Concrètement, la marine soviétique ne pouvant plus accéder aux ports yougoslaves, la base de Pasha Liman, près de Vlorë, devint la seule base soviétique en Méditerranée. La rupture permettait aussi d'expliquer en termes idéologiques l'échec de l'unification nationale albanaise : un ennemi, le titisme, devenait responsable de cette nouvelle déception, tandis que l'évocation des souffrances des frères albanais du Kosovo n'avait plus rien à voir avec un quelconque nationalisme, mais relevait du juste combat contre l'idéologie « révisionniste » de Belgrade, taxée à l'occasion de « chauvinisme grand-serbe » dans la langue de bois de Tirana.

Nationalisme et « ethnocommunisme » en Albanie

L'Albanie était sûrement le pays des Balkans le moins prêt à tenter une expérience socialiste. Avant-guerre, le mouvement communiste albanais n'était pas faible, il était inexistant.

En 1945, le pays était déjà, probablement, le plus pauvre d'Europe. Si le régime zoguiste avait permis la création de quelques infrastructures de base (ports, réseau routier embryonnaire dans la plaine littorale), le monde albanais restait un monde de clans fermés. Les dirigeants communistes devaient répondre à trois défis : tenter de rattraper l'effroyable retard économique du pays, asseoir l'autorité du Parti communiste, et construire un État national albanais dans des frontières qui étaient toujours celles de l'Albanie d'avant-guerre.

La rupture entre Tito et Staline fut une véritable aubaine pour Enver Hoxha. Se présenter comme le meilleur allié de l'URSS était une manière de se prévenir contre l'« impérialisme yougoslave ». La dénonciation rituelle des « crimes du titisme » permettait aussi d'évoquer le sort des minorités albanaises de Yougoslavie sans risquer de se faire accuser de « nationalisme ».

Les rares observateurs de l'Albanie communiste mettent l'accent sur le fait que sa classe dirigeante ressemblait moins à la *nomenklatura* classique des pays de l'Est qu'à un clan gérant le pays comme une affaire privée. Selon la propagande soviétique, somme toute plutôt bien informée, au lendemain de la rupture entre l'Albanie et l'URSS, la moitié des membres du Comité central du PTA auraient entretenu entre eux des liens de parenté. Cette dérive clanique a renforcé les antagonismes entre les différentes régions du pays. Le monde albanais est traditionnellement divisé en deux aires culturelles et dialectales. Au Nord guègue s'oppose le Sud tosque, le fleuve Shkumbini, qui coule au sud de Tirana, marquant traditionnellement la frontière. Enver Hoxha était natif de Gjirokastër, au sud du pays, et, comme lui, la plupart des dirigeants de l'Albanie communiste furent tosques. Le clanisme du système socialiste a renforcé les affrontements interrégionaux et, bien loin du mythe proclamé de « l'unité du peuple derrière le Parti et son guide », il a laissé une société plus cloisonnée que jamais. Érigé en mode de gouvernement, utilisé comme vecteur de répression, le clan était aussi la seule structure pouvant assurer un minimum de soutien et de protection aux individus face aux rigueurs de l'État-parti tout-puissant.

Le communisme albanais, en même temps qu'il se construisait sur une base fondamentalement clanique, conçut aussi en termes claniques ses méthodes de répression. Lorsqu'un membre du Parti avait dévié, non seulement il était éliminé, mais tous ses parents, ce qui représentait fréquemment des dizaines d'individus, étaient jetés dans les camps du goulag albanais ou, dans le meilleur des cas, envoyés en « relégation » dans des villages éloignés de la montagne. Les enfants de relégués ne pouvaient jamais accéder aux études supérieures ni espérer obtenir aucun emploi gratifiant. Bashkim Shehu, fils de l'ancien bras droit d'Enver Hoxha, Mehmet Shehu, a décrit l'acharnement dont sa famille fut victime après que son père eut été « suicidé » en 1981 [1].

La répression antireligieuse illustre bien cette ambition totalitaire du régime. Dans un premier temps, le clergé catholique fut le plus attaqué, en raison de ses liens avec le Vatican. Le régime a tenté d'amener l'Église d'Albanie à rompre la communion avec Rome, tout comme Tito avait essayé la même manœuvre en Yougoslavie. Le refus de l'Église offrit le prétexte à la répression. Dès le début des années 1950, la majorité des prêtres était détenue ou avait été exécutée, les couvents franciscains et les maisons de Jésuites étaient fermés, un grand nombre de lieux de culte transformés en hangars ou en salles de sport. La répression s'abattit ensuite sur l'Église orthodoxe, accusée pour sa part d'être le fourrier de l'influence grecque. L'islam fut dans un premier temps relativement épargné, parce que son absence de hiérarchie centralisée aussi forte que dans le monde chrétien, sa non-dépendance à un centre extérieur à l'Albanie faisaient espérer au régime qu'il aurait pu le contrôler. Les derviches bektachis

1. Voir Bashkim Shehu, *L'automne de la peur*, Paris, Fayard, 1992.

étaient de plus présentés comme les représentants d'une confession « autochtone » et spécifiquement albanaise. Pour le régime, il y avait quatre confessions en Albanie, le catholicisme, l'orthodoxie, l'islam et le bektachisme, formellement distingué du sunnisme traditionnel et même des autres ordres de derviches. Pourtant, le caractère nécessairement « oriental » de l'islam n'était pas pour plaire à Enver Hoxha, et de nombreuses mosquées et *tekke*[1] de derviches, dont certaines étaient très anciennes, furent purement et simplement détruites. Le pas suivant fut franchi en 1967, lorsque l'Albanie fut proclamée « premier État athée de la planète », toute pratique religieuse étant désormais interdite. Le régime d'Enver Hoxha avait procédé à une interprétation radicale de la formule fétiche du nationalisme albanais : « La religion des Albanais, c'est l'albanité. » Toutes les confessions albanaises eurent leur lot de martyrs, le clergé catholique, « suppôt du Vatican », étant particulièrement éprouvé[2].

Les ruptures successives avec la Yougoslavie, l'URSS et la Chine amenèrent le régime albanais à développer un complexe de citadelle assiégée. Malgré les prétentions de Tirana, surtout à partir de 1970, à jouer le rôle de capitale mondiale de l'authentique doctrine marxiste-léniniste, et l'entretien à travers le monde de petits groupes de thuriféraires, l'Albanie d'Enver Hoxha s'enfonça dans une crise économique sans issue. Les dernières mesures de collectivisation, au début des années 1980, comme l'interdiction de posséder une vache à titre indivi-

1. Il s'agit d'un lieu de vie que l'on pourrait assimiler à des sortes de « monastères » pour derviches.

2. Voir Didier Rance, *Ils ont voulu tuer Dieu : Albanie*, Paris, Aide à l'Église en détresse, 1996.

duel, entraînèrent de tels débuts de famine que le régime dut faire machine arrière.

Plus qu'aucun autre pays de l'Est, l'Albanie post-communiste porte les lourdes séquelles de ce passé. Privée de repères idéologiques, moraux ou religieux, la population découvre d'une manière surprenante les charmes de la liberté. En 1992, les Albanais en grève détruisirent eux-mêmes l'essentiel de l'outil de production du pays, certes totalement obsolète. Les installations portuaires de Durrës furent, par exemple, saccagées par les manifestants. De la même manière, lors des émeutes du printemps 1997, dirigées contre le gouvernement « démocrate » de Sali Berisha, les manifestants s'en prirent aux mairies, aux commissariats de police et aux palais de justice, mais aussi aux écoles ou aux bibliothèques publiques. Tous ces édifices étaient perçus comme relevant de l'État honni. Par contre, les Albanais ont découvert le monde par l'étrange lucarne des feuilletons de la télévision italienne. Leur vision du « capitalisme » s'en ressent, et bien peu furent ceux qui s'étonnèrent des taux d'intérêt allant jusqu'à 25 % par mois offerts par les sociétés financières pyramidales avant leur effondrement à l'hiver 1996-1997.

À l'époque d'Enver Hoxha, la solidarité avec les « frères opprimés » du Kosovo restait essentiellement verbale, le gouvernement albanais se gardant de formuler des exigences trop précises. Le Parti démocratique de Sali Berisha mena campagne en utilisant le thème nationaliste : « Le Parti démocratique n'accepte pas la division de la nation albanaise comme permanente. Il luttera pacifiquement et dans le contexte de l'intégration européenne pour réaliser le droit de la nation albanaise au progrès et à l'unité nationale », était-il écrit en 1991. Après sa victoire électorale de 1992, le Parti démocratique évolua rapidement vers des positions plus modérées, en écartant toute perspective de modification de frontières. Démocrates et socialistes pratiquèrent le même écart entre positions de principe maximalistes et faibles engagements concrets[1].

En dehors des discours officiels et des prises de position symboliques, les Albanais d'Albanie ne sont en fait guère sensibles à la cause Kosovo, malgré les formules pompeuses des discours officiels des gouvernements successifs. La misère et les fractures internes au pays empêchent le développement d'une solidarité. Surtout, vus d'Albanie, les Albanais du Kosovo faisaient figure de nantis, et on les suspectait de surcroît de racisme et de prétentions hégémoniques à l'encontre de leurs frères plus déshérités d'Albanie.

Les minorités en Albanie

L'importance des minorités albanaises hors d'Albanie dispense trop souvent d'évoquer le sort des minorités non albanaises présentes en Albanie. Seuls les Grecs du sud de l'Albanie avaient un peu fait parler d'eux dans la période d'effondrement du régime communiste, notamment en raison des entraves mises au fonctionnement de leur organisation Omonia. La gestion de la minorité grecque d'Albanie est fort dépendante des évolutions compliquées des relations entre la Grèce et l'Albanie. Les deux pays sont officiellement

1. Voir Kolë Gjeloshaj, « La question du Kosovo : instrumentalisation et lutte interne », *Confluences Méditerranée*, n° 30, été 1999, p. 59-68.

restés en état d'hostilité jusqu'à une période très récente, tandis que des centaines de milliers de travailleurs immigrés d'Albanie se pressent clandestinement en Grèce. Les Roms d'Albanie sont, comme dans tous les Balkans, placés en bas de l'échelle sociale, tandis que le sort des minorités slaves est souvent passé sous silence. Des Monténégrins vivent toujours sur les rives albanaises du lac de Shkodër, ainsi que des Macédoniens dans la région de Korçë et des lacs de Prespa. D'après les données du recensement de 1989, les minorités ne formaient que 2 % de la population totale de l'Albanie, soit un peu plus de 65 000 personnes, dont 60 000 Grecs, 5 000 Macédoniens et une centaine de Serbes et de Monténégrins. Les intéressés contestent vigoureusement ces chiffres. Par exemple, si les observateurs internationaux envisagent une réalité de l'ordre de 15 000 à 30 000 Macédoniens en Albanie, un expert macédonien situe leur importance entre 60 000 et 100 000 individus[1]. L'Albanie avait cessé de reconnaître l'existence de cette minorité de 1948 à 1955, afin de cultiver ses bonnes relations avec la Bulgarie. Aujourd'hui, les Macédoniens ont accès à un enseignement primaire dans leur langue dans quelques villages. Le nombre exact des Grecs d'Albanie est également objet de polémique, car une confusion règne parfois entre les Grecs « ethniques » et les Albanais orthodoxes, pour qui le grec est souvent une langue de culture. Les Monténégrins de la région de Shkodër ont été soumis à une « albanisation » forcée et ont pratiqué d'eux-mêmes l'autocensure et la dissimulation. L'ouverture politique que connaît le Monténégro peut faire espérer la renais-

1. Voir « Les minorités dans les Balkans. Entretien avec Vladimir Ortakovski », *Makedonija Denes*, 23 décembre 1998 ; article traduit sur le site du *Courrier des Balkans*, http ://bok.net/balkans/.

sance d'un espace social et culturel transfrontalier commun aux populations des deux rives du lac. Depuis quelques années, des étudiants albanais, qui sont souvent des Monténégrins « ethniques », viennent étudier au Monténégro, et la radio bilingue Radio Mirë-Studio Teuta émet sur les deux rives du lac, depuis le bourg majoritairement albanais de Tuzi, au Monténégro... Plusieurs milliers de Serbes s'étaient enfuis d'Albanie en 1992. Regroupés de force par les autorités de Belgrade au Kosovo, près de Dečani, ces Serbes qui maîtrisaient souvent mieux la langue albanaise que la langue serbe étaient perçus comme des « colons » par les Albanais du Kosovo. Ils ont pris la route d'un nouvel exode au printemps 1999.

Peuples, nationalités et minorités en Yougoslavie

Le projet de Tito de maintien du cadre de l'État yougoslave mais sous la forme d'une république fédérale a en fait su transformer l'héritage contradictoire de l'Internationale communiste. Tito proposait le maintien d'un État yougoslave, mais d'une manière qui mettrait fin à la domination serbe et permettrait à tous les peuples de réaliser leurs aspirations nationales. Le Parti communiste yougoslave (PCY), qui se transforma ultérieurement en Ligue des communistes yougoslaves (LCY), appuya la légitimité de son projet sur la réalité plurinationale de ses cadres, et ce au plus haut niveau : autour du Croate Tito, on trouvait le Monténégrin Milovan Djilas, le Serbe Svetozar Vukmanović-Tempo, le juif de Belgrade Moša Pijade, ou le Slovène Edvard Kardelj, appelé à devenir le théoricien du régime.

Une fois enterré tout projet de plus vaste fédération balkanique, la République socialiste fédérative de Yougoslavie (RSFY) dut inventer ses propres règles de fonctionnement, au départ fortement influencées par le fédéralisme stalinien de l'URSS, mais qui évoluèrent dans une direction originale. Tito héritait d'un étrange puzzle national dominé par les peuples serbe et croate. Une possible résurgence de ces deux nationalismes était à craindre, il fallait à chaque instant conjurer cette menace.

La première constitution yougoslave, d'inspiration étroitement stalinienne, pose une distinction fondamentale, qui sera conservée jusqu'à l'éclatement de la Yougoslavie, entre « peuples » ou « nations », désignés par le terme serbo-croate de *narod*, et « nationalités », *narodnost*. Les « peuples » sont des « peuples constitutifs de la Fédération yougoslave », qui disposent à ce titre de « foyers nationaux » dans une ou plusieurs républiques fédérées. Cinq peuples sont d'emblée retenus, les Slovènes, les Croates, les Serbes, les Monténégrins et les Macédoniens. Tous ces peuples ont en commun d'être effectivement des peuples slaves du Sud, et de ne pas disposer d'un État-nation de référence hors de la Fédération. Un certain opportunisme a sans doute présidé à la définition de ces peuples. L'enjeu de la reconnaissance d'un peuple macédonien s'explique par le poids historique de la « question de Macédoine », mais constitua un facteur de tension entre la Bulgarie et la Yougoslavie, après la rupture entre Tito et Staline. De même, les Monténégrins voient récompenser leur participation massive à la résistance, malgré la faible importance numérique de ce groupe promu au statut de « nation ». La reconnaissance de peuples macédonien et, surtout, monténégrin suscita l'ire des nationalistes serbes. Ici, l'histoire a été le déterminant essentiel.

À l'inverse, d'autres groupes, parfois très nombreux, ne constituent que des « nationalités ». C'est le cas des Italiens d'Istrie, des Hongrois de Voïvodine, des Turcs, ou encore des Albanais du Kosovo, de Macédoine, de Serbie et du Monténégro. L'importance numérique des Hongrois équivaut presque à celle des Monténégrins, les Albanais sont plus nombreux que les Macédoniens, mais les uns comme les autres disposent d'un État-nation indépendant extérieur à la Fédération. À ce titre, ils ne peuvent jouir du statut de peuple à l'intérieur de la Yougoslavie, statut qui entraînerait l'octroi d'une république fédérée, et donc le droit théorique de sécession.

En France, les notions de citoyenneté et de nationalité sont synonymes. Il n'en allait pas de même en Yougoslavie ou en URSS. La nationalité désigne une appartenance ethnique, qui n'est pas territoriale, puisqu'on conservait sa « nationalité » dans quelque république fédérée que l'on habitât, tandis que la citoyenneté est une notion territoriale : on était citoyen de sa république de résidence, quelle que fût sa nationalité.

Le statut de « peuple » vaut dans toutes les républiques fédérées où se trouvent des ressortissants de ce peuple. La catégorie renvoie à une identité personnelle, et non pas collective ou territoriale. Les Croates ont ainsi deux « foyers nationaux », les républiques socialistes fédérées de Croatie et de Bosnie-Herzégovine, tandis que les Serbes jouissent du statut de peuple partout où ils se trouvent, en Serbie, en Croatie, en Bosnie, au Monténégro et en Macédoine. Un Yougoslave possède, en plus de la citoyenneté fédérale, la citoyenneté de sa république de résidence, et la nationalité de son groupe d'appartenance. Le choix de cette nationalité est théoriquement libre. Chacun définit son groupe d'appartenance lors des recensements organisés tous les dix ans, et les enfants issus de couples mixtes peuvent, par exemple, choisir entre la nationalité de leur père et celle de leur mère. Les pressions sont néanmoins fréquentes, afin d'harmoniser la mosaïque nationale du pays aux souhaits du régime. Les Monténégrins ou les Macédoniens étaient ainsi vivement incités à se reconnaître dans ces deux nationalités spécifiques. Les Monténégrins n'avaient guère intérêt à s'enregistrer comme Serbes, ni les Macédoniens comme Serbes ou comme Bulgares !

La Macédoine, une nation artificielle ?

La reconnaissance d'un peuple macédonien constitua l'un des titres de gloire du régime titiste. Cette reconnaissance était en tout cas une réponse originale à la vieille « question de Macédoine ». Les nationalistes bulgares mais aussi serbes n'ont cessé de dénoncer une création « artificielle », les Bulgares insistant sur le caractère arbitraire de la langue macédonienne, codifiée sur la base des parlers des régions centrales de Veles et de Prilep, mais incontestablement proche de la langue bulgare. Cette création a néanmoins été couronnée de succès : une littérature en langue macédonienne n'a pas tardé à se développer et, en février 1999, le gouvernement bulgare a fini par reconnaître officiellement l'existence de cette langue[1].

La « création de la Macédoine » doit pourtant se comprendre dans le contexte politique de la Libéra-

1. Voir Georgi Filipov, « La Bulgarie reconnaît la langue macédonienne », AIM, 18 février 1999.

tion. Tito, toujours attaché au projet de fédération balkanique, tente de transformer l'ancienne pomme de discorde macédonienne en un facteur de réunification. La République fédérée de Macédoine couvre 40 % du territoire de la Macédoine « historique », la reconnaissance de son identité spécifique était donc supposée être un facteur potentiellement attractif pour les Slaves macédoniens de Bulgarie et de Grèce. Malgré cette bonne volonté titiste, les communistes grecs en guerre civile restèrent fondamentalement attachés à l'hellénisme et évitèrent l'erreur stratégique de s'engager dans la reconnaissance de cette identité qui les aurait coupés de la masse de la population grecque. Du côté bulgare, Sofia accepta dans un premier temps le principe de cette reconnaissance, et les premiers recensements bulgares reconnurent une catégorie nationale « macédonienne ». De même, des écoles en langue macédonienne s'ouvrirent en Macédoine du Pirin, la Macédoine bulgare, avec des instituteurs venus de Yougoslavie. La rupture Tito-Staline de 1948 permit au gouvernement bulgare de revenir sur cette concession, et la reconnaissance de l'identité spécifique des Slaves macédoniens devint au contraire un facteur de tension entre la Yougoslavie et la Bulgarie. La Bulgarie postcommuniste n'a reconnu l'indépendance de la république de Macédoine, en 1992, que sur la base de « deux États pour un seul peuple », car les Macédoniens, vus de Sofia, restaient des Bulgares[1].

Un sixième peuple fut reconnu dans les années 1960-1970, le peuple musulman, vivant en Bosnie-Herzégovine et dans le Sandžak de Novi Pazar,

1. Voir Bernard Lory et Christophe Chiclet (dir.), *La république de Macédoine*, *op. cit.*

région partagée entre la Serbie et le Monténégro qui ne disposait toutefois d'aucune espèce d'autonomie administrative. En 1968, un plénum du Comité central du Parti communiste bosniaque reconnaissait que « la praxis socialiste démontre que les Musulmans sont une nation » (*narod*). Dès lors, les ressortissants de cette communauté n'auront plus la contrainte de se définir, lors des recensements, comme serbes, croates ou « de nationalité indéterminée ». Il faut noter que le terme de « Musulman »[1] renvoie à une catégorie nationale et non pas confessionnelle : on peut être « Musulman » et athée... Autre point essentiel, seuls les Slaves musulmans de Bosnie, du Sandžak et du Kosovo étaient susceptibles de relever de cette catégorie. Les Albanais, par exemple, se définissaient toujours en termes nationaux, c'est-à-dire comme albanais, quitte à être de confession musulmane[2]. Derniers exclus de cette innovation, les Slaves macédoniens, ou Torbeši, plutôt invités à se définir comme macédoniens, afin de renforcer le poids démographique de ce peuple. Le système fonctionnant sur la conjonction république fédérée-nation, les Musulmans du Sandžak, restés en Serbie ou au Monténégro, ne savent pas s'ils forment toujours, dans les catégories yougoslaves, une « nation » ou s'ils sont redevenus une simple « minorité nationale », puisque la Bosnie n'est plus une république fédérée de la « petite » Yougoslavie reconstituée en 1992.

À la veille de sa mort en 1994, Milovan Djilas, compagnon de Tito devenu dissident, lui-même monténégrin, et qui joua un rôle déterminant dans le

1. Il convient d'écrire « Musulman » avec un « M » majuscule lorsque l'on évoque la communauté nationale, et non la communauté confessionnelle.

2. Voir Thierry Mudry, *Histoire de la Bosnie-Herzégovine*, *op. cit.*

tracé des frontières des républiques, défendait toujours son œuvre, comme la moins mauvaise solution possible. Les années 1980 virent pourtant se multiplier les critiques, principalement du côté serbe, où l'on accusa le « communiste croate » Tito d'avoir délibérément divisé le peuple serbe, notamment en reconnaissant des groupes « artificiels » comme les Monténégrins ou les Macédoniens. Ces derniers ne l'entendent bien sûr pas de cette oreille, mais il est vrai que le peuple serbe était sans aucun doute le plus éclaté à travers les différentes républiques fédérées. L'adage du régime titiste était peut-être bien, en effet, « Serbie faible, Yougoslavie forte ». Mais, du fait de cet éclatement entre plusieurs républiques, seul le nationalisme serbe avait un intérêt évident à la survie de l'État fédéral, qui permettait au moins que « tous les Serbes vivent dans un même État », même s'il s'agissait d'une fédération divisée en plusieurs républiques.

Le cas des Albanais était particulièrement problématique. Présents dans trois des républiques fédérées, la Serbie, la Macédoine et le Monténégro, ils ne constituaient selon les catégories constitutionnelles qu'une « minorité nationale », même si leur poids démographique total était, à l'échelle yougoslave, supérieur à celui des Slovènes et des Macédoniens, sans parler des Monténégrins. La création d'une province autonome de Kosovo-Metohija, dans le cadre de la république de Serbie, n'était qu'une compensation bien minime. Si l'on raisonnait à l'échelle de cette seule province, les Albanais avaient la particularité de constituer, dès 1945, une « minorité majoritaire ». Les Albanais ressentaient forcément comme injuste la situation qui leur était faite, d'autant que, symboliquement, ils pouvaient difficilement percevoir comme leur un État défini comme celui des « Slaves du Sud ». Les Albanais de Yougoslavie peuvent faire figure de principales victimes de l'abandon du projet de fédération balkanique.

Un « modèle » yougoslave ?

La rupture Tito-Staline de 1948 amena l'expérience socialiste yougoslave à revêtir certaines caractéristiques particulières, la plus fameuse étant l'autogestion, élevée au rang de modèle mondial par certains thuriféraires.

La Yougoslavie est probablement, de tous les pays socialistes d'Europe, celui où le niveau de vie de la population s'est le plus spectaculairement élevé, le seul également dont les infrastructures de base (routes, réseau ferré, complexes industriels) sont restées globalement compétitives après l'effondrement de l'économie dirigée. Le bilan est prestigieux, un des plus paradoxaux compliments que l'on puisse faire à la Yougoslavie de Tito étant qu'après des années de guerre le niveau des services de base offerts aux citoyens (eau, électricité, etc.) reste partout bien meilleur que dans beaucoup de pays du « socialisme réel » qui n'ont pas connu un tel effondrement politique. Malgré les rigueurs de la répression, les conditions de vie au Kosovo sont, par exemple, toujours restées largement préférables à celles de l'Albanie.

La politique économique yougoslave se découpe en plusieurs périodes bien distinctes. Les premières années sont marquées par une collectivisation à marche forcée, sur le modèle soviétique. Le premier plan quinquennal yougoslave, qui débute en avril 1947, concentre tous les efforts du pays sur le développement de l'industrie lourde et des infrastructures de base. De ce point de vue, la situation de départ était sensiblement différente selon les régions. Les républiques occidentales, la Slovénie et la Croatie, auxquelles il faut toujours adjoindre la région autonome de Voïvodine et dans une moindre mesure la Bosnie-Herzégovine, disposaient de l'héritage satisfaisant de l'Autriche-Hongrie. Il n'en allait pas de même au Monténégro, en Serbie, et surtout en Macédoine et au Kosovo, réunis au royaume de Serbie après les guerres balkaniques de 1912 seulement.

La collectivisation affecte fortement les campagnes. La réforme agraire bénéficie des terres confisquées aux Allemands de Voïvodine, massivement expulsés de Yougoslavie, qui sont redistribuées aux paysans, avant que les possessions individuelles ne soient réunies en *zadruge,* la forme yougoslave du kolkhoze. Le Parti communiste yougoslave (PCY) cherche à se défendre de l'accusation lancée par les Soviétiques de « pactisation avec les koulaks », c'est-à-dire avec les paysans aisés. Surtout après le schisme, il s'agit d'en remontrer au grand frère soviétique sur l'orthodoxie socialiste !

Les historiens estiment aujourd'hui que la rupture a été voulue par Staline et imposée aux Yougoslaves. En janvier 1948, une délégation yougoslave conduite par Milovan Djilas se voit proposer par Staline d'annexer l'Albanie. La délégation pressent un piège. Et pourtant, en février 1948, les négociations sur une fédération balkanique, officiellement interrompues depuis 1945, reprennent à Moscou entre la Bulgarie et la Yougoslavie. Dans le même temps, des échanges de lettres et de déclarations discourtoises traduisent des désaccords profonds entre l'URSS et la Yougoslavie. Finalement, une lettre du 27 mars, signée de Staline et de Molotov, fait état des griefs de la direction soviétique envers la position yougoslave dans cette négociation et accuse Belgrade de « chauvinisme ». Le signal est donné, la propagande soviétique se déchaîne, en évoquant le spectre honni de Léon Trotski. Au lieu de se soumettre, le Comité central du PCY, réuni le 12 avril, entérine la rupture et dénonce la « trahison » de dirigeants qui, comme Sreten Zujović, sont accusés de livrer des renseignements à l'ambassade soviétique.

Moins qu'une hérésie, la rupture yougoslave est un schisme, car aucun désaccord idéologique d'importance n'existait entre Moscou et Belgrade. L'Union soviétique pensait que le régime yougoslave ne survivrait pas à son excommunication. Bien au contraire, la Yougoslavie renforça son unité interne dans l'épreuve.

Un tel schisme nécessitait des justifications idéologiques. L'autogestion, théorisée par un groupe de dirigeants du PCY qui réunissait notamment Milovan Djilas, Moša Pijade et Edvard Kardelj, repose avant tout sur les conseils ouvriers mis en place par la loi de juin 1950. Par souci de combattre le risque de bureaucratisation stalinienne, nul ne peut détenir plus de trois mandats consécutifs au sein des conseils. Néanmoins, les élections aux conseils restent contrôlées par le syndicat, lui-même « courroie de transmission » du Parti... Le monopole du parti unique se révèle vite être la principale limite à la démocratie autogestionnaire. Le Parti a beau se rebaptiser « ligue », il ne « dépérira » pas, comme le souhaitait Milovan Djilas[1]. Ce dernier ouvrit une brèche dans l'appareil idéologique en dénonçant publiquement, début 1954, la « nouvelle classe » des bureaucrates yougoslaves. Djilas fut un temps incarcéré mais il a pu exprimer publiquement cette critique radicale, ce qui aurait été inconcevable en

1. Voir Joseph Krulić, *Histoire de la Yougoslavie de 1945 à nos jours, op. cit.*, p. 89 *sq.*

URSS. Malgré les rigueurs du régime, la Yougoslavie expérimente une beaucoup plus grande liberté de parole que dans les autres pays socialistes.

En même temps qu'elle s'engage sur la voie de l'autogestion, la Yougoslavie s'éloigne peu à peu d'un strict modèle autoritaire d'économie dirigée. La collectivisation des terres est abandonnée en 1953, sous l'influence du dirigeant croate Vladimir Bakarić. Surtout, le pays s'ouvre à l'aide américaine. Alors même que la Yougoslavie est toujours en conflit avec l'OTAN à propos de la question de Trieste, dont elle conteste le contrôle à l'Italie, le régime comprend l'intérêt de jouer de sa position intermédiaire dans le contexte de la guerre froide. Les investissements et les aides à fonds perdu en provenance des États-Unis expliquent beaucoup du « miracle économique » yougoslave. *A contrario*, la crise et l'éclatement du pays, à la fin des années 1980, ne sont pas non plus sans lien avec la perte du rôle stratégique que la guerre froide conférait à la Yougoslavie.

En 1965, le pays s'éloigne encore plus de l'orthodoxie socialiste. La « grande réforme marchande » supprime toute planification centrale, adopte le marché comme régulateur économique, et ouvre le pays aux investissements privés, y compris à partir de 1967 les joint-ventures avec des capitaux étrangers[1]. Deux tiers des prix sont libéralisés, et le pays connaît des phénomènes d'inflation et de dévaluation de la monnaie, ainsi qu'un chômage croissant, qui affecte particulièrement des régions comme le Kosovo.

La Yougoslavie des années 1970 est pourtant un pays où l'on vit bien, et même de mieux en mieux, ce qui ne doit pas masquer les tares profondes du

1. Voir Catherine Samary, *Le marché contre l'autogestion L'expérience yougoslave*, Paris, La Brèche, 1988.

régime. La liberté de parole, réelle, reste suspendue au bon vouloir de la LCY et de son guide vieillissant, tandis que l'économie yougoslave, grevée par l'endettement international, est un colosse aux pieds d'argile. Une bonne part de l'aisance relative des Yougoslaves s'explique par les retombées du travail des émigrés qui affluent en Europe occidentale. Les mécanismes économiques se caractérisent par la confusion : au secteur autogestionnaire s'ajoute le secteur privé, tandis que les niveaux de décision se perdent entre le centre fédéral et les républiques qui voient sans cesse croître leurs prérogatives, surtout après l'adoption de la constitution de 1974 qui transforme *de facto* le pays en confédération. L'échec économique yougoslave se traduit surtout par l'incapacité à réduire les écarts de développement entre républiques et régions riches et pauvres. Alors que certaines zones du pays présentaient un niveau de développement réel s'approchant de l'Europe occidentale, comme la Slovénie, d'autres régions, comme le Kosovo, ne parvenaient pas à sortir du sous-développement d'un « tiers monde européen ». Seuls les revenus des travailleurs émigrés dans les républiques riches de la Fédération ou à l'étranger, ainsi que les fonds redistribués par les instances fédérales, permettaient la survie du Kosovo.

À la fin des années 1970, seule la Ligue des communistes, l'Armée populaire yougoslave (JNA) [1] et le maréchal Tito assuraient encore un semblant d'unité à l'État. Depuis 1968, on assistait à l'émergence d'une revendication albanaise au Kosovo, la Croatie avait connu son « Printemps » de 1971, où se mêlaient une aspiration à la démocratisation et une volonté

1. Lire J.-A. Dérens, « De la JNA à la nouvelle armée : captation d'héritage », *Confluences Méditerranée*, n° 29, printemps 1999, p. 47-56.

FIGURE 7

PNB par habitant selon les entités fédérées
(Sur une base Yougoslavie = 100)

	1970	1975	1980
Slovénie	193	201	198
Croatie	110	121	122
Voïvodine	125	124	127
Serbie	97	92	97
Bosnie-H.	67	69	66
Monténégro	78	70	80
Macédoine	64	69	66
Kosovo	34	33	31
Yougoslavie	100	100	100

N.B. La Serbie s'entend ici sans les régions autonomes de Voïvodine et du Kosovo.
D'après C. Samary, *Le marché contre l'autogestion*, *op. cit.*

de plus grande autonomie de la république, tandis qu'en Serbie une réaction nationaliste s'opérait à partir d'une étrange symbiose entre des secteurs issus de la bureaucratie communiste et des milieux intellectuels parfois passés par la dissidence libérale des années 1970. Le *Mémorandum* de 1986 de l'Académie serbe des sciences et des arts résumait ces frustrations serbes. Lassés d'avoir toujours été suspectés d'un désir d'hégémonie nationaliste à l'époque de «Tito le Croate», frustrés d'avoir dû payer eux aussi le prix fort pour le développement du Kosovo, ces intellectuels serbes dénonçaient surtout la «discrimination constitutionnelle» dont aurait été victime la Serbie, seule république abritant deux régions autonomes en son sein, la Voïvodine et le Kosovo. En conférant à ces régions des prérogatives presque équivalentes à celles des républiques, mais sans en faire des républiques, ce qui aurait satisfait la vieille revendication albanaise qui s'exprima avec force lors des manifestations de 1981, la constitution de 1974 créait une situation objectivement aberrante. Les instances de la république de Serbie n'avaient plus aucun droit de regard sur les affaires internes de ces régions, tandis que ces régions, disposant pourtant de leurs propres parlements, continuaient de députer des représentants dans les instances de la république de Serbie. Le nationalisme serbe contemporain s'est avant tout constitué sur la base des frustrations d'un projet fédéral qui aurait déçu les aspirations serbes.

Mémorandum de l'Académie serbe des sciences et des arts (1986)

«Sous les accusations constantes d'être un peuple "oppresseur", "unitariste", "centralisateur", "policier", le peuple serbe n'a pu atteindre le niveau d'égalité en Yougoslavie, pays pour la création duquel il a consenti les plus grands sacrifices. La politique de revanche envers les Serbes a commencé avant la guerre, car on considérait qu'une nation "oppressive" n'avait pas besoin d'un parti communiste. Les Serbes étaient relativement peu présents dans le Comité central du PCY, et certains d'entre eux, probablement pour garder leurs positions, se sont déclarés appartenant à une autre nation. Pendant la guerre, la Serbie n'était pas dans la position de participer sur un pied d'égalité à la prise de décisions qui esquissait les futures relations entre les nations ainsi que le système social de la Yougoslavie. [...]

La constitution de 1974 divise de fait la Serbie en trois parties. Les provinces autonomes sont en tout égales aux républiques, excepté qu'elles ne sont pas définies comme États et qu'elles n'ont pas le même nombre de représentants dans certains organes de la fédération. Elles compensent ce manque par leur droit de s'immiscer, par le biais de l'Assemblée républicaine commune [de Serbie], dans les affaires intérieures de la Serbie "hors provinces", alors que leurs propres assemblées sont entièrement autonomes. La place juridico-politique de la Serbie "hors province" est totalement indéterminée, elle n'est ni république ni province. [...]

L'expulsion du peuple serbe du Kosovo est un témoignage spectaculaire de sa défaite historique. Au printemps 1981, une guerre vraiment particulière, mais ouverte et totale, fut déclarée au peuple serbe, préparée au cours des différentes périodes de changements administratifs, politiques, législatifs et étatiques. [...] Le génocide physique, intellectuel, politique, juridique et culturel de la population serbe au Kosovo et en Metohija représente la plus grande défaite de la Serbie dans les luttes de libération qu'elle a menées depuis Orašac en 1804[1] jusqu'à l'insurrection de 1941. »

In Mirko Grmek, Marc Gjidara et Neven Simac, *op. cit.*

---

1. Référence à l'insurrection de Karadjordje.

Tout se passe dans un contexte économique de crise qui ne doit pas être sous-évalué. Depuis le début des années 1980, la Yougoslavie paie chèrement les conséquences de son endettement, et la mort du maréchal Tito, le 4 mai 1980, est très vite suivie de grèves et de mouvements sociaux. De leur côté, les groupes dirigeants de toutes les républiques s'entre-déchirent à propos de la gestion du Fonds fédéral de péréquation, une institution qui avait pour but d'essayer de réduire les inégalités économiques. Cette fois, les sujets « riches » de la Fédération, comme la Slovénie et la Croatie, dénoncent l'inefficacité économique et la gabegie ; ils ne veulent plus payer pour les pauvres tout en s'associant à eux pour dénoncer une bureaucratie belgradoise cause de tous les échecs et qui tend à se confondre avec un « centre » réputé toujours serbe.

La présidence collégiale qui a succédé au maréchal, et qui regroupe un représentant de chacune des huit entités fédérées (les six républiques et les deux régions autonomes), est incapable de servir d'arbitre à la crise. La Yougoslavie dépend de plus en plus de l'impossible entente entre les bureaucraties de chacune des entités fédérées. Si l'autogestion titiste voulait prévenir l'émergence d'une bureaucratie centralisée, le pays finit par se retrouver à la merci de huit bureaucraties aux intérêts concurrents.

À la fin des années 1980, l'inflation atteint le taux record de 2 600 % par an et précipite l'éclatement. La Yougoslavie meurt de ne pas avoir su résoudre ses écarts de développement internes, mais également parce qu'elle a perdu l'intérêt stratégique que lui avait conféré la guerre froide. Essayant de trouver seules leur salut, les républiques les plus riches se tournent vers l'Europe communautaire, quitte à abandonner les sous-ensembles de l'ex-république yougoslave.

Le crime de l'Europe est peut-être de ne pas avoir su entendre ces aspirations en proposant un schéma original d'intégration européenne à l'ensemble de la Yougoslavie.

CHAPITRE IV

LES SOCIÉTÉS RÉELLES

En Macédoine comme au Monténégro, les enseignants gagnent à peu près cinq cents francs par mois... quand leurs salaires sont versés. Leurs collègues d'Albanie sont très loin de connaître une telle opulence. Quiconque va faire son marché dans les Balkans découvrira pourtant que les prix des denrées ne sont pas sensiblement inférieurs aux standards occidentaux. Bref, la simple survie quotidienne devrait être rigoureusement impossible à l'immense majorité des habitants des Balkans. Et pourtant ils vivent ! La situation atteignait le comble de l'incompréhensible au Kosovo : la très grande majorité de la population était officiellement privée d'emploi, alors que dans le moindre village albanais de la province les maisons neuves de deux ou trois étages ne cessaient encore de pousser à la veille de la guerre. Les économies balkaniques échappent aux logiques qui ont cours à l'ouest du continent.

Comment vivre au Kosovo ?

Hajdin H. est professeur de français au lycée de Vushtrri (en serbe : Vučitrn), une commune moyenne à mi-chemin entre Priština et Mitrovica. Comme tous ses collègues albanais, il a quitté le système d'enseignement officiel en 1990 pour participer à l'aventure des écoles « parallèles » albanaises. Durant neuf années scolaires, son salaire a donc dépendu des instances de la « république de Kosovë ». Un salaire fort modique, d'environ cinq cents francs par mois, et qui n'est versé que très irrégulièrement ! Au début de l'année 1999, les retards de salaire atteignaient un an. Les enseignants de Vushtrri ont touché en janvier de cette année-là à peu près cent cinquante francs d'à-valoir sur leur salaire du mois d'avril 1998. Hajdin H. disait alors parfaitement comprendre qu'une part importante des fonds collectés auprès des communautés albanaises du Kosovo et de la diaspora serve au financement de la lutte armée. De toute manière, Hajdin H. a renoncé depuis longtemps à l'illusion de vivre de son salaire. Les prix des denrées alimentaires au Kosovo ne sont pas très différents de ce qu'ils sont en France. Pour vivre, Hajdin possède une petite épicerie dans son village situé à cinq kilomètres du bourg. Une simple pièce de la grande maison familiale, ouverte sur la rue, tient lieu de boutique, les marchandises sont stockées dans les resserres de la demeure. Son frère chômeur, sa femme et ses enfants adolescents se relaient pour servir les clients, Hajdin se réservant la gestion et l'approvisionnement du magasin. Malgré l'exiguïté de la boutique et la faiblesse du chiffre d'affaires, Hajdin H. doit verser de lourdes taxes à l'État de Serbie, et acquitter en plus ses « impôts volontaires » auprès de la « république de Kosovë ». L'argent investi dans le commerce ne peut dégager qu'un médiocre bénéfice, mais la famille compte sur son potager, sa basse-cour et ses vaches pour se nourrir. Une partie de ces produits agricoles sont même revendus dans la boutique. Dernières ressources de la famille, et non des moindres, les versements réguliers de deux frères d'Hajdin établis en Allemagne. La famille est ainsi à l'abri du besoin, et Hajdin H., sans être riche, peut faire bonne figure auprès de ses collègues et de ses amis, quand il s'agit d'offrir des cigarettes ou des tournées dans les cafés. Ce train de vie est obtenu au prix d'une mobilisation totale et permanente d'une unité familiale, élargie et solidaire. Le métier principal d'Hajdin H., son activité d'enseignement, ne lui apporte que des revenus accessoires et occasionnels, mais enseigner dans les écoles albanaises est pour lui une manière de participer à la « lutte » de son peuple, tandis que son statut d'enseignant lui garantit un prestige social appréciable. Hajdin H. a salué l'entrée des troupes de l'OTAN au Kosovo, mais attend tout de Bernard Kouchner et de l'UCK, sauf une amélioration des salaires des enseignants. « Nous ne serons jamais payés comme nos collègues d'Occident. Ici, la vie est différente », estime-t-il, fataliste.

Des sociétés claniques et clientélistes

Les régimes albanais et yougoslaves ont prétendu transformer les relations sociales, et même les comportements individuels, en fonction d'un objectif « scientifique » : la création d'une société socialiste. L'échec est patent : les sociétés balkaniques restent régies par des modes de fonctionnement claniques ancestraux. Force est d'ailleurs de se demander si, par un effet pervers, les expériences socialistes n'ont pas, au final, renforcé le caractère clanique de la vie sociale dans cette région de l'Europe.

Le mode de fonctionnement de la famille d'Hajdin H. n'a rien d'exceptionnel. Les hommes des Balkans savent que la difficile aventure de la survie quotidienne n'est pas une affaire individuelle. Un homme seul est perdu, mais s'il est inséré dans un riche tissu de relations, et d'abord dans un environnement familial puissant et étendu, il pourra faire face à ses obligations.

Les Balkans restent caractérisés par une forte ruralité, et surtout par un attachement profond au village natal. Quel dirigeant du Parti au pouvoir, quel cadre d'une entreprise moderne ne revient pas régulièrement au village, à la fois pour se « ressourcer » symboliquement, mais aussi pour remplir son garde-manger ? La pénurie de produits frais a décuplé les talents jardiniers des Balkaniques, et les villes comme les abords périurbains sont tapissés de beaux potagers. L'urbanisme yougoslave, en multipliant les villes champignons autour d'une usine ou d'un gisement minier, et plus encore l'urbanisme albanais, en tenant à transformer les plus petits villages en blocs miteux de HLM, ont cherché à donner une allure « urbaine » aux campagnes. Aujourd'hui, ce sont les villes qui se « ruralisent », et il n'est pas rare de voir paître le bétail au pied des blocs d'immeubles.

La ville n'est pourtant pas une figure nouvelle dans les Balkans. Le monde ottoman était largement urbain, mais un assez grand nombre de centres-villes anciens ont été détruits ou endommagés. La sociologie politique des Balkans insiste beaucoup trop sur l'affrontement entre villes et campagnes. La composition ethnique des deux espaces serait souvent opposée : les villes aux groupes de confession musulmane, et les paysans chrétiens dans les campagnes. Ce schéma pouvait se vérifier avant la guerre de 1992-1995 dans d'assez nombreuses moyennes communes bosniaques, et il est encore largement possible de le trouver dans le Sandžak de Novi Pazar. Mais ces réalités n'excluent pas la présence d'une forte ruralité musulmane[1], ni une réelle urbanisation des communautés orthodoxes qui occupent des emplois industriels et surtout tertiaires. Dans les villes, notamment celles du Sandžak, les orthodoxes sont fortement représentés dans le tertiaire de commandement (fonctions administratives), tandis que le secteur commercial est l'apanage des musulmans. Par contre, dans les villages, Serbes ou Monténégrins orthodoxes restent majoritaires. La guerre a détruit cette structure de peuplement avec la création, en Bosnie, de vastes régions quasiment monoethniques.

Au Kosovo, l'équation villes musulmanes/campagnes orthodoxes n'est pas significative. La population albanaise se caractérise par une ruralité fortement marquée, tandis que les fonctions administratives urbaines étaient naguère accaparées par les Serbes. Il en va de même dans les régions albanaises de Macédoine, où les Macédoniens monopolisaient encore plus peut-être les emplois administratifs urbains. Prizren, au sud du Kosovo, présentait même la particularité d'avoir un centre-ville ancien forte-

1. Voir Tone Bringa, *Being a Muslim. The Bosnian Way. Identity and Community in a Central Bosnian Village*, Princeton University Press, 1995, étude sociologique attentive d'un village croato-musulman de Bosnie centrale.

ment marqué par la présence serbe. Ici, deux quartiers centraux s'opposent, sur chacune des rives de la rivière. Les Serbes occupaient le plus ancien quartier commerçant, la vieille *čaršija*, dont beaucoup des anciens commerces étaient devenus des cafés, tandis que les Albanais ont créé un nouveau quartier commerçant à l'animation quotidienne. Dans certains cas, comme à Prizren, la présence serbe dans les centres-villes s'explique peut-être par l'existence d'un substrat vlach. Les « Serbes » d'aujourd'hui sont pour beaucoup des descendants de Vlachs orthodoxes qui se sont peu à peu « serbisés ». Les Vlachs étaient traditionnellement soit des éleveurs semi-nomades, soit des artisans urbanisés.

L'opposition ville/campagne ne relève pas que d'une différence de composition ethnique. La ville produit en son sein des réactions communes face au monde de la campagne, quelle que soient les appartenances ethniques en jeu. Ainsi la population de Sarajevo a longtemps évoqué et valorisé sa réalité pluriculturelle que seraient venus détruire non seulement les nationalistes serbes et croates, venus des villages, mais aussi les cadres extrémistes musulmans, issus eux aussi des campagnes, ou bien du Sandžak de Novi Pazar qui est perçu dans l'imaginaire urbain comme une terre reculée, refuge des mafias économiques, de l'extrémisme politique et du fanatisme religieux. De manière révélatrice, cette opposition culturelle ville/campagne était aussi revendiquée par les Serbes urbanisés du Kosovo, prêts à s'entendre avec « leurs » Albanais, ceux des villes, mais horrifiés à l'idée de tout contact avec des Albanais issus du monde rural, archaïque et fanatique, ainsi surtout qu'avec les Albanais de Macédoine, forcément porteurs de cette dangereuse ruralité.

Mais les campagnes sont également perçues comme le conservatoire des traditions nationales, tout particulièrement par les peuples orthodoxes mais aussi, paradoxalement, par les Albanais. La culture populaire des *pjesme,* certes remodelée par les intellectuels romantiques du XIXe siècle, s'est transmise dans le cadre d'une civilisation orale et villageoise. Les mythes de la résistance aux Turcs et la piété populaire seraient l'apanage des campagnes. Le code coutumier du *kanûn* des Albanais s'est aussi conservé avant tout dans les campagnes, et les Serbes, les Monténégrins, les Macédoniens comme les Albanais de la fin du XXe siècle sont toujours enclins à voir dans les villes des créations étrangères au « génie national » de leur peuple. Seuls les musulmans bosniaques ont su concevoir une culture aussi bien rurale — avec, par exemple, le cycle épique de Djerdjelez Alija, souvent présenté comme le frère de sang du héros serbe Kraljević Marko — qu'urbaine, avec Nusredin Hodja, commerçant pas très dégourdi du bazar, héros d'un très grand nombre d'invraisemblables histoires dans la Bosnie ottomane[1].

Au-delà des projections imaginaires, qui amènent, selon l'orientation politique, à survaloriser ou à stigmatiser la ruralité, les urbains des Balkans ont tous conservé des liens forts avec l'espace du village. En rompant très vite avec les illusions de collectivisation des campagnes, le régime yougoslave a permis le développement d'une paysannerie assez prospère et sans complexes. À l'inverse, le régime albanais a presque réussi à détruire les liens sociaux qui fondaient la civilisation rurale. Les affreux immeubles collectifs qui ont remplacé les villages s'étalent comme des verrues dans les montagnes, à

1. Thierry Mudry, *Histoire de la Bosnie-Herzégovine, op. cit.*

côté des projets mort-nés d'usines censées créer un prolétariat aux champs. Dans l'imaginaire social d'Albanie, le village est même devenu un espace de punition, là où sont exilés les « relégués », parents de détenus politiques. La communauté villageoise, par réaction spontanée face à des nouveaux venus originaires de la ville, ou bien chapitrée par les instructeurs politiques, ne faisait généralement rien pour faciliter le séjour de ces « néoruraux » forcés !

Clan et *kanûn* dans le monde albanais

Dans le monde albanais du Nord, l'espace guègue, qui comprend, en plus du nord de l'Albanie, le Kosovo et les zones albanaises du Monténégro et de Macédoine, l'organisation clanique est plus rigide que dans le monde tosque du Sud. À la base de la société se trouve le clan familial, le *fis*, qui réunit les porteurs d'un même nom, vivant dans le même village. Chaque fis revendique un ancêtre fondateur. Les *fis* se regroupaient pour former un étendard, un *bajrak,* qui allait à la guerre sous la conduite d'un *bajraktar,* un porte-étendard élu. *Fis* et *bajrak* tenaient des assemblées, des *kuvendë,* qui décidaient de la guerre ou de la paix et tranchaient les questions d'honneur, en fonction des prescriptions du *kanûn*. Le poids des anciens était déterminant dans les *kuvendë.* Cette organisation est supposée « immémoriale », mais il faut tenir compte de deux éléments majeurs. La civilisation albanaise est une civilisation orale, où la mémoire du clan se transmet d'homme à homme. L'échelle du temps est donc, en réalité, limitée à quelques générations, et beaucoup de clans se sont recomposés à une époque, en fait, assez récente. Cette organisation sociale s'est, par ailleurs, consolidée à l'époque ottomane. L'Empire avait préféré s'accommoder de ces structures sociales, en laissant les montagnards de l'Albanie du Nord largement en dehors des structures habituelles de l'Europe ottomane. En retour, ce sont sûrement les exigences impériales qui ont contribué à stabiliser le mode de fonctionnement des clans albanais. La genèse des structures sociales albanaises s'inscrit donc dans le temps de la domination ottomane, et la réalité des clans n'a pas cessé de se reformuler jusqu'à une époque assez récente[1]. Il n'en va pas de même pour le code coutumier du *kanûn* qui est censé avoir été rédigé à l'instigation de Lek Dukagjin, un seigneur du XVe siècle. Ce *kanûn* a été édité au début du XXe siècle par un prêtre catholique ; il règle le fonctionnement de ce que les anthropologues appellent une « société à honneur », c'est-à-dire une société où le plus grand capital des hommes est leur honneur, qu'ils doivent veiller à protéger scrupuleusement. L'attention des chercheurs, ou des voyageurs, s'est surtout portée sur le règlement de la vendetta, la *gjakmarrja,* c'est-à-dire la « reprise de sang », qui fait obligation de se venger à la famille de la victime d'un meurtre[2]. Toutes les sociétés traditionnelles connaissent des formes de vendetta, particulièrement dans le monde méditerranéen, mais le *kanûn* prévoit plutôt des règles de fonctionnement social qui doivent éviter que le sang ne soit versé. Le meurtre n'est pas prescrit par le *kanûn,* il constitue au contraire

1. Paul-Henri Stahl, *Terra, miti, società nei Balcani, op. cit.*
2. Christian Gut, « La vendetta dans le kanûn », in *Albanie utopie, op. cit.*

la plus grave entorse à ses règles. Parce que tuer réclame un autre sang pour « effacer » le premier, et ainsi de suite, *le kanûn* tente à tout prix d'éviter que ne s'enclenche ce processus. Il traite également des problèmes de succession, et inclut des règles matrimoniales. En fait, son domaine s'étend jusqu'à tous les aspects de la vie quotidienne : l'hospitalité et l'accueil des hôtes sont, par exemple, des actes essentiels qu'on ne saurait négliger...

Malgré les attaques du régime envériste contre les clans, le *kanûn,* sous des formes plus ou moins avouées, continue à régir la vie sociale albanaise. Et si, selon un journaliste de Tirana, « le système clanique et le *kanûn* arrivent encore à fonctionner, la violence peut être relativement tenue à l'écart. Mais la situation devient dramatique lorsque les mafias et l'argent s'entremêlent avec le *kanûn*. C'est ce qui se produit en ce moment dans le nord de l'Albanie, notamment à Tropoja : on tue pour cinquante dollars, et les mécanismes du *kanûn* démultiplient chaque assassinat, exigeant la reprise du sang, donc la vengeance.... ». Aujourd'hui, les structures claniques traditionnelles, lourdement frappées sous le régime communiste, connaissent une nouvelle jeunesse, mais elles offrent aussi un cadre idéal pour les activités mafieuses. Et l'on arrive à une situation où des milliers d'hommes, menacés par une « reprise de sang », au Kosovo et en Albanie, doivent se cacher chez eux ou s'enfuir à l'étranger.

Le régime albanais avait pourtant parfaitement compris la nécessité de s'attaquer aux structures familiales pour venir à bout des « dissidents » réels ou potentiels. La répression frappait toujours des clans entiers. Il en allait ainsi à tous les niveaux de la société : lorsqu'un cadre du Parti était puni, toute sa famille — définie selon une conception très élargie — était frappée par la répression, « reléguée » et ostracisée. Toute possibilité d'études supérieures, tout espoir de promotion sociale était interdit aux enfants de relégués. Des petits-neveux ont ainsi pu expier durant des années la « faute » de leur grand-oncle ! Le régime s'est particulièrement attaqué aux clans du nord du pays, supposés ennemis du régime dominé, pour sa part, par des clans du Sud. Le régime s'est ainsi attaqué à la puissante confédération tribale des Mirdita, d'autant plus que ces clans, de forte tradition guerrière, étaient catholiques. Le régime s'est acharné à les désarmer, sans que l'on puisse jamais supposer un succès total de l'opération, tant la possession d'une arme à feu est constitutive de l'honneur d'un homme. À plusieurs reprises, et jusque dans les années 1960, les hommes des Mirdita n'ont pas hésité à faire le coup de feu pour défendre une église ou un prêtre, mais pour un cousin prêtre qui s'obstinait à donner les sacrements, des branches entières de la famille étaient frappées.

Le clan pouvait être tout entier frappé par la répression, il n'en était pas moins, avant tout, moyen d'entraide et de promotion sociale. En Yougoslavie, il allait de soi que si tout le monde ne faisait pas carrière au Parti, il était bon d'avoir un parent ayant une position intéressante dans l'appareil. Toutes les activités des membres de la famille, simples paysans, artistes, intellectuels ou émigrés économiques en Europe de l'Ouest, s'en trouvaient grandement facilitées. Une plaisanterie yougoslave voulait que si, à l'Ouest, les gens travaillent quarante ans pour jouir de quelques années de retraite, en Yougoslavie, il suffisait d'avoir « travaillé » durant les quatre années de la Seconde Guerre mondiale pour jouir d'une retraite à vie. La position de vétéran et de « héros » de la guerre de libération antifasciste garantissait en effet des avantages notables. Comment ne pas en faire profiter ses parents ? Certains nostalgiques du titisme ont voulu voir dans l'éclatement de la Yougoslavie la conséquence d'un phénomène générationnel. Aux fondateurs héroïques de l'État socialiste et fédéré aurait succédé une génération de « fils à papa » prêts à brader l'héritage. Aux fils de « héros », les études à l'étranger, les privilèges de l'argent et finalement les accointances mafieuses ! L'explication n'est pas à rejeter totalement, tant la bureaucratie yougoslave semblait se transformer en noblesse héréditaire, mais le système politique yougoslave relativement ouvert de la Yougoslavie permettait à des groupes familiaux très élargis de profiter des prébendes du système. Le régime titiste ne s'est pas attaqué de front aux mécanismes claniques, il a préféré les utiliser. Pour que ces logiques claniques dangereuses fonctionnent au mieux de l'intérêt commun, encore fallait-il que le pays soit dans une logique de croissance et qu'un centre puissant parvienne à réguler ces mécanismes sociaux. L'effondrement yougoslave tient en bonne partie à la disparition du centre, qui était constitué, en dernier ressort, par le maréchal Tito lui-même, arbitre suprême entre les clans, et à la crise économique qui a amené les différents clans à s'entre-déchirer pour ce qui restait de puissance et de fortune. Après l'effondrement des régimes communistes, le vieil adage est plus vrai que jamais : l'homme isolé ne peut pas survivre, et le réseau des parents et des amis est plus essentiel que jamais.

Figure dramatique de la solitude : la femme seule, veuve ou divorcée, qui, pour une raison ou pour une autre, ne peut plus compter sur son environnement familial. Il ne lui reste pour survivre que son salaire, et la tâche est presque impossible, même si elle dispose d'un emploi valorisant. La modernisation socialiste a proposé des modèles comportementaux, favorisés par les facilités des procédures de divorce ou d'avortement, qui ont projeté des individus à la ligne de cassure entre tradition et modernité. Malheur à ceux qui ont été trop modernes, au point de faire le choix de la solitude, sans veiller à rester intégrés à un traditionnel réseau de parenté. La solitude est rare dans les Balkans, mais elle est presque toujours dramatique. La survie est en jeu, et pas seulement le confort psychologique.

La passion des frontières

Lorsque le sud de l'Albanie s'est embrasé, au printemps 1997, le premier souci des émeutiers qui exigeaient le remboursement de leurs économies parties en fumée dans les « pyramides » financières mafieuses et le départ du président Sali Berisha a été d'édifier des barrages sur les routes du pays. Il était inutile de demander en quoi l'obstruction des routes secondaires pouvait conduire à un remboursement des sommes détournées, la volonté révolutionnaire des insurgés passait nécessairement par une prise de possession symbolique de l'espace. L'espace balkanique est bardé de frontières. Aux frontières des États successeurs de l'ancienne Fédération yougoslave viennent encore s'ajouter les frontières d'entités étatiques ou « para-étatiques » non reconnues. Durant la guerre de Bosnie-Herzégovine, les trois belligérants fondaient leur légitimité sur trois appareils d'État : le gouvernement de Bosnie-Herzégovine, à Sarajevo, la République serbe de Bosnie, mais aussi la république d'Herceg Bosna, créée par les sécessionnistes croates. Les accords de Washington (février 1995) ont théoriquement réuni les espaces croates et musulmans, tandis que les accords de Dayton (novembre 1995) sont censés avoir reconstitué un espace bosniaque unifié. La réalité est bien différente, et trois « États » coexistent toujours en Bosnie-Herzégovine. Plus rien ne matérialise les lignes frontières, car depuis 1998 la force internationale de la SFOR a démantelé ses barrages sur ce qu'elle appelait la *Inter Entities Boundary Line*. Pour ne plus se voir dans le paysage, les frontières n'en sont que plus présentes dans la tête des citoyens bosniaques. Ni la Fédération croato-bosniaque ni la mécanique compliquée de Dayton n'ont connu de réelle mise en application, malgré des mesures symboliques imposées par la communauté internationale, comme la création d'une monnaie commune, d'un passeport commun ou de plaques d'immatriculation des voitures n'indiquant plus l'origine des véhicules, et chacun sait toujours très bien où il se trouve, en territoire serbe, croate ou musulman. Les policiers, qui obéissent aux autorités de Sarajevo, de Banja Luka (République serbe) ou de Mostar (zone croate), viennent de toute manière le rappeler.

De même, avant toute éventuelle indépendance du Monténégro, la frontière entre ce pays et la Serbie était clairement marquée. Sur la route allant de Bijelo Polje (Monténégro) à Prijepolje (Serbie), depuis plusieurs années déjà, de longues files de camions se forment au point de passage entre les républiques : la Serbie avait imposé un embargo douanier au Monténégro ; ensuite sont venues les frappes de l'OTAN et de nouvelles sanctions internationales. Dans la Yougoslavie fédérale, les polices étaient du ressort de chaque république. La police monténégrine tient donc lieu d'« armée » du Monténégro face à Belgrade. Avec la crise au Monténégro, la police serbe avait établi des points de contrôle aux entrées dans la province, mais sur le côté monténégrin, la police veillait aussi. Le retrait des forces serbes du Kosovo s'est accompagné d'une perte symbolique de contrôle sur les frontières de la province. Au col de Kula, entre le Kosovo et le Monténégro, seul le profond cratère d'une bombe de l'OTAN et un autobus calciné marquent l'emplacement de l'ancien checkpoint de la police serbe. Un blindé italien de la KFOR est positionné sur la route, en contrebas, côté Kosovo, mais côté monténégrin, la police a renforcé son dispositif dans le village de Dacici, à une dizaine de kilomètres de la frontière.

Lors de la guerre au Kosovo, les barrages s'étaient multipliés, barrages de la police mais aussi barrages de l'UCK. Tous étaient réputés infranchissables, mais tous pouvaient se franchir. Il fallait disposer, à chaque fois, de la bonne autorisation, et démontrer ses talents de négociateur. Certains barrages albanais étaient parmi les plus coriaces. Aucun document émanant d'un quelconque état-major ou porte-parole de l'UCK ne trouvait grâce aux yeux des guerriers-paysans gardant les frontières de leur village. Le checkpoint était devenu un art : délicate construction de briques de la police serbe à Klina, stations-service transformées en « Hôtels Serbia » recouverts de graffitis, imposante barricade de parpaings de l'UCK à la sortie de Malisevo. Le rapport de force était inégal. Les forces serbes savaient bien que leurs blindés pourraient toujours détruire les barrages de l'UCK, même si aucune fortification ne les mettait à l'abri d'un franc-tireur audacieux et compétent. La dimension symbolique de ces barrages était peut-être la plus importante : il s'agissait de marquer un territoire. Beaucoup de combattants de l'UCK prétendaient ne porter les armes que pour « défendre le seuil de leurs maisons ». Cette affirmation, incompatible avec les exigences d'une guerre de guérilla, situe le combat contre l'« agresseur serbe » dans la logique d'une guerre menée selon les règles du *kanûn*. Si l'UCK disposait de détachements entraînés et mobiles, sûrement beaucoup de villageois ralliés à l'organisation ne concevaient cette guerre qu'à l'horizon de l'espace immédiat du village.

Le village est en effet un ensemble essentiel. Il n'existe pas au Kosovo d'espace vide. Chaque village s'étend jusqu'aux limites du village voisin. Le territoire est parfaitement et anciennement délimité, et, à l'intérieur des frontières du village, les terres se partagent encore entre les *mahale* des différentes familles élargies. La *mahala* repose sur une sectorisation du bâti du village qui englobe les champs et les espaces incultes où les bêtes peuvent paître. La *mahala* définit parfois un quartier du village, mais parfois aussi un hameau séparé des autres hameaux. Tous les hameaux estiment pourtant faire partie du même village. Le partage de la terre s'articule à une codification très stricte des relations humaines. Les strictes règles exogamiques interdisent toute union matrimoniale non seulement entre les porteurs d'un même nom, mais entre tous les habitants du village qui estiment avoir un ancêtre commun[1]. Seules les montagnes escarpées échappent à ce partage humain.

Le village monténégrin est conçu selon la même logique, même si dans le « vieux Monténégro » le village prend presque plutôt la forme de hameaux familiaux séparés les uns des autres. Sur les plateaux pelés qui s'étendent entre Cetinje et Njeguši, chacun

1. Paul-Henri Stahl, *Terra, miti, società nei Balcani*, *op. cit.*

sait où commencent les terres de chaque clan. Le village albanais du Kosovo ou le village du « vieux Monténégro » sont des espaces monoethniques. La coexistence pluriethnique, qui est généralement le fait de villages ayant connu des apports successifs et diversifiés de populations se soumet aussi à cette organisation de l'espace villageois.

« Bon voisinage » et coexistence multiethnique : la région de Bar

Dans la commune de Bar vivent des Monténégrins orthodoxes, quelques catholiques slaves qui se disent tantôt monténégrins, tantôt croates, des Slaves musulmans, des Albanais, et des populations albanophones qui refusent de se définir comme « albanaises » et préfèrent se dire shestani, malësorë ou bregasorë... Les ruines de la vieille ville, à quelques kilomètres du port moderne, rappellent qu'Antivari est depuis le Moyen Âge siège archiépiscopal. Un évêque catholique réside toujours à Bar et, si le titulaire actuel du siège est albanais d'Albanie, son prédécesseur était croate du Monténégro. Certains villages reculés dans la montagne sont exclusivement musulmans, albanais ou shestani, mais ailleurs, notamment dans la bande côtière, le mélange est la règle. Par contre, chacun sait très bien quelle est son identité, et à quels groupes appartiennent ses voisins. Il est de règle que les musulmans aillent, le 25 décembre, souhaiter un joyeux Noël aux Albanais ou aux Shestani catholiques, et aux orthodoxes le 7 janvier. À l'inverse, il serait mal vu de ne pas venir partager les gâteaux nocturnes du ramadan des voisins musulmans, et de ne pas souhaiter un bon *Bajram* lorsque le jeûne s'achève. Être un bon voisin relève plus que de la simple politesse, cela suppose des relations régulières et une entraide mutuelle pour les travaux agricoles. Le *komšiluk* — d'un mot turc désignant le voisinage — est la notion centrale qui régit les relations interethniques. Selon Xavier Bougarel, qui a étudié ces mécanismes du *komšiluk* en en faisant une clé essentielle de compréhension de la société bosniaque, c'est à la fois une manière d'accepter la différence mais aussi de la marquer. On se reconnaît et l'on se salue sur la base de cette identité pleinement assumée. Le *komšiluk,* relation entre habitants de deux maisons mitoyennes mais différentes, s'oppose au mariage mixte, qui veut que deux membres de communautés différentes déménagent dans une maison commune. Dès lors, le *komšiluk* peut se révéler à double tranchant : facteur d'harmonie sociale, il peut devenir vecteur de la haine et de la purification ethnique. Les partis nationaux, qui dominent le jeu politique en Bosnie depuis les premières élections libres de novembre 1990, abusent des références au *komšiluk*, tout comme les partis « citoyens » antinationalistes qui veulent voir dans le *komšiluk* l'un des fondements possibles d'une société civile ouverte en gestation. Xavier Bougarel insiste sur le rôle de l'autorité suprême d'arbitrage de ce *komšiluk,* l'État, qui peut veiller à son fonctionnement policé ou en faire l'instrument de la guerre civile[1]. La sociologie politique de Bar révèle des attitudes contrastées. Les ouvriers, souvent monténégrins orthodoxes de l'Arsenal de la

1. Xavier Bougarel, « Voisinage et crime intime », *Confluences Méditerranée*, n° 13, hiver 1994-1995, et *Bosnie. Anatomie d'une poudrière,* Paris, La Découverte, 1996.

ville, en crise prolongée, ont majoritairement voté pour le Parti socialiste populaire (SNP), l'opposition nationaliste proserbe, et certains Albanais cèdent aux sirènes du nationalisme en votant pour leur parti ethnique. Par contre, la majorité des habitants de la ville et des villages ethniquement mixtes se prononce en faveur de la coalition qui soutient le président Milo Djukanović, perçu comme l'arbitre garantissant la paix civile et permettant un bon fonctionnement du *komšiluk*. Durant la campagne de bombardements de l'OTAN, l'armée yougoslave s'était puissamment déployée dans Bar et ses alentours. Beaucoup de villageois ne s'y trompaient pas : la moindre provocation pouvait transformer ce *komšiluk* bien réglé en machine infernale.

La passion des frontières se joue à tous les niveaux, celui du village, celui de l'État ou du crypto-État, celui de l'émeute qui commence à marquer symboliquement un territoire. Cela soulève des questions sur ce que l'État représente dans les Balkans.

La bonne affaire familiale du pouvoir

Nul ne peut accéder au pouvoir s'il n'a pas de parents, mais nulle famille ne tolérerait que son parent assumant une position de pouvoir ne l'en fasse pas bénéficier. La réussite sociale d'un de ses membres est la gloire de la famille élargie tout entière.

Dans la plupart des pays balkaniques, des lobbies très puissants se fondent sur des affinités familiales ou régionales. Le rôle des Herzégoviniens comme aile droite et dure du parti du président Tudjman, le

HDZ, a souvent été souligné en Croatie. La figure de proue de ce lobby, Gojko Šušak, était originaire de Široki Brijeg, en Herzégovine occidentale, une région très pauvre, majoritairement croate, et berceau, depuis la Seconde Guerre mondiale au moins, d'un nationalisme ultraradical. Gojko Šušak était lui-même un émigré, tenant commerce à Ottawa au Canada. Comme beaucoup de Croates de la diaspora, liés aux réseaux oustachis maintenus en exil, il professait un nationalisme qui se rencontrait rarement chez les Croates restés au pays. Il a apporté au président Tudjman le soutien et les financements de cette diaspora extrêmement structurée et résolue, en échange de positions de choix dans l'organigramme du nouveau pouvoir indépendant. Gojko Šušak est devenu ministre de la Défense de Croatie et, jusqu'à son décès en 1997, il dirigeait un « clan » herzégovinien particulièrement puissant, qui poussa Zagreb à l'intransigeance dans le conflit bosniaque. Ce lobby fonctionne sur la base d'une remarquable intégration entre les mafias locales d'Herzégovine, très présentes dans le trafic de drogue ou de voitures, le pseudo-État sécessionniste d'Herceg Bosna, source de provendes non négligeables grâce la « privatisation » des douanes et au détournement à grande échelle de l'aide humanitaire. Le clan dispose à la fois de sa propre armée, en Herzégovine, et d'une position dominante dans l'armée de Croatie. Gojko Šušak a aussi obtenu une surreprésentation politique des Croates d'Herzégovine qui, bien que théoriquement citoyens de Bosnie-Herzégovine, disposent de sièges réservés au parlement de Croatie, en même temps qu'une protection obligée pour les activités lucratives du clan. Mais qui pourrait douter du patriotisme exacerbé des Herzégoviniens ? Aux élections de janvier 2000, ils ont encore confirmé leur attachement au HDZ, contrairement aux électeurs de Croatie, qui ont massivement rejeté le nationalisme.

À Sarajevo, le lobby des Sandžaki musulmans, c'est-à-dire des ressortissants du Sandžak serbo-monténégrin — fonctionne selon un schéma identique. Ils étaient représentés durant la guerre par le vice-Premier ministre Ejup Ganić, le chef d'état-major de l'armée bosniaque Sefer Halilović, et des chefs de gangs fameux de Sarajevo, comme Musa Topalović et Ramiz Delalić. Ce clan Sandžaki, très puissant au sein du Parti d'action démocratique (SDA) d'Alija Izetbegović, était, tout comme le lobby herzégovinien, partisan d'une ligne ultranationaliste : plutôt que comme nation pluriethnique, la Bosnie devait se constituer comme État musulman, en cherchant à s'élargir un jour au Sandžak serbe et monténégrin. Le SDA disposait d'une section au Sandžak, et prit l'initiative d'un référendum sur l'autonomie de la province en mai 1991, évidemment boycotté par les électeurs serbes et monténégrins.

Les Sandžaki ont essuyé plusieurs échecs politiques, notamment lorsque Hans Siladzić devint Premier ministre de Bosnie en mai 1993, mais ils tiennent toujours aujourd'hui des positions essentielles dans le SDA, dans les marchés de la reconstruction de la Bosnie et les activités frauduleuses qui se développent à Sarajevo.

De fait, le Sandžak occupe toujours une place essentielle dans les trafics entre Serbie, Monténégro et Bosnie, contribuant à en faire une sorte de « zone franche ». Soucieux que les affaires continuent, les hommes d'affaires musulmans du Sandžak se sont généreusement cotisés en faveur de l'armée yougoslave lors des bombardements de l'OTAN. Politiquement, le SDA du Sandžak a éclaté en plusieurs factions, qui s'accusent toutes les unes les autres de

FIGURE 8

Les trafics illégaux à travers le sud des Balkans

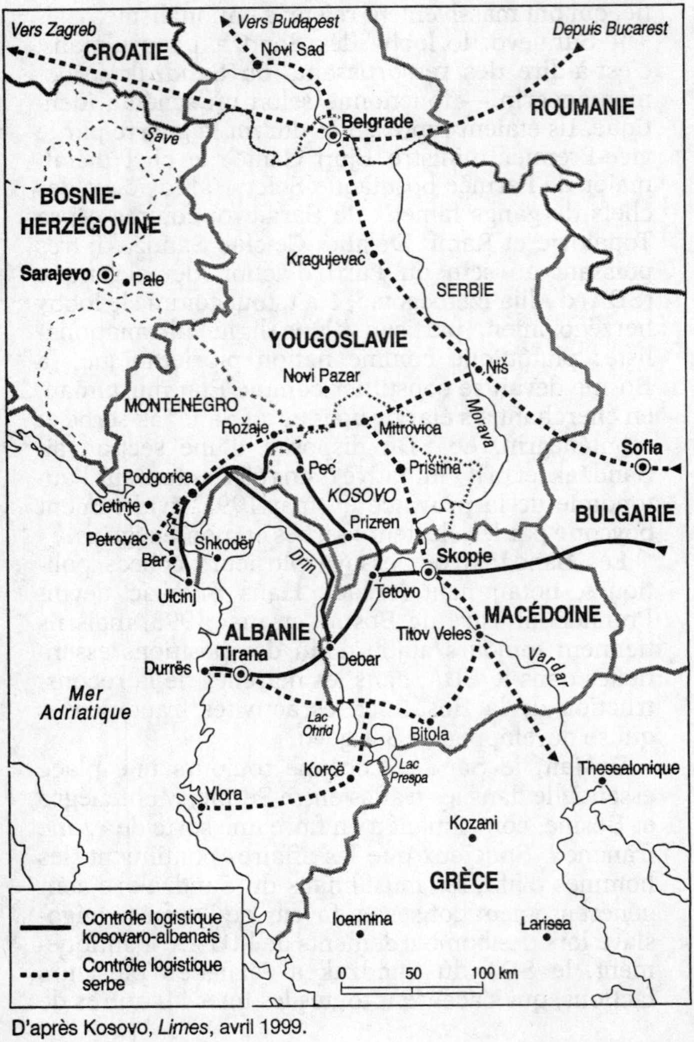

D'après Kosovo, *Limes*, avril 1999.

collusion avec le régime serbe. Sulejman Ugljanin, le leader de l'aile la plus radicale et la plus liée au lobby Sandžaki de Sarajevo, a été élu à l'automne 1996 maire de Novi Pazar, avant d'être destitué un an plus tard par le régime de Slobodan Milošević. Certains analystes insistent même sur l'axe criminel qui unirait le Kosovo à la Bosnie en passant par le Sandžak, y voyant un « corridor vert » des mafias musulmanes.

Le clan Slobodan Milošević-Mira Marković

Slobodan Milošević est né à Požarevac en 1941, second fils d'une famille pauvre récemment immigrée du Monténégro. Son père, pope orthodoxe défroqué devenu enseignant, abandonna femme et enfants pour revenir au Monténégro où il se suicida en 1952. Sa femme Stanislava mit fin à ses jours de la même manière dix ans plus tard, mais certains analystes ont peut-être un peu trop glosé à propos des conséquences psychologiques qu'aurait eues sur Slobodan le double suicide de ses parents. Le jeune garçon était en tout cas un élève terne et renfrogné, portant des vêtements passés de mode et n'aimant pas le sport jusqu'au jour où sa vie s'illumina grâce à la rencontre avec l'une de ses condisciples au collège de Požarevac, Mirjana Marković. Autant la famille de Slobodan est de peu d'importance, autant celle de Mirjana, qui préfère se faire appeler Mira, du nom de guerre de sa mère, est au cœur de l'histoire contemporaine de la Serbie. Son père, Moma Marković, était une des grandes figures du Parti communiste serbe, tout comme son oncle, Draža Marković, commissaire politique des partisans en Serbie durant la guerre. Une figure féminine rôde près de ces deux hommes : Zdenka Paunović, qui fut peut-être l'amante de l'un des frères Marković, mais qui fut de manière certaine secrétaire et amante du maréchal Tito. Il est peu probable que Zdenka soit la mère de Mira Marković, mais cette proximité a permis à la rumeur de se répandre, probablement sans opposition de la principale intéressée : Mira Marković serait la fille naturelle du maréchal ! La mère véritable de Mira est plus vraisemblablement une secrétaire du Comité de Belgrade du Parti communiste, qui mourut durant la guerre, après avoir été précipitée sur le banc d'infamie par ses camarades, pour avoir, dit-on, parlé sous la torture. Les deux tourtereaux Mira et Slobodan ne se sont jamais quittés depuis les bancs de l'école de Požarevac. À l'université de Belgrade, ils avaient la même réputation de jeunes communistes intransigeants, et ils firent l'intéressante connaissance d'un compagnon d'études, Ivan Stambolić, le neveu d'une autre grande figure du Parti serbe, Petar Stambolić. En Yougoslavie, l'acronyme anglais VIP se traduit par *veze i protekcije* : « relations et protections ». En accumulant les patrimoines familiaux d'Ivan et de Mira, le jeune trio Milošević, Marković, Stambolić avait tout pour réussir. Après une carrière bancaire qui le mena jusqu'à la tête de la Beobanka, Slobodan se lança véritablement en politique au cours des années 1980. En 1984, Ivan Stambolić devenait secrétaire du Comité central du Parti communiste serbe, son ami Slobodan prenait la tête du Comité de Belgrade du Parti. En 1986, Stambolić devenait président de la République de Serbie, Milošević le relayait à la tête du Comité central. Jusqu'à ce moment, Milošević faisait figure d'apparatchik sans relief particulier, mais, en 1987, Ivan Stambolić le chargea d'aller rencontrer les Serbes du Kosovo en ébullition. C'est à ce moment que Milošević leur lança sa fameuse adresse : « Je ne permettrai plus que quiconque maltraite ce peuple ! » Mira Marković assurait de son côté les arrières intellectuels du couple, en occupant une chaire de marxisme à l'université de Belgrade. Portés par la vague nationaliste qu'ils avaient eux-mêmes contribué à grossir, les époux Milošević estimèrent le moment venu de se débarrasser de leur compère Ivan Stombolić. On n'est jamais si bien trahi que par ses amis[1]. Maître incontesté du Parti communiste serbe transformé en Parti socialiste de Serbie en 1990, Slobodan Milošević se garde toujours à gauche grâce à Mira, éminence grise de l'Union de la gauche yougoslave (JUL). Ce parti réunit quelques nostalgiques du communisme héroïque, mais l'essentiel des cadres de la JUL est constitué des dirigeants des entreprises d'État en cours de privatisation. Malgré les envolées lyriques de Mira, qui ne cesse de pourfendre le nationalisme et l'impérialisme américain, la JUL a tout d'un club d'affaires mafieux. Une chose est certaine : les amours d'enfance mènent à tout et la carrière du petit gars effacé de Požarevac aurait été impossible sans les brillantes relations de son épouse. Deux questions restent pourtant en suspens : Mira Marković est-elle oui ou non la fille de Tito ? Et qui, aujourd'hui, dirige la barque yougoslave : Slobodan ou son astucieuse compagne ?

Reste que l'exemple le plus poussé de « régionalisation du pouvoir » est bien sûr représenté par l'Albanie. La victoire du Parti démocratique de Sali

1. Tim Judah, *The Serbs. Myth, History and Desintegration of Yugoslavia*, Londres, Yale University Press, 1997.

Berisha marqua la revanche des hommes du Nord, avant que le retour au pouvoir du Parti socialiste, en 1997, ne signe le retour des Tosques du sud du pays. Les gouvernements successifs de Fatos Nano, Pandeli Majko et Illir Meta font la part belle aux Méridionaux, et notamment aux Albanais orthodoxes, tandis qu'on n'y trouve plus un seul catholique. Cette régionalisation du pouvoir porte en elle le risque de guerre civile. La Vefa était la société financière pyramidale la plus présente en Albanie du Nord, et elle était intimement liée au Parti démocratique de Sali Berisha, dont elle avait financé les campagnes électorales. Elle ne proposait prudemment à ses déposants que des taux d'intérêt de 8 % par mois. Lorsque le krach des « pyramides » fut menaçant, à l'automne 1996, le gouvernement envisagea un remboursement des dépôts effectués chez la Vefa, mais pas de ceux accordés aux compagnies opérant dans le sud du pays, dont le caractère coopératif aurait empêché de leur appliquer les règles de la procédure de mise en faillite. En mars 1997, les Albanais du Sud prirent les armes, tout à la fois pour obtenir le remboursement de leurs économies et pour exiger le départ des « démocrates ». Des militants du Parti socialiste et des hommes de l'ancienne police secrète, la Sigurimi, acoquinés aux clans mafieux du Sud, encadraient les émeutiers. En retour, la police secrète de Sali Berisha, le SHIK, arma le nord du pays, au risque de faire basculer le pays dans une guerre civile meurtrière...

Économie réelle et économie parallèle

L'éclatement de la Yougoslavie a été précédé d'un effondrement économique que symbolisait l'inflation galopante des années 1980. Avec l'ouverture de l'Albanie, on s'est aperçu que rien, ou presque, ne pouvait fonctionner dans le pays. Globalement, beaucoup des potentialités économiques des pays balkaniques restent à l'état de virtualités.

Les activités économiques traditionnelles se sont maintenues à un niveau très bas, qu'il s'agisse de l'industrie yougoslave, qui était pourtant beaucoup plus performante au début des années 1990 que les industries des autres pays du socialisme réel, ou des activités d'extraction minière, qui assurent encore de faibles rentrées de devises à l'Albanie et à la Yougoslavie. Dans le cas yougoslave, les années de sanctions et d'embargo, notamment pétrolier, ont largement dévalorisé ce potentiel industriel, avant que les frappes de l'OTAN, au printemps 1999, ne viennent anéantir un grand nombre de sites encore opérationnels. En Bosnie-Herzégovine, les infrastructures de base du pays ont été massivement détruites par la guerre, mais la reconstruction ne s'accompagne pas encore d'une véritable reprise économique, tandis que la Croatie, grâce aux revenus du tourisme qui reprend sur la côte dalmate, peut offrir l'illusion d'une situation économique un peu plus saine que celle de ses voisins. Les scandales des privatisations ont néanmoins conduit à brader l'essentiel des potentialités industrielles du pays, et la nouvelle majorité doit faire face à une contestation sociale grandissante.

Dans les grandes entreprises d'État non encore privatisées, les salaires atteignent partout des niveaux symboliques... quand ils sont versés, encore que la situation yougoslave reste préférable à celle de l'Albanie. Le gouvernement de Belgrade a cru pouvoir garantir un minimum de paix sociale en continuant à verser des salaires aux employés d'entreprises ayant cessé toute activité. Comme l'ensemble des salaires versés par les États, ces salaires ne peuvent en aucun cas faire vivre leurs bénéficiaires, contraints de chercher des sources de revenus complémentaires. Le travail « officiel » est pourtant conservé, et même convoité par une partie de la jeunesse, car il est synonyme de quelques avantages en nature, d'un minimum de protection sociale, sans oublier l'espoir de toucher, un jour, une retraite décente. Les Yougoslaves perçoivent toujours la situation qui prévaut depuis dix ans comme « anormale » : « Les choses iront mieux un jour, disent-ils souvent, et alors nous toucherons des salaires ou des retraites correctes. » Les ressortissants de toutes les républiques issues de l'éclatement yougoslave n'oublient pas que, avant que la crise ne commence, les salaires leur permettaient de vivre décemment et même de voyager à l'étranger. Les Albanais ne peuvent se targuer d'une telle expérience et, pour eux, le travail « officiel » dans une entreprise d'État est une activité qui ne peut en aucun cas être source de revenus.

Les taux de chômage sont des données sans prise avec cette réalité et, hormis quelques professions intellectuelles, comme l'enseignement ou les métiers de la santé, toujours valorisées socialement, la jeunesse des Balkans, massivement chômeuse, ne cherche pas un emploi qui la ferait sortir de cette catégorie. Elle cherche des « jobs » qui lui permettent, ponctuellement, de gagner de l'argent. La seule forme de salariat véritablement rémunératrice consiste à travailler pour des organisations internationales : un chauffeur ou un gardien de nuit touche un salaire plusieurs fois supérieur aux revenus d'un professeur d'université. Les métiers saisonniers du tourisme, sur la côte dalmate, peuvent aussi assurer des revenus décents.

Vers le milieu des années 1990, l'Albanie avait été présentée comme un « bon élève » du Fonds monétaire international, car elle avait su appliquer les recettes de celui-ci pour assurer la transition économique et maîtriser ses indices macroéconomiques. Il n'empêche qu'aucune entreprise ne fonctionnait en Albanie, et que pratiquement toutes les ressources de la population provenaient du travail, clandestin ou non, à l'étranger, ou bien encore d'activités illégales. Ces économies étaient réinvesties dans des sociétés financières qui garantissaient des taux d'intérêt miraculeux pouvant atteindre jusqu'à 25 % par mois. Les « pyramides » financières, dont le mécanisme consistait en ce que les intérêts versés aux déposants étaient constitués par les apports des nouveaux venus dans le système, ont également touché la Serbie, et beaucoup d'autres pays ex-socialistes, comme la Russie ou la Bulgarie. Nulle part cependant elles n'ont pu tenir aussi longtemps qu'en Albanie, défiant toutes les logiques économiques. Ce phénomène s'explique par l'injection massive dans le système de l'argent sale de la drogue, ainsi « blanchi ». L'effondrement de ces sociétés s'est enfin produit durant l'hiver 1996-1997, provoquant un embrasement politique du pays. De manière surprenante, l'économie albanaise semble s'être assez bien remise de la bourrasque. Appliquant encore une fois les remèdes du FMI, les indices macroéconomiques ont été stabilisés, les pertes se sont révélées moins grandes que prévu, de l'ordre de 1 à 1,2 milliard de dollars, affectant certes avant tout les petits épargnants qui ont le plus souvent tout perdu, alors que les gros investisseurs avaient su retirer leur mise à temps. La crise a eu pour effet positif de diriger l'épargne qui était stérilisée dans les sociétés financières vers des secteurs plus productifs comme l'immobilier ou la construction [1].

1. Rajwantee Lakshman-Lepain, « L'Albanie en 1998. Face aux incertitudes », in *L'Europe centrale et orientale*, La Documentation française, 1999.

FIGURE 9

Les principales places du trafic de drogue

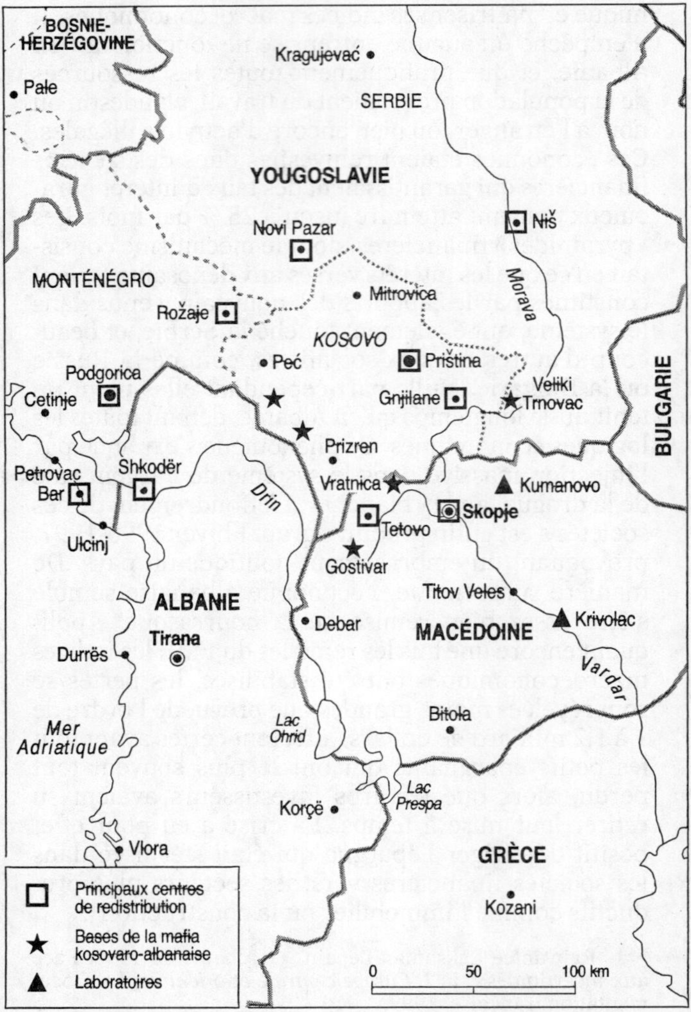

D'après Kosovo, *Limes*, avril 1999.

L'aide internationale représente pourtant toujours plus du quart du PIB du pays, et surtout bien peu d'activités productrices de richesses se font jour en Albanie. L'économie réelle du pays continue de dépendre du revenu des travailleurs émigrés et des activités illégales.

L'aide internationale constitue aussi le moteur essentiel de l'économie bosniaque. Le pays, ravagé par plus de trois ans de guerre, a un besoin vital de cette aide pour envisager une reconstruction qui, théoriquement, devrait avoir un effet d'entraînement sur l'économie. Si des zones d'intense activité se laissent voir en Bosnie centrale croato-musulmane ou à Sarajevo, des régions entières du pays restent sinistrées, notamment en république serbe, où seule la capitale Banja Luka connaît un très léger frémissement économique. Les scandales de corruption et de détournement des aides internationales, apparus avec éclat à l'été 1999, lorsque la presse internationale a révélé la « disparition » de plus d'un milliard de dollars, n'épargnent aucune des « entités » bosniaques, les profiteurs de la guerre et de la reconstruction étant aussi bien musulmans, croates que serbes[1]. L'aide massive a pourtant permis la remise en état de nombreuses infrastructures vitales, mais le problème de fond demeure que les investissements internationaux n'arrivent toujours pas en Bosnie, maintenant le pays dans une économie d'assistance. Les chiffres réels de population de la République serbe de Bosnie sont inconnus, mais aucun retour notable de réfugiés croates ou musulmans chassés

1. Christopher Bennet et Gerald Knaus, « Comment relever le défi de la corruption », rapport sur la crise des Balkans, n° 68, Londres, IWPR, 20 août 1999, disponible en français sur http ://bok. net/balkans/.

par l'épuration ethnique n'est à signaler, tandis que les Serbes s'en vont massivement, pour des raisons avant tout économiques.

La Yougoslavie présente, à l'inverse de l'Albanie et de la Bosnie, le cas d'un pays qui n'a bénéficié d'aucune aide internationale, mais qui a dû, au contraire, subir le choc des sanctions économiques avant les destructions occasionnées par les bombardements de l'OTAN. Comment la Serbie a-t-elle pu financer la guerre au Kosovo ? Comment peut-elle financer son armée dont les systèmes de défense antiaériens se sont révélés relativement fonctionnels durant les frappes occidentales ? Et surtout, comment les Serbes et les Monténégrins font-ils pour vivre ? Derrière les chiffres de l'économie officielle se dessinent les contours d'une « économie noire » qui, seule, permet la survie des pays balkaniques et de leurs populations.

Les Macédoniens sont unanimes à reconnaître le paradoxe suivant : ils vivaient mieux lorsque leur pays était sous le coup de l'embargo grec, et qu'en plus ils pâtissaient des sanctions économiques imposées à la Fédération yougoslave, toujours premier partenaire commercial du petit État indépendant. Sanctions et embargo sont en effet synonymes de combines, trafics et débrouilles qui permettent à tous, et pas seulement aux grands trafiquants, de s'en sortir...

On trouve tout à Tuzi !

Tuzi est une bourgade poussiéreuse dans la plaine du lac de Shkodër, dominée par les massifs de la

Malesia monténégrine, à une dizaine de kilomètres de la capitale Podgorica. Si l'on continue la route qui serpente dans le décor mystérieux des bords du lac, on arrive très vite à la frontière albanaise. Administrativement, Tuzi fait partie de la commune de Podgorica, mais les Albanais, ici largement majoritaires, demandent que Tuzi soit érigé en commune autonome. Qu'y a-t-il à voir à Tuzi ? Peut-être l'église des sœurs franciscaines, mastodonte de béton pas trop gracieux, car les Albanais sont ici majoritairement catholiques. Mais c'est surtout pour son marché que l'on se presse à Tuzi. De la vaisselle, du linge, des téléphones fixes ou portables, des produits de toilette, des ordinateurs, des machines à laver, des cages à oiseau. C'est un principe : on trouve tout à Tuzi, et à bon prix. Il est de règle de ne pas marchander car, autre principe, le prix proposé à Tuzi est toujours le plus bas possible. La qualité ne laisse en général pas trop à désirer. Chaque jour, lorsque l'activité du marché commence à décroître, des grosses Mercedes immatriculées en Albanie circulent entre les allées du marché et les stands à grillades, s'apprêtant à recharger la marchandise invendue. Le poste frontière de Božaj Hani i Hotit est resté longtemps théoriquement fermé. Sous la pression des autorités monténégrines, il est semi-ouvert depuis l'automne 1998. En théorie, seuls peuvent le franchir les riverains du lac, et les heureux détenteurs d'une dérogation. On voit ainsi les Mercedes se remplir de pièces de rechange pour machines agricoles ou de sacs de poivrons rouges. La marchandise vient d'Albanie et se revend au Monténégro. Comment arrive-t-elle en Albanie ? Tout est possible, même parfois des filières légales. Seules les cigarettes sont réexportées du Monténégro vers l'Albanie. Lorsque la frontière était fermée, les produits transitaient par des petites barques à fond plat, qui traversaient le lac à cinq cents mètres du poste de douane. La contrebande est ici affaire d'État. Au temps de l'embargo pétrolier contre la Yougoslavie, une flottille de minitankers avait fait son apparition sur le lac ; mais, pour importer du carburant au Monténégro, il fallait payer une « licence de contrebande » aux autorités monténégrines. L'État-providence à la monténégrine prévoit en effet que les profits du commerce clandestin servent à la prospérité générale. Durant les frappes de l'OTAN, l'armée yougoslave avait effectivement fermé la route de la frontière durant plusieurs semaines, et l'activité du marché en avait beaucoup pâti. Les commerçants de Tuzi n'en restaient pas moins optimistes : si la guerre et l'embargo s'étaient prolongés, il y aurait eu de belles affaires en perspective. Qui pourrait s'opposer au phénomène économique de Tuzi, ou des marchés équivalents de Stolac et de Jajce, situés à la limite entre la Fédération croato-bosniaque et la République serbe de Bosnie ? Les populations riveraines en tirent de grands bénéfices, et tout le monde profite des prix bon marché. Pourquoi donc les zones hors taxes seraient-elles réservées aux aéroports internationaux ?

La contrebande de cigarettes et le trafic de drogue constituent des piliers essentiels des économies balkaniques, de même que quelques activités annexes, comme la revente de voitures volées, le trafic d'armes, d'organes, d'enfants, de produits nucléaires. Les passages clandestins de candidats à l'émigration font aussi la fortune du port albanais de Vlora ou du port monténégrin d'Ulcinj.

Dans les rues de toutes les villes des Balkans, une foule de jeunes enfants propose à la criée des cigarettes de toutes les grandes marques internationales.

Quelques retraités tiennent aussi étal. Cette activité théoriquement prohibée n'est guère réprimée, et les vendeurs n'appartiennent pas toujours à un lumpen-prolétariat déraciné. On vend souvent des cigarettes en sortant de l'école, ou bien sur le pas de sa maison, pour compléter sa retraite.

Le Monténégro s'est imposé comme la principale plaque tournante du commerce de cigarettes. Depuis 1992, et l'instauration de sanctions économiques contre la République fédérative de Yougoslavie, un pont aérien assuré par des avions russes de type Antonov, avec un équipage ukrainien, reliait Rotterdam à la capitale monténégrine Podgorica. Jusqu'à quatre avions ont pu atterrir quotidiennement. Le gouvernement monténégrin a laissé les trafiquants s'organiser en toute liberté, se contentant de prélever sa part pour renflouer les caisses vides de l'État. Le Monténégro, estimant que les cigarettes constituent des marchandises en transit, réclame une commission de l'ordre de 10 % de la valeur de la cargaison. En échange, la police monténégrine escorte parfois les camions de cigarettes qui partent de Podgorica vers la Serbie. Les mafieux italiens de la Sacra Corona Unita se sont installés au Monténégro, dans les Bouches de Kotor et dans le port de Bar, où ils disposent d'une flottille d'une cinquantaine d'embarcations rapides, qui réexporte la marchandise vers l'Italie. Parfois, des vedettes de la police accompagnent les trafiquants pour qu'ils échappent aux contrôles de la marine de guerre yougoslave. Le président Milo Djukanović a reconnu cette réalité du trafic. Il déclarait en novembre 1997 : « En raison de la guerre et des sanctions, le Monténégro a été confronté à l'une des périodes les plus noires de son histoire. Pour survivre, nous avons fait du trafic.

Cela nous a donné un peu d'oxygène, et cela en a surtout donné à la Serbie[1]. »

Lors des frappes aériennes de l'OTAN, au printemps 1999, l'arsenal des sanctions frappait de plein fouet la Serbie, mais était censé épargner partiellement le Monténégro. De plus, le gouvernement serbe et l'armée yougoslave avaient mis en place une sévère politique de restrictions pétrolières, tandis que le carburant restait en vente libre au Monténégro. Du coup, de misérables petits trafics se sont généralisés près de la frontière entre les deux républiques. Une foule d'ouvriers ou de mères de famille descendaient des autocars à la gare routière de Bijelo Polje pour acheter quelques cartouches de cigarettes ou quelques bidons d'essence. Les bénéfices de chaque voyage étaient dérisoires, mais les risques encourus par ces « contrebandiers » de la misère étaient très élevés, si la police serbe faisait main basse sur leurs achats au retour en Serbie.

Le Monténégro était aussi, au temps de l'embargo, une plaque tournante du trafic de pétrole. Le gouvernement prélevait là encore sa part, et le trafic se développait avec la complicité directe du gouvernement albanais. Une société de financement, légalement créée par le Parti démocratique de Sali Berisha, s'était spécialisée dans la revente de carburant à la Yougoslavie. Après des pressions insistantes du Département d'État américain, le ministre de l'Intérieur, Agon Musaraj, accusé de tourner systématiquement l'embargo international imposé au Monténégro et de superviser par ailleurs une filière de drogue, a dû démissionner à la suite des élections de 1996. Le ministre de la Défense, Safet Zhu-

1. Nicolas Miletitch, *Trafics et crimes dans les Balkans*, Paris, PUF, 1999.

lali, a été soupçonné de se livrer au trafic d'armes, de pétrole et de cigarettes, mais a gardé son poste jusqu'à la débâcle des « démocrates » en mars 1997.

L'argent des émigrés

En Yougoslavie, le travail à l'étranger est une vieille tradition. Contrairement aux autres régimes nationalistes, qui contrôlaient strictement les mouvements de leurs nationaux, le régime titiste laissait librement partir les candidats à la fortune, dont les mouvements étaient encore facilités par les accords consulaires qui permettaient aux ressortissants yougoslaves de voyager sans visa à travers toute l'Europe. Cette belle époque est terminée, et l'accès des Balkaniques de tous pays à l'Europe de l'Ouest est rigoureusement contrôlé. Les crises majeures, comme les guerres de Bosnie et du Kosovo, déclenchent néanmoins des afflux de réfugiés qu'il est impossible d'empêcher. Malgré les politiques d'incitation au retour, les obstacles mis au regroupement familial, et parfois les politiques délibérées d'expulsion, il semble que sur 1,2 million de Bosniaques réfugiés à l'étranger durant les années de guerre, peu soient rentrés au pays. Beaucoup de ces réfugiés ne peuvent d'ailleurs pas rentrer chez eux, car leur commune fait maintenant partie d'une « entité » qui n'est pas celle de leur ethnie. Ils préfèrent alors ne pas tenter de reconstruire leur vie dans une autre ville de leur pays d'origine.

Dans le cas du Kosovo, il convient de distinguer l'exode massif et très médiatisé du printemps 1999, d'un mouvement plus ancien et continu de départ vers l'étranger. Les réfugiés chassés de chez eux par la violence des forces serbes après le début des bombardements de l'OTAN sont majoritairement partis avec l'espoir de pouvoir très vite revenir chez eux et, effectivement, peu d'entre eux ont choisi de tenter leur chance à l'étranger. Même ceux qui avaient pu quitter les premiers pays d'accueil, le Monténégro, l'Albanie ou la Macédoine, vers un pays tiers, sont souvent rentrés au pays dès que cela a été possible. Par contre, il existait de très importantes communautés d'Albanais du Kosovo en Allemagne, en Suisse et dans d'autres pays d'Europe occidentale comme la Belgique ou les pays scandinaves, sans oublier les diasporas d'Amérique du Nord. En Suisse, la population albanaise est estimée à 200 000 personnes au moins, séjournant légalement ou non dans la Confédération. Le plus souvent, ces Albanais conservent des liens forts avec leur pays d'origine, où est restée une partie de leur famille. Leur émigration a pour but d'accumuler un pécule réinvesti au pays dès que possible. Les Albanais du Kosovo ont dénoncé l'épuration ethnique « lente » pratiquée depuis des années par le régime serbe qui poussait les jeunes générations à quitter le pays, en raison de l'absence de toute perspective d'études ou de travail pour les Albanais. De même, beaucoup de jeunes hommes ont quitté le Kosovo pour échapper à leurs obligations militaires. L'émigration se fait de manière fort organisée, le candidat au départ rejoignant des parents déjà installés. Des communautés très soudées se créent ainsi à l'étranger. Tel village du Kosovo a, par exemple, l'habitude d'émigrer vers tel ou tel canton suisse : dans certains villages de la commune de Stimlje, on parle allemand, dans d'autres français, dans d'autres encore italien, car l'émigration se dirige traditionnellement vers le Tessin ! De la même manière, Serbes,

Croates ou Musulmans bosniaques ont établi des traditions d'émigration : on trouve, par exemple, beaucoup de Croates sur la Côte d'Azur, et beaucoup de Serbes dans la région lyonnaise. L'argent légalement gagné par ces émigrés constitue depuis longtemps un apport essentiel aux économies yougoslaves. Les Albanais d'Albanie n'avaient pas la possibilité de partir à l'étranger du temps d'Enver Hoxha, aussi leur départ vers l'Italie, en 1992, a-t-il pris l'allure d'une fuite panique. Aujourd'hui, l'habitude d'une émigration saisonnière et clandestine vers l'Italie et la Grèce s'est maintenue, les Albanais acceptant les pires conditions de travail dans le bâtiment ou l'agriculture, pour amasser un petit pécule[1]. Les ports de Vlora, en Albanie, et dans une moindre mesure celui d'Ulcinj, au Monténégro, se sont « spécialisés » dans le transit de clandestins, qui embarquent chaque nuit dans de puissantes embarcations, les *scaffi* ou *gliseri*, vers la côte italienne de l'Adriatique.

Il n'y a guère de trafics qui ne soient pratiqués dans les Balkans. Une filière d'adoption d'enfants existe ainsi dans le sud de l'Albanie. Les petits blondinets albanais trouvent facilement preneurs, et les parents cèdent leurs enfants contre un peu d'argent et l'espérance, pour ceux-ci, d'une vie meilleure. Dans un tout autre genre, deux cent cinquante grammes d'uranium hautement radioactif ont été découverts en mars 1997 dans un appartement de Skopje, et les Balkans risquent de devenir une poubelle pour les

1. Les conditions de vie de ces travailleurs clandestins en Grèce sont évoquées dans le roman de Virion Graçi, *Le paradis des fous*, traduit de l'albanais par Christiane Montécot, éd. de l'Aube, 1998.

pesticides et produits toxiques d'Europe occidentale. En 1991, près de cinq cents tonnes de pesticides périmés et très toxiques avaient été envoyées d'Allemagne en Albanie, au titre de l'« aide humanitaire » ! Se débarrasser de ce type de déchets coûte très cher à l'Ouest, il est plus pratique d'en faire généreusement don aux pays des Balkans[1].

Mafias et politique

Les structures traditionnelles des clans, par exemple, en Albanie, offrent une ossature toute naturelle aux activités mafieuses. La déliquescence du pouvoir politique permet que les activités illégales ne se développent pas contre l'État, mais en prolongement de celui-ci. Les Balkans sont devenus ainsi, avant même la fin des régimes communistes, un lieu de transit pour une série de trafics, à commencer par celui de la drogue. Le risque est grand de voir toute la péninsule devenir une zone de non-droit, ou plutôt une région où le droit et l'État sont mis au service d'activités que l'on considère, internationalement, comme prohibées.

1. Voir Nicolas Miletitch, *Trafics et crimes dans les Balkans*, *op. cit.*

Le financement de la résistance albanaise au Kosovo

L'accusation a été souvent répétée : la résistance albanaise se serait financée par l'argent de la drogue. Les intéressés, qu'il s'agisse d'Ibrahim Rugova ou de l'UCK, ont bien sûr toujours nié, en prétendant que les versements volontaires de la diaspora suffisaient à leur financement. Les rapports de l'Observatoire géopolitique des drogues confirment pourtant une importante participation des mafias albanaises du Kosovo au trafic international des stupéfiants. Les Kosovars sont présents de trois manières — par un contrôle des filières de la drogue en Albanie et en Macédoine, et par une participation aux itinéraires de la drogue en Serbie. Selon un observateur présent en Albanie, les revendeurs qui partent d'Albanie pour la Suisse avec plusieurs kilogrammes d'héroïne ou de cocaïne sont des Albanais d'Albanie, tandis que les patrons du trafic, qui se gardent bien de prendre de tels risques, sont des Albanais du Kosovo. Les Albanais du Kosovo ne paraissent pas intervenir toutefois dans la production de haschisch et de marijuana, qui a pris une allure industrielle dans le sud de l'Albanie, notamment dans les alentours du port de Saranda, où des milliers d'hectares sont mis en culture. La drogue est revendue à des prix extrêmement compétitifs en Grèce et en Italie. Les Kosovars interviennent par contre dans les filières de l'héroïne et de la cocaïne qui transitent par l'Albanie, encore qu'il semble que les clans kosovars soient uniquement liés aux clans guègues du nord de l'Albanie, qui soutiennent traditionnellement l'ancien président de la République Sali Berisha, tandis que les clans tosques du sud de l'Albanie qui entretiennent pour leur part des relations avec le Parti socialiste au pouvoir échappent à leur emprise et cultivent plutôt des relations avec les mafias italiennes et notamment la Sacra Corona Unita des Pouilles. La Macédoine s'impose comme un lieu de forte consommation de la drogue, et surtout comme une plaque tournante essentielle de la « route des Balkans » qui permet à la drogue de passer de Turquie vers l'Europe occidentale. Le marché de la drogue en Macédoine semble entièrement contrôlé par les Albanais du pays, qui reversent une part de leurs gains aux partis albanais locaux ainsi qu'à la lutte armée menée au Kosovo, encore qu'il faille se méfier des données de la police locale, qui a tendance à faire preuve de plus de rigueur à l'encontre des revendeurs albanais que des revendeurs macédoniens. Les réseaux albanais de Macédoine revendent également de l'héroïne en Serbie, où la consommation locale est en hausse, et les spécialistes estiment qu'une importante collaboration a pu s'établir entre réseaux serbes et albanais malgré leurs différends « idéologiques ». La forte implication des Albanais du Kosovo et de Macédoine s'explique en partie par les liens maintenus par ces communautés avec les Albanais de Turquie. De l'autre côté de la filière, les Albanais du Kosovo bénéficient de communautés anciennes et bien implantées en Europe occidentale, notamment en Allemagne et en Suisse : en 1993, 2 000 Albanais du Kosovo étaient détenus en Suisse pour trafic de drogue ou d'armes[1]. Si l'implication des Albanais du Kosovo et de Macédoine dans le marché international des stupéfiants n'est pas contes-

1. *Ibid.*

table, toute la question est de savoir dans quelle mesure ces trafiquants financent la résistance non violente et armée[1]. Dès 1992, l'agence antidrogue américaine, la Drug Inforcement Administration, faisait état de groupes d'Albanais du Kosovo acceptant des armes en échange de livraisons d'héroïne. La résistance albanaise du Kosovo a toujours eu beaucoup d'argent, qu'il s'agisse des fonds de la « république de Kosovë » ou des fonds de financement de l'UCK. Aujourd'hui, l'ancien « Premier ministre en exil », Bujar Bukoshi, en rupture politique avec Ibrahim Rugova depuis plusieurs années et en conflit ouvert avec l'UCK, est soupçonné d'avoir fait main basse sur une part importante de ce trésor de guerre, ce qui lui aurait permis de financer une tentative vite avortée de concurrence militaire de l'UCK, les forces armées de la « république de Kosovë ».

Les gouvernements participent directement aux trafics de toute nature, y compris au trafic de drogue. Selon l'Observatoire géopolitique des drogues, c'est même devenu l'une des principales sources de financement du régime de Belgrade. Il est aux mains de trois organisations étatiques : le SID (service d'information et de documentation du ministère des Affaires étrangères), le SDB (police secrète du ministère de l'Intérieur) et le KOS (service du contre-espionnage du ministère de la Défense). Deux personnages bien connus jouent un rôle essentiel dans ce dispositif : Željko Ražnatović, alias Arkan (1952-

1. Voir les rapports annuels de l'Observatoire géopolitique des drogues, ainsi que les articles de *La Dépêche internationale des drogues*, disponibles sur Internet : http ://www. ogd. org/.

2000), et Darko Ašanin, grand consommateur de cocaïne, actuellement en prison à Athènes. Un autre organisateur du trafic a été, pendant longtemps, Ćedomir Mihailović, un « businessman » de Belgrade agent du SDB. Après s'être brouillé avec le ministère de l'Intérieur, il est désormais un des témoins à charge au Tribunal pénal international de La Haye. L'argent du trafic aboutit presque toujours en Macédoine ou à Chypre, pays qui eut un long passé de partenariat avec les apparatchiks yougoslaves, depuis l'époque où la Yougoslavie était un grand exportateur d'armes, et qui est devenu l'une des places financières privilégiées des mafieux serbes ou russes. Arkan était un truand international, recherché par plusieurs polices européennes. Ses évasions spectaculaires de prisons belge, hollandaise et allemande, dans les années 1970, n'avaient pu être organisées qu'avec l'aide des services secrets yougoslaves. Au début des années 1990, il fut chargé de fournir en armes les sécessionnistes serbes de Croatie, et il constitue sa Garde des volontaires serbes, de sinistre renommée — sans jamais oublier les affaires : les hommes d'Arkan contrôlaient un prospère « supermarché » à Erdut, sur la frontière croato-serbe, lorsque la Serbie était frappée par l'embargo international. Paradoxalement, Arkan possédait, en copropriété avec des dignitaires croates, une compagnie offshore à Nicosie. Cet homme de main des services secrets yougoslaves, qui détenait toujours un « vrai-faux passeport » émis à Zagreb, a également travaillé pour le SIS, le contre-espionnage militaire croate. Du moins Arkan servait-il probablement d'intermédiaire entre les cercles mafieux du renseignement yougoslave et leurs confrères croates. Le grand « purificateur » serbe, en Croatie, en Bosnie et au Kosovo, était propriétaire d'une usine de charcuterie en Slavonie croate et rentrait dans ce pays sans aucun problème. L'assassinat d'Arkan à Belgrade, le 15 janvier 2000, ne peut pas encore être expliqué de manière satisfaisante : crime mafieux ou élimination par le régime d'un témoin gênant ? Une partie de l'argent se trouve aussi sur les comptes secrets de partis politiques ou ceux de l'État. Il sert à acheter des armes, principalement en Russie, et à financer des lobbies serbes à travers le monde. La police de Belgrade couvre ces opérateurs haut placés, qu'ils soient mêlés au trafic de drogue, de cigarettes, d'alcool ou de devises[1]. Le régime se contente de percevoir un pourcentage sur ces activités.

Les privatisations des anciennes entreprises d'État ont également été soumises aux trafics d'influences, notamment en Croatie, dès lors qu'elles conservaient un peu de valeur marchande, comme, par exemple, les complexes hôteliers de la côte dalmate. La privatisation croate s'est presque toujours faite au bénéfice exclusif des anciens directeurs issus du système autogestionnaire, et des cadres du parti au pouvoir, le HDZ (Communauté démocratique croate), qui sont souvent les mêmes hommes. En Serbie, le parti « yougoslaviste » et « léniniste » de Mira Marković, l'épouse de Slobodan Milošević, l'Union de la gauche yougoslave (JUL), fait figure de club privé de dirigeants des grandes firmes d'État qui ont déjà réussi à privatiser à leur profit une partie de ce capital social et à créer une forme originale d'« État-parti » pour le plus grand bénéfice des membres du club. Les ramifications de la JUL s'étendent aujourd'hui du monde du business à celui du renseignement en passant par les milieux ouvertement mafieux.

1. Voir le rapport 1996-1997 de l'Observatoire géopolitique des drogues, *op. cit.*

Le cas monténégrin est un exemple abouti d'intégration entre l'appareil d'État et les activités illégales. L'avenir de l'expérience de démocratisation engagée par Milo Djukanović risque d'être compromise par le clan de petits et de grands malfrats qui gravitent dans son entourage ; de même, la présence massive des mafias italiennes sur le littoral monténégrin ne laisse pas d'inquiéter pour l'avenir[1]. La communauté italienne est estimée à plusieurs centaines de personnes dans les alentours du port de Bar, et les règlements de comptes sont fréquents. Le président Djukanović explique que seules les circonstances ont amené les autorités monténégrines à pratiquer ou « couvrir » des activités illégales, mais le risque demeure qu'un Monténégro indépendant ne devienne un État mafieux. Trois semaines après l'assassinat d'Arkan, le meurtre à Belgrade, le 7 février 2000, dans des circonstances similaires du ministre fédéral de la Défense, Pavle Bulatović, qui, tout comme Arkan, était monténégrin, ont fait avancé l'hypothèse d'une « piste monténégrine ». Il est certain que les intérêts du président démocrate Milo Djukanović s'entremêlent de manière dangereuse aux connexions mafieuses serbes.

Les meurtres d'Arkan et de Pavle Bulatović ne sont que les derniers en date d'une longue série de règlements de compte à Belgrade. Beaucoup de criminels de droit commun s'étaient trouvé une nouvelle légitimité « patriotique » en s'engageant dans la formation de milices, comme Djordje Božović, chef

1. Le « système Djukanović » a été vigoureusement dénoncé par l'ancien président de la République Momir Bulatović, évincé par son jeune concurrent, et également écarté des trafics auxquels il avait longtemps participé.

de la milice du SPO, tué sur le front croate en 1992. Radovan Stojičić, alors ministre de l'Intérieur, et qui avait longtemps contrôlé ces milices pour le compte de l'État, fut lui aussi assassiné à Belgrade le 10 avril 1997.

En Albanie, un système parti-mafia en a chassé un autre. À Vlora, le port du sud du pays où l'insurrection a commencé, le pouvoir réel fut tenu, durant les mois « révolutionnaires » du printemps 1997, par des bandes armées de trafiquants, contrôlées par Myrteza Caushi, dit Zani, et son allié Geron Aliaj. Lorsque le candidat socialiste et futur Premier ministre Fatos Nano vint faire campagne à Vlora, sa sécurité fut assurée par les hommes de Zani. Si les clans du nord de l'Albanie ont bénéficié de complicités au plus haut niveau des gouvernements « démocrates », c'est au tour des milieux criminels du sud du pays de prendre leur revanche. Les tentatives de moralisation de la vie publique amorcées par le successeur de Fatos Nano au poste de Premier ministre, Pandeli Majko, restent de peu d'effets ; de même, la présence massive dans le pays, en raison de la crise du Kosovo, d'observateurs et de militaires internationaux ne trouble guère les mafieux. Des zones entières du sud du pays, comme Vlora, Saranda ou Velipoja, échappent presque totalement à l'autorité de l'État. Il en va de même dans les bastions des mafias guègues au nord du pays, comme Bajram Curri ou Tropoja, commune natale de l'ancien président Sali Berisha. L'affrontement entre Guègues et Tosques, réactivé dans l'opposition entre « démocrates » et « socialistes », devient aussi un affrontement entre des clans mafieux qui mettent le pays en coupe réglée.

L'Albanie tout entière apparaît comme une « zone grise », c'est-à-dire un territoire où aucun gouvernement n'est en mesure de faire respecter les règles minimales du droit[1]. Il en va partiellement de même de la Bosnie-Herzégovine, où l'Herceg Bosna croate et la république serbe peuvent apparaître comme d'autres « zones grises ». Le Premier ministre bosniaque qualifiait ainsi l'Herceg Bosna en 1996 : « C'est la seule mafia à avoir ses propres lois, ses propres tribunaux, sa propre police, ses frontières internationales et toutes les infrastructures nécessaires. » Les deux parrains de l'Herceg Bosna, Mladen Naletilić, dit Tuta, et Vinko Martonović, dit Stela, ont été finalement arrêtés en février 1997 par la police de la république de Croatie, mais le système mis en place perdure. Ce qui caractérise une « zone grise » comme l'Herceg Bosna, c'est que les criminels y opèrent en toute impunité, contrôlent une large part des activités économiques et collaborent avec les structures politiques, quand ils ne les contrôlent pas elles aussi. Il en va de même en République serbe, où l'ancienne présidente Biljana Plavšić a elle-même accusé à plusieurs reprises son propre gouvernement de se livrer à toutes sortes de trafics ! La particularité de la République serbe est que le pôle nationaliste serbe a volé en éclats, les conflits d'intérêts économiques et mafieux n'étant pas la moindre des causes de la rupture entre les cercles de Banja Luka, liés à Mme Plavšić, et ceux de Pale, toujours fidèles à Radovan Karadžić, recherché par la justice internationale de La Haye. Mais, à Sarajevo aussi, se développe un étrange milieu de jeunes gens affectant une pratique ostentatoire de l'islam, exhibant des titres de gloire prestigieux dans la guerre, cultivant leur engagement au parti musulman dominant SDA, et liés à de nombreux trafics, notamment à celui de la drogue[2].

1. Nicolas Miletitch, *Trafics et crimes dans les Balkans*, *op. cit.*
2. Dženana Karup, Senad Pećanin, « Cosa nostra bosniaca », in *Limes* 3, 1998, pp. 225-241.

Les milieux criminels des Balkans se caractérisent presque tous non seulement par des liens étroits avec les autorités politiques, mais par un engagement « patriotique » ou idéologique fortement affirmé. Qu'elles aient participé, dans un camp ou l'autre, à la guerre de Bosnie, qu'elles soient liées aux « démocrates » ou aux « socialistes » albanais, qu'elles financent la résistance albanaise au Kosovo ou la cause serbe, toutes ces mafias fondent leur légitimité sur leur engagement politique. Avec la ferme volonté de voir leur engagement payé de retour. Comment, dans ces conditions, prétendre parler d'État de droit ? L'État prend trop souvent le visage d'un « clan » qui a gagné l'épreuve d'une guerre civile. Les régimes socialistes ont cédé la place à des États « privés » au service de quelques-uns.

Le communautarisme issu de l'héritage ottoman a été manipulé par des secteurs des anciennes bureaucraties communistes avides de conserver leur pouvoir. Les bureaucraties recomposées des nouveaux pays indépendants ont dû passer des accords dangereux avec des mafias sans cesse plus puissantes. Le nationalisme se présente comme l'argument identitaire que ces bureaucraties utilisent pour fonder la légitimité idéologique de leur pouvoir, tandis que les cadres étatiques qui se mettent en place restent désespérément éloignés de l'État de droit.

Le soutien international, indispensable à la survie des sociétés balkaniques, constitue lui-même trop souvent une nouvelle source de revenus pour ces connexions politico-mafieuses, qui accaparent les aides à leur profit, quitte à ne redistribuer les produits indispensables qu'aux citoyens qui seront de la bonne ethnie ou de la bonne couleur politique, qui, en tout cas, ne contesteront pas le système mis en place. L'assistance économique internationale et les trafics paraissent être les seuls véritables piliers des économies balkaniques, et aucun discours vertueux n'aura la moindre conséquence pratique tant que les pays de la région ne verront pas renaître des activités économiques normales, ce qui impliquerait que le financement international relève d'une logique d'investissements et non plus de versements à fonds perdus.

Mais qui investira dans des Balkans où la guerre menace toujours de toutes parts ? Le Monténégro a été l'un des pays qui s'est le plus sérieusement engagé à essayer d'attirer des investisseurs, faisant même de son littoral une zone offshore, mais les résultats sont maigres. Les brasseries de Niksić, reprises par un consortium belge, arrivent à s'équilibrer avec un marché intérieur important, mais le groupe suisse qui a pris en charge le management du combinat d'aluminium de Podgorica (KAP) s'est trouvé paralysé par l'embargo appliqué par l'armée et la marine fédérales yougoslaves contre ce petit pays durant les bombardements de l'OTAN. La principale ressource du Monténégro, le potentiel touristique, reste encore largement sous-exploitée. Beaucoup de groupes internationaux de la branche viennent en repérage au Monténégro, mais tant que la situation constitutionnelle du pays ne sera pas clarifiée, qui osera investir au Monténégro ? Le maintien fragile du cadre étatique de la Macédoine est un miracle permanent qu'expliquent en grande part les versements massifs de l'Union européenne et des États-Unis. Cette assistance permet au pays de « tenir », mais sans que puisse se reconstituer le tissu économique et social qui, seul, légitimerait aux yeux des propres citoyens du pays l'existence étatique de la Macédoine. Tant que la république de Macédoine ne fondera pas sa légitimité sur le bien-être qu'elle pourra garantir à tous ses citoyens, ce jeune État restera gravement menacé par le renfermement sur soi-même de chaque communauté, au risque de voir l'affrontement politique basculer en guerre ouverte.

L'Union européenne se donne pour objectif de régulariser la vie politique et sociale de la région, par une politique d'aide économique volontariste, que certains ont même comparée au plan Marshall. Le problème est que la Fédération yougoslave, principal foyer d'instabilité de la région, restera exclue de ce pacte tant que Slobodan Milošević demeurera au pouvoir. Certains analystes ont probablement espéré trop vite un effondrement du régime yougoslave, dans le contexte de la capitulation devant les forces de l'OTAN.

Une telle politique audacieuse de l'Europe aurait été souhaitable à la fin des années 1980, quand la crise au sein de la fédération yougoslave s'est aggravée et lors de l'effondrement des régimes communistes. Aujourd'hui, des sommes colossales ont été dépensées, qu'il s'agisse d'aide humanitaire ou des coûts faramineux des différentes missions militaires, et le coût humain reste encore très important. L'Europe trouvera-t-elle enfin les moyens d'intégrer les Balkans à un véritable projet de développement ? La question reste sans réponse...

CHAPITRE V

LE KOSOVO, RÉVÉLATEUR DES ENJEUX BALKANIQUES

La petite région du Kosovo (10 690 kilomètres carrés) se trouve à la croisée de la plupart des enjeux balkaniques. Alors que toutes les nations constituées ont réussi à accaparer des territoires, d'une manière que l'on peut supposer définitive, en assimilant les populations locales, en expulsant ou en réduisant à l'état de « minorités nationales » celles qui ne voulaient pas s'assimiler, le Kosovo, jusqu'au printemps 1999, était une terre revendiquée par deux nationalismes également convaincus de leurs droits. Le Kosovo était même placé au cœur du discours national serbe et du discours national albanais. Enjeu territorial, enjeu démographique, enjeu stratégique, le Kosovo était avant tout un enjeu idéologique. La région est-elle pour autant condamnée à devenir un territoire mononational, l'une des deux nations en compétition perdant tout droit sur cette terre ? Après s'être appuyé durant des années sur une répression féroce, le régime de Belgrade a tenté, à la faveur de l'intervention de l'OTAN (mars-juin 1999), une expulsion systématique de la population albanaise, devenue largement majoritaire au Kosovo. La défaite militaire yougoslave devant l'Alliance atlantique et le retrait des forces serbes ont entraîné un retour massif et immédiat des Albanais expulsés, mais aussi un exil presque total des populations serbes et monténégrines du Kosovo. Le nationalisme serbe a-t-il perdu son « berceau » supposé ?

Le peuplement albanais en Yougoslavie

Les Albanais constituaient la principale communauté non slave du royaume des Serbes, des Croates et des Slovènes, créé en 1918. Il en allait de même dans la Yougoslavie socialiste créée en 1945. Ces Albanais, symboliquement exclus d'un État « sud-slave » car ils ne sont pas un peuple slave, se différencient d'abord par une langue qu'ils sont seuls à maîtriser, sans parenté connue dans la famille indo-européenne. Cette singularité linguistique est renforcée par des usages sociaux demeurés fortement traditionnels, malgré les phénomènes d'urbanisation, qui n'ont sûrement pas eu le même impact ni la même ampleur dans l'aire de peuplement albanais que dans le reste de la Yougoslavie. L'élément le plus décrié de ces communautés albanaises de Yougoslavie est sans aucun doute le maintien de taux de natalité singulièrement élevés, accréditant chez les peuples slaves, et notamment les Serbes, le fantasme d'un « péril démographique » albanais. Si l'on prend en compte le découpage fédéral de la Yougoslavie socialiste, demeuré la base des cadres administratifs postérieurs à l'éclatement de la Fédération, les Albanais vivaient dans la province autonome du Kosovo-Metohija, administrativement rattachée à la république fédérée de Serbie, mais aussi dans les communes de Bujanovac et Preševo, situées en Serbie hors de la province du

FIGURE 10

L'aire de peuplement albanais hors Albanie

FIGURE 11

Le Kosovo

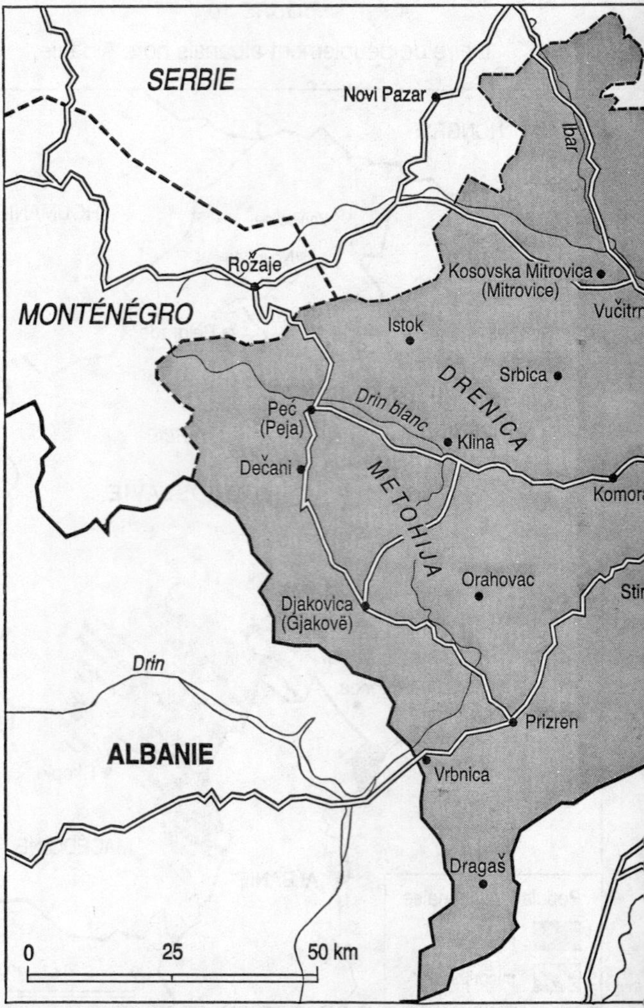

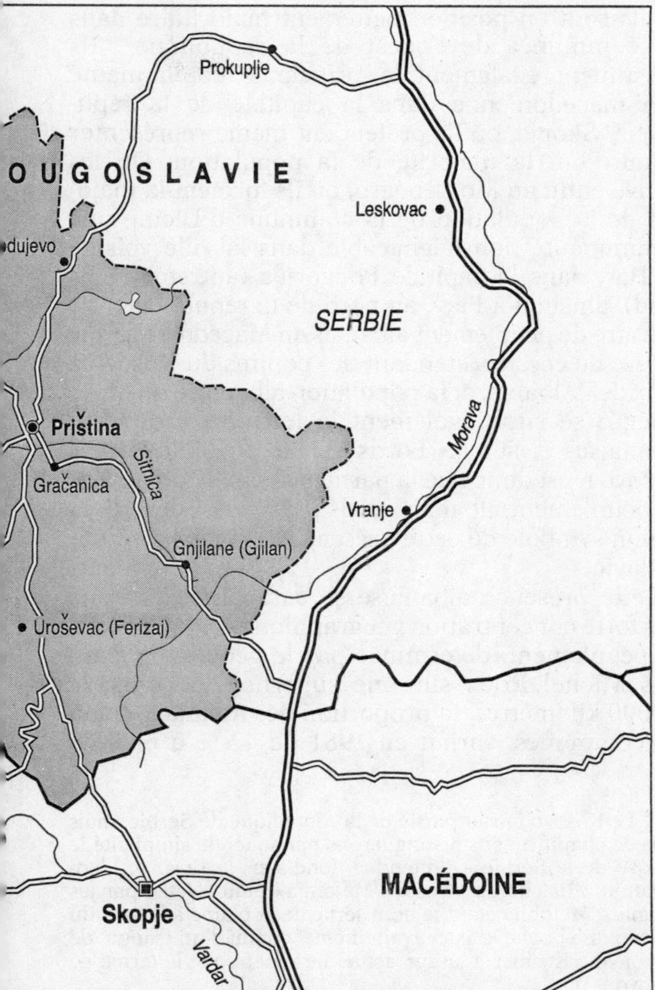
Prokuplje
OUGOSLAVIE
Leskovac
dujevo
SERBIE
Morava
Priština
Gračanica
Sitnica
Vranje
Gnjilane (Gjilan)
Uroševac (Ferizaj)
MACÉDOINE
Skopje
Vardar

Kosovo[1]. Leur présence est notable en Macédoine, où ils sont en position nettement majoritaire dans les communes de l'ouest de la république[2]. Ils constituent également la principale communauté non macédonienne dans la capitale de la république, Skopje, où ils prétendent même représenter aujourd'hui la majorité de la population. On les trouve enfin au Monténégro, où ils forment la majorité de la population de la commune d'Ulcinj, une communauté non négligeable dans la ville voisine de Bar, dans la capitale Podgorica (autrefois Titograd), ainsi qu'à Plav, au nord de la république.

L'aire de peuplement albanais en Macédoine forme un arc de cercle s'étendant des confins du Kosovo à ceux de l'Albanie, et la population albanaise du Monténégro se situe également le long des frontières albanaises et sur les bords du lac de Shkodër. Le Kosovo n'est donc que la partie principale d'une aire de peuplement albanais, mais il est aussi devenu la région symbole de cette présence albanaise en Yougoslavie.

Cette présence albanaise se caractérise par une très forte concentration géographique. Dans son aire de peuplement, déterminée par le géographe français Michel Roux sur une superficie de plus de 15 000 kilomètres, la proportion des Albanais, selon les communes, variait en 1981 de 42 % à près de

1. Le Kosovo faisait partie de la république de Serbie, mais dans ce chapitre nous distinguerons par souci de simplicité le Kosovo de la Serbie — entendue donc sans le Kosovo. L'appellation officielle de « Kosovo-Metohija » était rejetée par les Albanais, Metohija étant le nom serbe de la plaine à l'ouest du Kosovo. L'époque titiste avait même connu l'utilisation de l'acronyme Kosmet. L'usage actuel ne retient que le terme de Kosovo.

2. De Tetovo à Dibar, en passant par Gostivar et Struga.

100 %, dépassant le seuil des 90 % dans huit communes (dont 99,8 % à Glogovac, au Kosovo)[1]. Depuis 1981, la population albanaise s'est accrue sensiblement plus vite que les populations serbes, monténégrines ou macédoniennes, tandis que l'aggravation des tensions et le passage à la guerre ouverte au Kosovo en mars 1998 entraînaient paradoxalement une plus grande visibilité de la présence albanaise. Le père Sava Janjić, supérieur du monastère de Visoki Dečani, s'exclamait à l'automne 1998 : « Mais comprenez qu'il n'y a pas que des civils albanais et des policiers serbes au Kosovo, il y a aussi des civils serbes ! » Pourtant, hormis certaines grandes villes comme Kosovska Mitrovica, Peć ou Priština, et une poignée de villages-refuges disséminés dans la province, beaucoup de Serbes du Kosovo avaient déjà pris la route de la Serbie au cours des années 1980 et 1990.

Dans l'aire de peuplement albanais, les différentes communautés nationales ne se fréquentent guère. Le cas de Kosovska Mitrovica, étudié par Michel Roux[2], l'illustre bien. La population totale de la commune était, d'après le recensement de 1981 — dernier en date à être utilisable, car les Albanais ont largement boycotté le recensement de 1991 —, à 60 % albanaise, et à 20,2 % serbe[3]. Les villages du sud-est de la commune étaient à 99,5 % peuplés d'Albanais, tandis que ceux situés au nord-ouest de l'agglomération

1. Dans le système administratif yougoslave, les communes, peu nombreuses, étaient de vastes entités regroupant un grand nombre de villages ou de petites agglomérations autour d'un chef-lieu. À titre d'exemple, on ne compte que 28 communes au Kosovo.

2. Michel Roux, *Les Albanais en Yougoslavie, op. cit.*, p. 131.

3. Habitaient également là des Slaves musulmans, des Monténégrins et des populations d'origine turque.

étaient à 99,5 % peuplés de Serbes. Si les 87 villages de l'aire de peuplement serbe de la commune comptaient 15 958 habitants d'après le recensement de 1961, ils n'en comptaient plus que 13 002 en 1981, soit une baisse de 18,5 %. À l'inverse, les 47 villages de l'aire de peuplement albanais comptaient 21 275 habitants en 1961, et 28 984 en 1981, soit une augmentation de 36,2 %.

Au Kosovo, on ne se marie pas entre communautés. Le taux de mariages intercommunautaires était le plus bas de toute la Yougoslavie, même dans les villes, à la différence des villes bosniaques marquées par de très nombreuses unions entre Serbes, Croates et Musulmans. Pourtant, ce n'est qu'en ville que les différentes populations habitaient et que se concentraient les petits groupes minoritaires, comme les Slaves musulmans. À Kosovska Mitrovica, on pouvait tout au plus déceler une prédominance relative de l'élément serbe dans certains quartiers de la ville, de l'élément albanais dans d'autres. Lorsque les troupes françaises de la KFOR (Forces de l'OTAN au Kosovo) sont entrées dans Mitrovica, en juin 1999, elles ont immédiatement pris position sur le pont franchissant la rivière Ibar, introduisant une partition de la ville qui n'existait pas auparavant de manière si nette. Effet bénéfique de cette présence française, il n'y a pas eu d'exode immédiat des Serbes de Mitrovica, contrairement à ce qui s'est produit dans la plupart des autres communes du Kosovo. Mais la présence militaire française a contribué à créer une partition de la ville, qui prolonge la partition beaucoup plus ancienne des campagnes.

L'exemple de Mitrovica est peut-être extrême, mais la ségrégation ethno-spatiale était généralisée dans tout le Kosovo. Sur un total de 1 420 villages dans la province, Michel Roux a dénombré, selon le recensement de 1981, 913 villages mononationaux (plus de 99 % des habitants appartiennent au même groupe), soit 719 villages albanais et 180 villages serbes. Si l'on abaisse le seuil du nombre d'habitants d'une communauté à 90 %, 1 183 villages sont presque mononationaux (921 villages albanais, 233 villages serbes, et 22 villages peuplés de Slaves musulmans, comme les Goranci concentrés dans la commune de Dragas). Seuls 201 villages sont binationaux, dont 166 associent Serbes et Albanais, et 36 villages associent trois groupes ou plus, en ne considérant que les groupes qui représentent au moins 10 % de la population des villages[1]. Dans les villages associant deux ou plusieurs groupes, la ségrégation se déplace à l'échelle des quartiers. Depuis 1981 et la montée des tensions dans la province, les villages ont tendu à s'homogénéiser encore davantage. Les paysans serbes développaient des complexes de peur et d'enfermement, les amenant à s'opposer à l'installation de familles albanaises dans leur village. Par contre, et depuis des décennies, lorsque les Serbes étaient minoritaires, ils avaient tendance à vendre leurs terres à des Albanais et à quitter les lieux. Depuis le mois de mars 1998, le phénomène s'était accentué, et beaucoup de villageois serbes aussi bien qu'albanais avaient dû quitter leurs villages, Serbes habitant des zones contrôlées par l'Armée de libération du Kosovo, ou Albanais en butte aux pressions d'un voisinage majoritairement serbe. Les petits groupes minoritaires, comme les Slaves musulmans ou les Roms — c'est-à-dire les Tziganes —, ont eux aussi fait les frais de cette polarisation. Ils devaient bien souvent partir ou faire allégeance au groupe localement majoritaire.

1. Michel Roux, *Les Albanais en Yougoslavie*, *op. cit.*, p. 136.

Autant l'évolution démographique de l'ensemble de la Yougoslavie traduit une évolution fort banale en Europe, marquée depuis la fin de la Seconde Guerre mondiale par une sensible baisse conjointe des taux de natalité et de mortalité, autant, au Kosovo, la reprise de la natalité au sortir du conflit mondial fut extrêmement forte et sa décrue particulièrement lente, tant et si bien que la natalité s'établissait au même niveau au milieu des années 1980 que dans les années 1930. Comme la mortalité connaissait pour sa part une forte décrue, la population augmentait donc rapidement. Depuis 1945, le Kosovo et l'ensemble de l'aire de peuplement albanais en Yougoslavie connaissent une explosion démographique permanente. La population du Kosovo est par conséquent très jeune, ce qui accentue les problèmes permanents de chômage que connaît la province, contraignant ces jeunes, souvent diplômés, à l'émigration. Les jeunes Serbes gagnent la Serbie, tandis que les jeunes Albanais partent le plus souvent vers l'étranger.

Les caractéristiques démographiques du Kosovo sont encore amplifiées dans les communes albanaises de Macédoine, où le taux de natalité est supérieur à celui du Kosovo, tandis que les Albanais du Monténégro tendent par contre à aligner peu à peu leurs caractéristiques démographiques sur celles des Monténégrins. Les indices démographiques des Serbes du Kosovo sont pour leur part plus proches de ceux des Albanais que de ceux des Serbes vivant en Serbie hors Kosovo.

Contrairement à certaines idées reçues, les Serbes des zones rurales du Kosovo se caractérisaient en effet eux aussi par une natalité sensiblement supérieure à la moyenne serbe. En revanche, les villages

FIGURE 12

L'évolution de la population du Kosovo

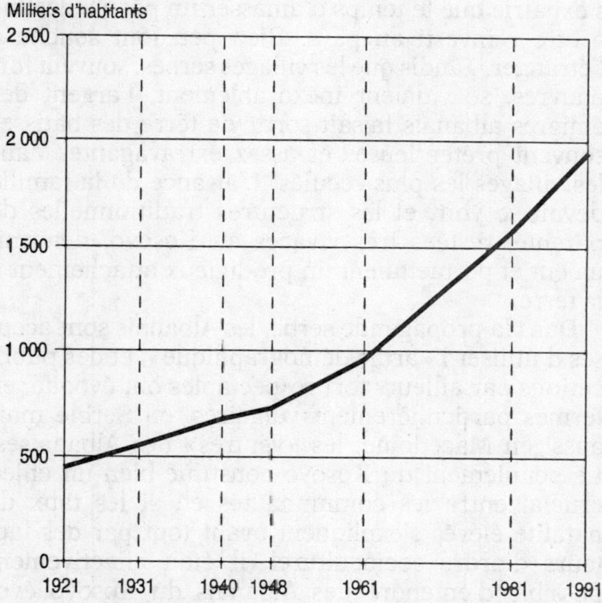

Chiffres : Michel Roux, *Les Albanais en Yougoslavie*, Maison des sciences de l'homme, Paris, 1992.

serbes étaient marqués par des phénomènes très intenses d'exode rural. Les Serbes quittaient leurs villages pour le chef-lieu Mitrovica, la capitale provinciale Priština, et surtout la Serbie. À l'absence de perspectives économiques s'ajoutait un sentiment, fondé ou fantasmé, d'insécurité, qui a entraîné un exode constant de la population serbe du Kosovo durant toutes les années de la Yougoslavie socialiste. Les Albanais, pour leur part, allient des taux de natalité particulièrement élevés à un très fort attachement à leur pays natal. La grande majorité des travailleurs émigrés en Suisse ou en Allemagne ne s'expatrie que le temps d'amasser un pécule destiné à être réinvesti au pays. Bien peu font souche à l'étranger. Tandis que les villages serbes, souvent fort pauvres, se vidaient inexorablement, l'argent des émigrés albanais faisait sortir de terre des bâtisses souvent prétentieuses et assez extravagantes dans les villages les plus reculés. L'aisance de la famille devait se voir, et les structures traditionnelles de parenté, restées très vivaces au Kosovo, déterminaient et permettaient un prodigieux attachement à la terre.

Dans la propagande serbe, les Albanais sont accusés d'utiliser l'« arme démographique », et des publications par ailleurs fort respectables ont évoqué, en termes particulièrement vulgaires, en Serbie mais aussi en Macédoine, les « ventres » des Albanaises. Le peuplement du Kosovo constitue bien un enjeu crucial entre les communautés et, si les taux de natalité élevés s'expliquent avant tout par des facteurs d'ordre socioculturel, il était effectivement possible d'entendre des Albanais du Kosovo évoquer les nombreux enfants à venir en réaction à la violence de la répression serbe.

Les Albanais de Yougoslavie sont de surcroît restés sensiblement plus ruraux que les autres peuples de la Fédération. En 1981, 31,4 % des Albanais du Kosovo étaient employés dans le secteur primaire, contre 21,8 % des Serbes de la province, ainsi que 51,3 % des Albanais de Macédoine, contre 29 % des Macédoniens, et 36,4 % des Albanais du Monténégro, contre 16,7 % des Monténégrins. Les Albanais étaient par contre particulièrement sous-représentés dans le secteur tertiaire, qui n'employait que 16,2 % des Albanais de Macédoine (34,9 % de ceux du Kosovo, et 46,7 % de ceux du Monténégro). Dernière caractéristique sociologique, la faiblesse du taux de la population active, qui s'explique par l'importance des jeunes de moins de vingt ans, mais aussi par une sous-occupation des femmes. Ces dernières ne représentaient que 10,3 % de la population active albanaise au Kosovo, et 11,2 % chez les Albanais du Monténégro[1].

Les structures de la population, les comportements culturels déterminent une forte singularité de l'aire de peuplement albanais, dont le Kosovo est tout naturellement le centre. Le Kosovo appartient pleinement à l'aire des populations guègues, plus traditionnelles que les Tosques du sud de l'Albanie (voir encadré « Guègues et Tosques, chapitre I). Chez les Guègues, le code coutumier du *kanûn* représente toujours un régulateur important des relations sociales. *Kanûn* et structures claniques dessinent le visage d'une société fortement typée, radicalement différente des sociétés slaves environnantes (voir encadré « Clan et *kanûn* dans le monde albanais », chapitre IV). La forte ruralité des Albanais de Yougoslavie a conditionné leur traditionalisme et leur attachement au *kanûn*, mais ce *kanûn* et ses règles sociales sont aussi devenus des vecteurs de résistance, permettant de consolider l'irréductible singularité des Albanais de Yougoslavie. Cette culture traditionnelle se transmet avant tout dans les *oda*, les pièces de réception des hôtes des maisons traditionnelles albanaises. « Les *oda* ont été l'université popu-

1. *Ibid.*, p. 139.

laire des Albanais », disent volontiers beaucoup de militants politiques, sans guère d'exagération. C'est dans ces pièces, exclusivement masculines, que les jeunes garçons découvrent tout à la fois la culture et les valeurs sociales transmises par le *kanûn*, et la longue tradition de résistance antiserbe des Albanais du Kosovo. Dans les *oda* de Drenica, parfois la seule pièce encore à peu près intacte d'une maison ruinée, les événements de la guerre de 1998-1999 s'entremêlent déjà aux souvenirs des anciens sur la guerre des partisans de Tito contre les résistants nationalistes albanais en 1945, ou bien aux hauts faits de l'épopée de la résistance des Kaçaks contre le royaume yougoslave d'après 1918 (voir chapitre II).

L'exception des Albanais du Monténégro

À l'exception de la faible participation des femmes à la population active, les Albanais du Monténégro se distinguent par une démographie proche de celle des Monténégrins et une bonne représentation dans le secteur tertiaire. Ces données sont à rapprocher du fait que si les Albanais de Macédoine cultivent volontiers un nationalisme plus fort encore que celui de leurs conationaux du Kosovo, ceux du Monténégro se situent au contraire dans un schéma d'intégration au projet politique monténégrin. Les quelque 70 000 Albanais du Monténégro ont très majoritairement voté pour le candidat Milo Djukanović lors des élections présidentielles d'octobre 1997, et pour son

Parti démocratique des socialistes (DPS) lors des législatives de mai 1998, amenant les deux partis politiques albanais du Monténégro, l'Union démocratique des Albanais (UDSh) et la Ligue démocratique au Monténégro (LD në MZ)[1], à essuyer un sévère échec. Le peuplement albanais du Monténégro est très localisé, mais les villages au nord de la république, collés contre les montagnes infranchissables qui marquent la frontière avec l'Albanie, ne présentent pas du tout les mêmes caractéristiques que la station maritime très méditerranéenne d'Ulcinj, au peuplement presque entièrement albanais, ou que les faubourgs albanais de la capitale Podgorica. Ulcinj est, par exemple, le bastion de la Ligue démocratique, qui contrôle la mairie, tandis que les Albanais de Podgorica votent plutôt pour l'Union démocratique, qui participe au gouvernement.

Le ralliement des Albanais à Milo Djukanović tenait en partie à un choix tactique : se prononcer pour le « moindre mal » et pour le candidat qui pouvait accorder protection et tranquillité à la communauté[2]. Les Albanais du Monténégro continuent donc de bénéficier des possibilités d'éducation dans leur langue et des garanties d'insertion sociale qu'offrait la Yougoslavie de Tito. Les partis albanais sont attachés à deux revendications. La transformation des faubourgs albanais de Podgorica en une commune qui serait centrée sur le bourg de Tuzi est surtout réclamée par l'Union démocratique, tandis que la Ligue demande la création d'une « région autonome albanaise » autour

1. L'UDSh et la LD në MZ se caractérisent par une différenciation d'implantation géographique plus que par des divergences idéologiques. L'UDSh, contrairement à la LD në MZ, participe toutefois au gouvernement monténégrin.

2. Voir mon chapitre sur le Monténégro, in *Extrémismes en Europe. Rapport 1998*, éd. de l'Aube, 1998.

d'Ulcinj. Cette revendication maximaliste rencontre assez peu d'écho, d'autant plus que certains dirigeants politiques albanais d'importance militent dans des partis non ethniques, comme le Parti social-démocrate (membre de la coalition gouvernementale). L'accueil fait aux réfugiés albanais du Kosovo, qui ont reçu l'aide non seulement des institutions de la communauté albanaise ou de la mairie d'Ulcinj, mais aussi des structures d'État du Monténégro, a renforcé l'attachement des Albanais du Monténégro à leur pays. Ils développent le plus souvent un très grand loyalisme, qui renvoie à l'histoire spécifique de l'intégration des régions albanaises dans le royaume monténégrin. Malgré de rares épisodes de nettoyage ethnique, le Monténégro du roi Nikola (1860-1918) a su intégrer ses nouveaux citoyens albanais, notamment après la prise d'Ulcinj (1885). Beaucoup d'Albanais d'Ulcinj sont fiers d'avoir des ancêtres qui furent officiers du roi Nikola, et ils se présentent volontiers comme les plus patriotes et indépendantistes des Monténégrins. Après Cetinje, la capitale historique du royaume, Ulcinj est probablement la ville du Monténégro où le culte du roi Nikola est le plus répandu. Fiers de leur albanité, mais attachés à leur pays, les Albanais du Monténégro sont largement insensibles aux sirènes irrédentistes et « grand-albanaises ». Leur originalité sociologique va de pair avec un refus du radicalisme, rendant possible un projet de citoyenneté monténégrine pluriethnique.

Le Kosovo constitue bien évidemment le cœur de cet espace albanais d'ex-Yougoslavie. En écartant des prétentions irrédentistes extrêmes ou marginales, les Albanais pouvaient percevoir leur revendication d'autonomie ou d'indépendance du Kosovo comme une revendication réaliste, voire minimaliste. La rareté des contacts entre les communautés renforçait aussi le sentiment des Albanais de vivre dans un espace quasiment monoethnique, et la situation objective d'enclavement du Kosovo a achevé de déterminer l'attachement des Albanais à cette région.

Autant un jeune Serbe du Kosovo pouvait voir s'ouvrir à lui d'intéressantes perspectives de carrière à Belgrade et dans toute la Yougoslavie, autant les espoirs de promotion sociale des Albanais se jouaient essentiellement dans la province. Un Serbe du Kosovo ressentait toute la Serbie, voire toute la Yougoslavie, comme son pays, tandis qu'un intellectuel albanais savait qu'il ne pourrait utiliser sa langue qu'à la condition de faire carrière à Priština. Le Parti communiste a promu une mince couche de cadres albanais, appelés pour certains à effectuer une partie de leur carrière à Belgrade, mais Priština assumait en fait les fonctions d'une capitale pour tous les Albanais de Yougoslavie, d'autant que rien ne pouvait les attirer en Albanie. Les migrations économiques ont entraîné la création de communautés albanaises à Ljubljana ou à Zagreb, et même à Belgrade, mais les Albanais installés en Slovénie ou en Croatie avaient, tout comme ceux installés en Allemagne ou en Suisse, l'espoir de revenir au pays sitôt fortune faite. Les migrations provoquées par des espoirs de promotion sociale amenaient les Serbes du Kosovo à partir vers Belgrade, tandis que ces mêmes migrations faisaient affluer vers Priština les Albanais de Macédoine ou du Monténégro. La création d'une université à Priština, et les « belles années » de l'autonomie du Kosovo, surtout de 1974 à 1981, avaient fait de Priština un pôle attractif pour tous les Albanais ne vivant pas en Albanie.

L'aggravation des tensions interethniques et la situation de répression des années 1980 et 1990 eurent des effets pervers du point de vue même de la présence serbe au Kosovo. Après l'exclusion des enseignants albanais de l'université de Priština, en 1990, cette université devint un haut lieu de la campagne de « serbisation » de la province, mais en réalité la plupart de ses enseignants serbes les plus brillants la quittèrent eux-mêmes, pour essayer de poursuivre leur carrière à Belgrade ou partout ailleurs en Yougoslavie. L'élite serbe, consciente de l'anormalité de la situation au Kosovo, quittait la province, rendant vaines toutes les tentatives de dialogue. À la veille de la guerre de 1998-1999, la présence serbe tendait sans cesse plus à se limiter à un appareil étatique chargé avant tout de la répression et à quelques villages d'irréductibles, tandis que les Albanais avaient créé leurs propres structures sociales, éducatives ou culturelles en marge de l'État, en affectant de « dépasser » déjà l'appartenance du Kosovo à la Serbie. La réalité du Kosovo tendait toujours plus à ressembler à l'affrontement d'un appareil d'État serbe avec une société civile presque entièrement albanaise. Dans ces conditions, le dialogue devenait impossible, et l'épreuve de force inéluctable. Les partisans acharnés du dialogue, comme le père Sava Janjić du côté serbe, ou le philosophe albanais Shkëlzen Maliqi, reconnaissaient eux-mêmes la difficulté de leurs efforts[1]. Pour les nationalistes albanais, le Kosovo est non seulement la terre de leur peuple, c'est aussi le lieu où s'est élaborée la nation albanaise.

1. Voir Sava Janjić et Shkëlzen Maliqi (dir.), *Conflict or Dialogue: Serbian-Albanian Relations and Integration of the Balkans*, Subotica, Open Society, 1994.

Le Kosovo à la croisée des discours nationalistes

Pour les nationalistes serbes, l'argument démographique avancé par les Albanais ne saurait être pris en considération, car les « droits historiques » du peuple serbe les disqualifieraient, et la situation démographique serait elle-même le résultat d'une « albanisation » récente et violente. Les nationalistes serbes dénoncent de ce point de vue des phénomènes largement invérifiables d'immigration d'Albanais d'Albanie vers le Kosovo, et les pressions plus réelles dont les Serbes du Kosovo ont été victimes, les poussant à l'exode. Pour le nationalisme serbe, l'ère titiste aurait été synonyme de discriminations constantes envers la population serbe du Kosovo.

Le discours serbe s'articule autour d'un moment historique, celui de la dynastie des Nemanjić, qui régna aux XIIIe et XIVe siècles, et sur la signification spirituelle du Kosovo pour l'Église serbe.

Les Nemanjić ont émergé comme la principale famille seigneuriale serbe à la fin du XIIe siècle, parvenant à constituer un véritable empire au XIIIe siècle. Nemanja, le fondateur de la dynastie, devait encore renouveler ses obligations vassaliques vis-à-vis de l'Empire byzantin dans les années 1170, mais ses fils prirent le titre royal, en s'estimant déliés de toute obligation envers Byzance. L'un des fils de Nemanja, le moine Sava, arracha au patriarcat de Constantinople la reconnaissance de l'autonomie de l'Église serbe. Canonisé, saint Sava est donc considéré comme le fondateur de l'Église serbe orthodoxe. Profitant de l'affaiblissement des structures byzantines, les Nemanjić poussèrent l'ambition jusqu'à vouloir constituer un Empire. Dušan prit le titre impérial en 1345, se faisant couronner l'année suivante à Skopje « empereur des Serbes et des Grecs ». Dans la logique de ces prétentions impériales, l'Église serbe s'attribua une complète autocéphalie —, c'est-à-dire une totale indépendance ecclésiastique, sans plus reconnaître le patriarcat œcuménique, car s'estimant l'Église d'un nouvel Empire.

L'Empire de Dušan est une réalité multinationale, à l'exemple de Byzance. Plus exactement, les catégories nationales n'entrent pas en ligne de compte dans la définition d'un Empire qui a vocation à l'universalité. Dušan était certes issu d'une famille de rois serbes, mais en devenant fondateur d'Empire, il renonçait en quelque sorte à cette singularité nationale. Peut-on dire sans anachronisme que Charlemagne était allemand ? Le Kosovo était bien sûr inclus dans l'Empire, mais sa principale capitale était Skopje en Macédoine. L'épisode impérial fut de toute manière des plus brefs, puisque la construction de Dušan ne résista guère à sa mort en 1355. Son fils et successeur Uros (1355-1371) ne put défendre les conquêtes paternelles et laissa les Turcs prendre pied en Europe.

La royauté serbe est une royauté sacrée. Plus de la moitié des princes, rois et despotes serbes du Moyen Âge ont été canonisés, et les fresques des monastères, comme à Dečani, présentent l'illustre arbre généalogique des Nemanjić. La gloire impériale, pour éphémère qu'elle ait été, conforte ce caractère sacré. Constantinople, la nouvelle Rome, avait failli, et la puissance serbe tentait de rebâtir sur ces ruines. Dušan ne réussit pas, là où les princes russes parvinrent à créer l'idéologie de Moscou comme « Troisième Rome », mais la démarche est du même ordre. De même que la chrétienté est censée être une, l'Empire a vocation d'universalité, et Empire et Église, empereur et patriarche sont unis par un lien structurel. La Serbie perdit vite l'Empire mais garda le patriarcat. Un lien idéologique durable était établi entre l'autonomie ecclésiale, la gloire de la dynastie des Nemanjić, qui avait permis la conquête de cette autocéphalie, et la région du Kosovo, lieu sacré où s'enracineraient et cette dynastie et l'Église orthodoxe serbe.

La bataille de Kosovo Polje acheva de cimenter ce lien (voir chapitre I). Ou, plutôt, le souvenir idéalisé et reconstruit de la bataille. La culture serbe, privée durant longtemps d'expression savante, se transmettait essentiellement par la liturgie, y compris la liturgie en images des programmes de fresques des monastères, et par les chansons populaires, les *pjesme*, dont beaucoup étaient consacrées au cycle de Kosovo. Au XIXe siècle, comme partout en Europe, des intellectuels redécouvrirent et réactualisèrent ce trésor enfoui. L'œuvre des compilateurs comme le linguiste Vuk Karadžić ou le prince-poète du Monténégro Petar II Petrović Njegoš constitua une idéologie nationale marquée au sceau du romantisme. Mais cette littérature était avant tout une littérature de combat. Promu au rang de symbole et de cœur de la serbité, le Kosovo commençait à être l'objet d'une survalorisation idéologique.

Kosovo et Sandžak de Novi Pazar, encore sous domination ottomane, ne sont jamais appelés autrement que du nom de « Vieille Serbie » dans les déclarations et les analyses serbes du XIXe siècle. Ces régions ottomanes deviennent ainsi le cœur idéalisé de la nation serbe, un cœur dont la reconquête ne s'effectua qu'à l'occasion des guerres balkaniques de 1912-1913. Les propagandistes serbes de l'époque, en toute bonne foi, n'envisagent aucunement la présence de l'élément albanais dans ces régions. Ces régions sont historiquement serbes, et n'y vivent que des Serbes malheureux opprimés par les « Turcs ». Lorsque ces terres seront libérées, les « Turcs » en question devront partir ou bien accepter la domination du nouvel État.

Le Kosovo serait « la Jérusalem serbe », car c'est ici que se trouvent les monuments sacrés les plus prestigieux de l'Église serbe, ici que se sont joués les moments clés de l'histoire du peuple serbe, et notamment sa vocation messianique consacrée par le serment du prince Lazar à la veille de la bataille de Kosovo Polje, qui fait du peuple serbe un nouveau peuple élu. Mais le Kosovo est aussi la terre perdue que le peuple serbe a retrouvée en 1912 seulement, après plusieurs siècles de « captivité [1] ». Encore que l'antisémitisme ne soit pas exclu de la tradition nationaliste serbe, ainsi que le rappellent les excès commis durant l'Occupation par le régime du général Nedić et les milices de Dimitrije Ljotić, il ne constitue pas un trait majeur de ce nationalisme, et les Serbes aiment souvent se poser en émules des sionistes. Comme le peuple juif, le peuple serbe aurait dû retrouver et recoloniser sa terre envahie ; comme l'État d'Israël, la Serbie serait en lutte contre la menace islamiste, dont les Albanais seraient les four-

1. Lors des négociations internationales qui tentèrent de régler les conflits balkaniques, au début du XXe siècle, les représentants serbes étaient enclins à nier toute réalité nationale à l'élément albanais — les Albanais ne sauraient constituer un peuple ni une nation, d'autant que le royaume de Serbie aurait bien vu se poursuivre son expansion jusqu'à l'Adriatique et jusqu'à la ville de Shkodër, également convoitée par les Monténégrins. Les ambitions stratégiques prennent alors le pas sur les arguments historiques, et la création d'un État albanais indépendant est d'abord perçue comme une simple machination des diplomaties italienne et, surtout, autrichienne.

riers. Héritière de la diplomatie proarabe de la Yougoslavie non alignée de Tito, la Yougoslavie de Milošević cherche au contraire l'amitié de l'État hébreu, et ce n'est sûrement pas un hasard si un avocat israélien, Me Shabtaï Rosenne, a défendu la république fédérative de Yougoslavie devant la Cour internationale de justice, en dénonçant le « blasphème » qu'il y aurait à parler de génocide à propos des crimes commis à l'encontre des Musulmans bosniaques.

Le nationalisme serbe contemporain s'est constitué à partir de la question du Kosovo, non pas tant par un discours d'agression à l'encontre des Albanais, que par une dénonciation de la violence dont les Serbes seraient victimes dans la province. Ce discours mêlait trois éléments : les « injustices » de la constitution de 1974, le péril démographique albanais et les agressions dont les Serbes auraient été victimes au Kosovo.

La constitution de 1974 (voir chapitre III) garantissait une très large autonomie aux deux provinces rattachées à la république de Serbie, la Voïvodine et le Kosovo. Pour les nationalistes serbes, la république de Serbie a perdu tout moyen d'intervention dans les destinées internes de ces provinces, tandis qu'au contraire les électeurs de Voïvodine et du Kosovo continuent d'influencer les destinées de la Serbie, puisqu'ils élisent des députés au parlement de la république. Il y a donc là une injustice, dont la Serbie est seule victime dans l'ensemble yougoslave, puisqu'elle est la seule république à compter des provinces autonomes. C'est assez pour évoquer une machination du « Croate antiserbe » Tito ! Les arguments serbes ne sont pas dépourvus d'une certaine logique, mais la seule manière de résoudre l'anomalie constitutionnelle aurait été d'ériger la Voïvodine et le Kosovo au rang de républiques fédérées.

Dans ce contexte, le discours sur les agressions

antiserbes va devenir un fantasme obsédant de la Serbie des années 1980. Il est incontestable que, dans les villages, les pressions sur la terre se multiplient, dans une province à la démographie galopante, et ce sont presque toujours des Albanais qui rachètent des terres aux Serbes, jamais l'inverse. Supposer des pressions illégales pour décider d'une vente de terre n'a rien d'extravagant dans un contexte rural, mais imaginer que ces pressions individuelles relèveraient d'une stratégie collective tient d'une construction idéologique. Ces agressions supposées prennent de surcroît une coloration sexuelle : les hommes albanais se livreraient massivement au viol des femmes serbes. Toutes les statistiques criminelles révèlent que le nombre d'agressions sexuelles est globalement bas au Kosovo, et que les viols « interethniques » sont presque inexistants, mais les rumeurs et les fantasmes n'ont pas besoin de statistiques. Les médias officiels de Serbie se font les relais, voire les instigateurs, de cette hystérie collective[1]. Les Serbes se perçoivent en position de victimes. À partir des émeutes de 1981, « les Serbes du Kosovo-Metohija ont commencé à être l'objet d'un génocide (biologique, économique et culturel) », écrit le père Atanasije Jevtić[2].

Le discours mystique à propos du Kosovo, quant à lui, a été réactivé à partir du début des années 1980, à l'initiative de certains secteurs de l'Église orthodoxe, qui mêlaient la dénonciation des discriminations dont les Serbes auraient été victimes au Kosovo à une réaffirmation du caractère central de la pro-

1. Voir Muhamedin Kullashi, « 1981-1990 : la production de la haine », *in* A. Garapon et O. Mongin (dir.), *Kosovo, un drame annoncé*, Paris, Michalon, 1999, p. 35-63.

2. Atanasije Jevtić, « Calvaire du peuple serbe au Kosovo-Metohija », in *Le Kosovo-Metohija dans l'histoire serbe*, Lausanne, L'Âge d'homme, 1991.

vince dans la perspective ecclésiale serbe. Il fallait encore que le régime se saisisse de l'affaire. En 1968, déjà, l'écrivain Dobrica Ćosić avait été exclu du Parti communiste pour avoir dénoncé la politique anti-serbe au Kosovo. Cette tradition existait dans les rangs du Parti communiste serbe, mais un jeune apparatchik qui commence au milieu des années 1980 son ascension politique, Slobodan Milošević, sut faire la synthèse et prendre le relais de ces discours sur le Kosovo dans le Parti. Slobodan Milošević a bâti sa carrière politique à partir du thème du Kosovo. Rien dans son discours politique n'est novateur, malgré sa volonté affirmée de moderniser l'appareil et le régime. C'est en reprenant la complainte des Serbes du Kosovo que Slobodan Milošević se différencie politiquement des mentors qui ont assuré sa carrière comme Ivan Stambolić. Le 24 avril 1987, dépêché par la direction communiste pour rencontrer les protestataires serbes du Kosovo, Slobodan Milošević lance, dans le bourg de Kosovo Polje, aux portes de Priština, la phrase fameuse : « Personne n'a le droit de maltraiter ce peuple. » En octobre 1987, les dirigeants albanais du Parti communiste du Kosovo sont démis de leurs fonctions, et l'autonomie de la province est supprimée en mars 1989. Une campagne de meetings et de manifestations de soutien aux Serbes du Kosovo, pleinement orchestrée par le Parti, commence au printemps 1987, pour culminer avec le grand rassemblement du 28 juin 1989, sur le site de la bataille de 1389. Slobodan Milošević apparaît en hélicoptère devant des centaines de milliers de ses partisans venus de toute la Serbie[1].

1. Dix ans plus tard, le 28 juin 1999, l'évêque Artemije du Kosovo a célébré l'office commémorant la bataille devant quelques dizaines de fidèles seulement. Les journalistes étaient plus nombreux.

Les Serbes arguent volontiers de leur présence ancestrale au Kosovo, défini comme le « berceau » de leur nation, en prétendant que les Albanais seraient des tard-venus dans la province, arrivés avec les conquérants turcs, ou même encore plus récemment, à la faveur de la politique « antiserbe » de Tito. Les Albanais n'ont guère de mal à démonter ces arguments, en rappelant que les Serbes, comme tous les Slaves, ne sont arrivés qu'aux VIe et VIIe siècles dans la péninsule balkanique, et qu'avant cette date le Kosovo n'était sûrement pas vierge de toute présence humaine[1]. Un des meilleurs arguments serbes tient en ce que la toponymie du Kosovo est bien plus souvent slave qu'albanaise. Les formes albanaises des noms des villes ne sont que des déformations des formes slaves, ainsi Mitrovicë au lieu de Mitrovica, Gjakovë au lieu de Djakovica, Vushtrri au lieu de Vučitrn... Il faut donc *a priori* postuler la présence importante d'éléments slaves dans un Kosovo médiéval où cohabitaient plusieurs éléments ethniques, des Serbes, des Albanais, mais aussi, par exemple, des Vlachs, pasteurs itinérants de langue latine.

Les historiens albanais tendent à leur tour à nier cette réalité, en voulant faire coïncider l'arrivée des Serbes dans la province avec l'expansion de l'Empire des Nemanjić. Les Serbes seraient donc ainsi toujours des colons, et nullement des éléments « autochtones » de la province. Les grands monastères orthodoxes auraient été construits sur les sites et avec les pierres de monastères catholiques albanais bien plus anciens. Cette approche partisane

1. Voir la mise au point d'Alain Ducellier, « Les Albanais ont-ils envahi le Kosovo ? », repris in *L'Albanie entre Byzance et Venise (xe-xve siècle)*, Londres, Variorum Reprints, 1987.

— qui valorise au passage l'origine catholique de tous les Albanais, en faisant de la conversion massive à l'islam un simple épiphénomène — a peu à voir avec la recherche historique, mais ces relectures du passé sont puissamment relayées par les systèmes éducatifs de chaque communauté.

Les historiens albanais ont également posé en acte de foi la « continuité illyro-albanaise », voulant que les Albanais descendent en droite ligne du peuple illyrien de l'Antiquité, au demeurant fort mal connu. Ils insistent tout particulièrement sur le caractère illyrien des tribus dardaniennes qui peuplaient le territoire du Kosovo à l'époque antique. En fait, le lien probable entre Illyriens de l'Antiquité et Albanais contemporains ne peut pas être un lien direct, et les Dardaniens sont encore plus mal connus que les Illyriens. Peu importe, les écoliers albanais du Kosovo répètent le dogme de « nos ancêtres les Illyriens », et tout paysan albanais est convaincu d'être un pur Illyrien.

L'acte de naissance du nationalisme albanais moderne s'est joué au Kosovo, avec la Ligue de Prizren en 1878, première manifestation d'une conscience nationale albanaise dans le cadre de l'Empire ottoman. Les pères fondateurs de l'Albanie indépendante, qui émerge en 1913, étaient souvent originaires du Kosovo, comme Hasan Prishtina, et dans les années 1920, le Kosovo, attribué à la Yougoslavie, fut au cœur des préoccupations du nationalisme albanais. Pour les fondateurs de l'État d'Albanie, le Kosovo n'est pas une province marginale, à propos de laquelle ils développeraient une revendication irrédentiste, il constitue au contraire le cœur de l'espace national albanais.

Les nationalistes albanais insistent sur le problème

de définition du Kosovo. Ils refusent d'entendre par là seulement la province autonome créée dans le cadre de la Yougoslavie socialiste, mais évoquent volontiers le *vilayet* de Kosovo, c'est-à-dire la province administrative ottomane créée à la fin du XIXe siècle dans le cadre de l'Empire ottoman, et qui englobait aussi la Macédoine et le Sandžak de Novi Pazar. Les nationalistes albanais établissent un distinguo entre « Grande Albanie » et « Albanie ethnique ». La première pourrait recouvrir tous les territoires peuplés dans l'Antiquité par les Illyriens, c'est-à-dire près de la moitié des Balkans, tandis que la seconde ne réunirait que les terres actuellement peuplées par une majorité albanaise, soit la république d'Albanie augmentée de toute l'aire de peuplement albanais d'ex-Yougoslavie.

On peut distinguer quatre grands courants dans le nationalisme albanais. Le premier rattacherait les épisodes de la Ligue de Prizren aux activités de Bajram Curri et du Comité Kosovo qui, dans les années 1920, contestait l'attribution de territoires peuplés d'Albanais au nouveau royaume yougoslave. Durant la Seconde Guerre mondiale, le mouvement de résistance nationaliste du Balli Kombëtar (voir chapitre III) se voulut l'héritier de ce courant. Le père du dirigeant kosovar Ibrahim Rugova fut exécuté comme « balliste ». Dans la période récente, des réseaux « ballistes » se maintenaient surtout parmi la diaspora albanaise en Amérique. Ce courant est très attaché au caractère pluriconfessionnel de la nation albanaise, en reprenant la fameuse formule, « la religion des Albanais, c'est l'albanité [1] ». Les partisans du prétendant à la couronne d'Albanie, le prince

1. On trouve parmi les Albanais des musulmans, et des chrétiens catholiques ou orthodoxes (voir *supra*, chapitre III).

Leka Zogu, fils du roi Zog Ier, représentent un autre courant traditionnellement lié à l'extrême droite internationale. Le prince Leka a vécu en Espagne au temps de la dictature franquiste, avant de s'établir en Afrique du Sud. Sa tentative de retour en Albanie à la faveur des émeutes du printemps 1997 n'a guère été couronnée de succès. Marchand d'armes international, il a été placé plusieurs mois en détention en 1998-1999 par la police sud-africaine pour trafic et détention illicite d'armes. Les ramifications de la famille Zogu s'étendent notamment en Turquie, où des liens avec l'extrême droite sont probables. L'UCK se défend de tout lien avec Leka Zogu, en rappelant volontiers que sa famille doit son ascension aux services secrets serbes[1].

Les déclarations de certains dignitaires religieux, évoquant une grande Albanie musulmane, « centre islamique de l'Europe », pourraient faire croire en un danger islamiste, mais l'insistance des milieux les plus nationalistes à défendre le caractère pluriconfessionnel de la société albanaise incite à écarter ce risque, et la présence de *moudjahidin* dans les rangs de l'UCK a toujours été beaucoup plus limitée qu'en Bosnie. L'Albanie est membre de la Conférence islamique, mais seuls les dirigeants tchétchènes avaient proposé à l'UCK, avant l'intervention de l'OTAN, un soutien logistique et militaire. Le véritable socle idéologique de l'UCK reprend la tradition du nationalisme athée et « marxiste-léniniste » de l'Albanie d'Enver Hoxha.

Certains milieux intellectuels albanais ont récemment conceptualisé le projet de Grande Albanie.

1. Voir les déclarations du porte-parole de l'UCK, Bardhyl Mahmuti, *in* Patrick Denaud et Valérie Pras, *Kosovo, naissance d'une lutte armée*, Paris, L'Harmattan, 1999, p. 102, et *supra*, chapitre III.

L'Académie des sciences d'Albanie a publié en 1998 une *Plate-forme pour la solution de la question nationale albanaise* qui pose en préambule que « l'aspiration légitime de tous les Albanais est celle, déterminée déjà au siècle dernier par les fondateurs de notre renaissance nationale, de l'unification de tous les espaces ethniques en un seul État national[1] ». Ce texte, qui pratique une réécriture très cavalière de l'histoire des Balkans, véritable pendant du *Mémorandum* de 1986 de l'Académie serbe des sciences et des arts (voir chapitre III), connut cependant une diffusion beaucoup plus confidentielle que ce dernier.

Les dirigeants de l'UCK, issus des groupes marxistes-léninistes clandestins, se sentent en convergence politique avec l'actuel gouvernement socialiste d'Albanie, dont les cadres sont issus de l'ancien Parti du travail d'Albanie. Peut-on supposer qu'ils œuvrent à la mise en place d'une Grande Albanie d'obédience « envériste », en référence au dirigeant de l'Albanie communiste Enver Hoxha ? Il faudrait alors postuler qu'un tel plan a été ourdi à Tirana.

L'UCK a toujours explicitement déclaré se battre pour la « libération » d'un « Kosovo ethnique » sensiblement plus étendu que la province. Celle-ci ne constitue que la « zone 1 » de l'UCK, la Macédoine représentant la « zone 2 » de l'organisation. Ce Kosovo « ethnique » se rattache bien évidemment au projet d'une « Albanie ethnique » que ses défenseurs présentent comme un projet modéré, à l'inverse de ce que serait celui d'une « Grande Albanie ». C'est jouer sur les mots, et il est de fait qu'aucun leader albanais du Kosovo, y compris le « modéré » Ibrahim Rugova,

1. Voir Ante Popovski, « La responsabilité des intellectuels. Entretien avec Jasmina Chiclet », *Confluences Méditerranée*, nº 30, été 1999, p. 147-154.

n'exclut cette perspective, les différences portant essentiellement sur les modalités permettant de réaliser cette « Albanie ethnique ». Le statut des non-Albanais est généralement éludé, derrière des formules convenues sur le droit des minorités. Nul doute pourtant que les Serbes du Kosovo, pour ne parler que d'eux, quelles que soient les garanties juridiques qui seraient les leurs, ne peuvent en aucun cas se contenter d'un statut de « minoritaires » sur ce qu'ils perçoivent comme leur terre ancestrale.

Pour la Serbie, la perte du Kosovo est d'une tout autre nature que la perte de la Krajina ou de la Slavonie, malgré l'ampleur des souffrances humaines occasionnées par la reconquête croate de ces régions. Le peuple serbe quitte aujourd'hui une région incontestablement essentielle dans sa constitution historique. Il est fort probable que l'Église sera la dernière garante d'une présence serbe au Kosovo, mais pour combien de temps... Sans de solides garanties internationales, le sort des grands monastères et du siège patriarcal sera lui aussi menacé. Déjà, plus de cent lieux de culte de l'Église orthodoxe ont été saccagés ou entièrement détruits.

Les quatre âges du Kosovo yougoslave

Les guerres balkaniques de 1912-1913 permirent au royaume de Serbie de « libérer » enfin le Kosovo. Le royaume des Serbes, des Croates et des Slovènes, qui naît en 1918, héritier du royaume de Serbie, avait inscrit la « serbisation » de la « Vieille Serbie », c'est-à-dire du Kosovo et du Sandžak de Novi Pazar, au cœur de ses préoccupations. Cette bataille impliquait de pousser les éléments non serbes à quitter ces régions, en les repeuplant de Serbes. Expulsion

FIGURE 13

La « Grande Albanie »

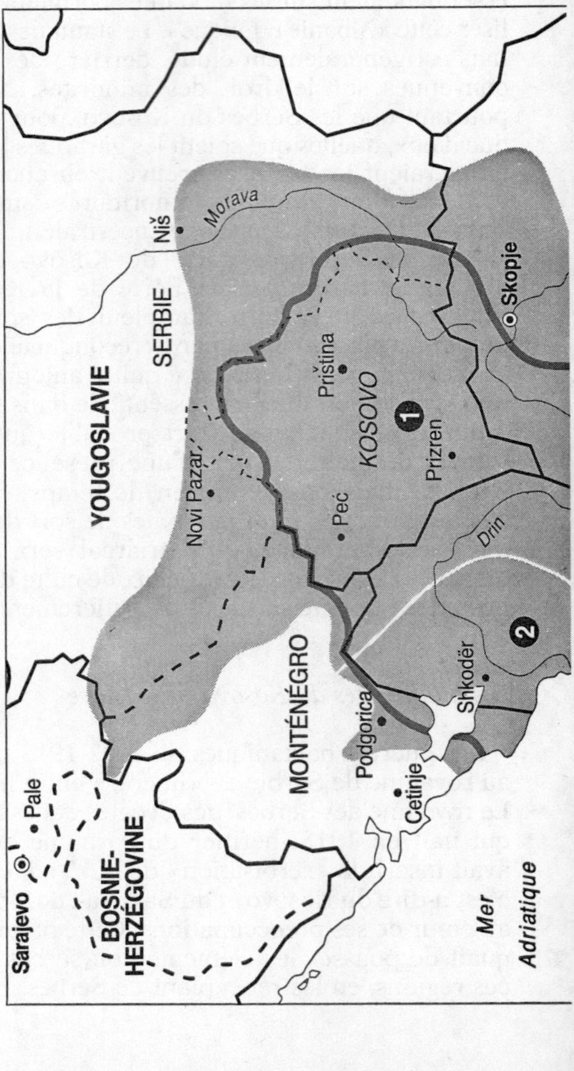

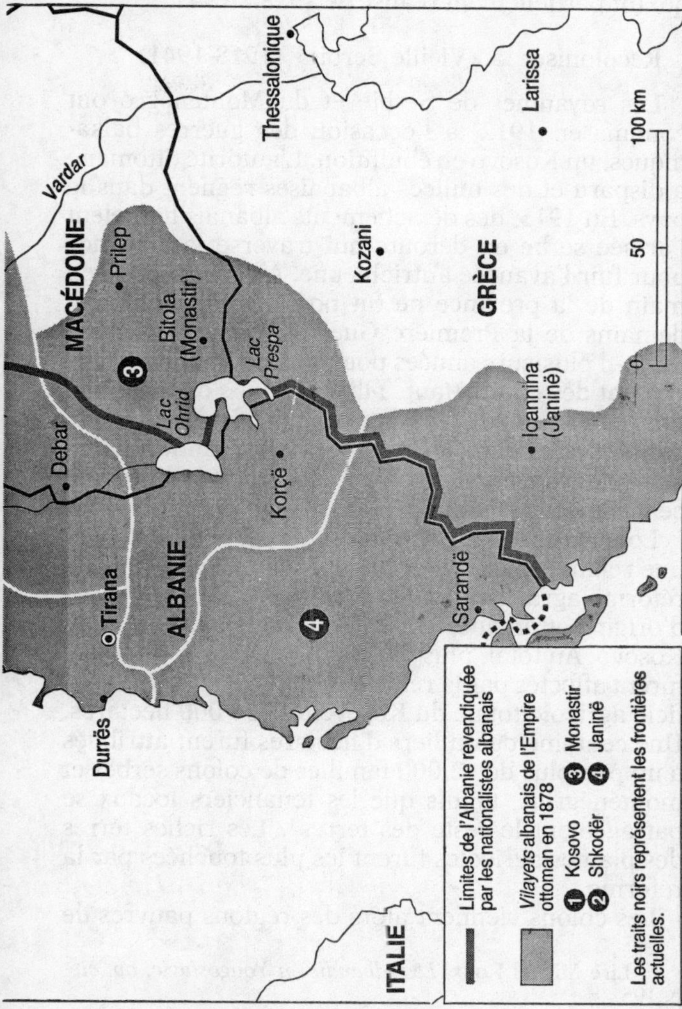

D'après Kosovo, *Limes*, avril 1999.

et colonisation étaient au cœur de ce programme, qui fut partiellement réalisé de 1918 à 1941.

Recoloniser la « Vieille Serbie » (1918-1941)

Les royaumes de Serbie et du Monténégro ont conquis en 1912, à l'occasion des guerres balkaniques, un Kosovo en ébullition. L'autorité ottomane a disparu et des milices albanaises règnent dans le pays. En 1915, des détachements albanais harcèlent l'armée serbe en déroute qui traverse la province pour fuir l'avancée autrichienne. Aucune reprise en main de la province ne fut possible avant les lendemains de la Première Guerre mondiale. Encore fallut-il plusieurs années pour venir à bout du soulèvement des combattants albanais qui s'opposent au nouveau royaume, les Kaçaks, lesquels disposent de bases solides dans les parages de la frontière albanaise, autour du village de Junik, et dans la région centrale de la Drenica.

Lorsque le royaume yougoslave parvint à imposer une relative pacification, il amorça une politique de réforme agraire visant à détruire le grand domaine d'origine ottomane, le *tchiflik*, largement présent au Kosovo. Au total, plus de 200 000 hectares de terres furent affectés par la réforme agraire, sur une superficie agricole totale du Kosovo de 584 000 hectares. Une centaine de milliers d'hectares furent attribués à un peu plus de 12 000 familles de colons serbes et monténégrins, tandis que les tenanciers locaux se partageaient le reste des terres[1]. Les riches terres des plaines agricoles furent les plus touchées par la réforme.

Les colons viennent alors des régions pauvres de

1. Lire Michel Roux, *Les Albanais en Yougoslavie*, *op. cit* p. 195.

Serbie et du Monténégro. Les Monténégrins vont surtout en Metohija, dans les communes de Peć, Djakovica. Certains colons sont des Serbes de Bosnie, tandis que les Serbes et les Monténégrins du Kosovo bénéficient marginalement de la réforme. On trouve aussi, mais de manière très limitée, des Serbes originaires du Kosovo qui y reviennent après l'avoir fui au cours des précédentes décennies.

Cette colonisation serbe s'accompagne d'un mouvement de départ des Albanais, souvent expulsés des zones entourant les villages de colonisation. Si la colonisation serbe fut un projet gouvernemental défini et revendiqué comme tel, il n'y eut pas à proprement parler d'expulsion généralisée et organisée des Albanais. Il est néanmoins probable que plusieurs dizaines de milliers d'Albanais, en raison des pressions diverses qui se multipliaient, quittèrent le Kosovo pour l'Albanie, et surtout pour la Turquie. Tout cela n'était pas assez pour modifier sensiblement l'équilibre ethnique de la province. Selon les données collectées par les sous-préfets en 1939, on comptait 59 300 colons, soit 9,2 % d'une population totale de 645 000 habitants. L'élément slave représente seulement 25 % de la population totale. Plus qu'une politique réellement appliquée par les autorités gouvernementales, l'expulsion systématique des Albanais fut une revendication des éléments extrémistes, comme Vaša Ćubrilović, auteur en 1937 d'un fameux mémoire sur les moyens à mettre en œuvre pour réussir cette expulsion.

L'expulsion des Albanais selon Vaša Ćubrilović[1]

« Le problème des Albanais dans notre vie nationale et étatique ne date pas d'hier. Ce problème a joué un grand rôle dans notre vie au Moyen Âge, mais il a surtout pris une importance déterminante vers la fin du XVIIIe siècle, à l'époque où les masses serbes, quittant leurs anciens territoires de Raška[2] — où s'établirent à leur place des montagnards albanais — émigrèrent vers le nord. Les Albanais descendirent peu à peu de leurs montagnes dans les plaines fertiles de Metohija et du Kosovo et, pénétrant vers le nord, se répandirent vers la Morava méridionale et septentrionale et avancèrent, à travers les monts du Šar, vers le Polog et, de là, vers le Vardar. Ainsi, dès le XIXe siècle, le triangle albanais était créé; s'appuyant sur sa base Debar-Rogožna[3] avec ses arrières ethniques, il pénétra profondément dans nos terres, atteignit Niš et sépara nos anciennes terres de Raška de la Macédoine et de la vallée du Vardar.

Ce coin albanais, peuplé d'anarchistes, empêcha au siècle dernier l'établissement de solides liens culturels, éducatifs et économiques entre nos terres du Nord et du Sud. Ce fut la raison essentielle pour

1. Vaša Ćubrilović (1897-1990) fut un des conjurés de l'attentat de Sarajevo en 1914. Professeur à la faculté des lettres de Belgrade avant la Seconde Guerre mondiale, il devint après celle-ci une personnalité respectée de la Serbie socialiste. Il prononça sa conférence sur « L'Expulsion des Albanais » au Club serbe de Belgrade le 7 mars 1937.
2. C'est-à-dire le Sandžak de Novi Pazar.
3. Actuellement en Macédoine.

laquelle la Serbie ne put avoir, avant 1878, dans la vallée du Vardar, l'influence culturelle et politique à laquelle elle aurait pu s'attendre en raison de ses liens géographiques favorables, de ses communications ainsi que de ses traditions historiques. [...]

L'erreur fondamentale des autorités de l'époque consista en ce que, oubliant où elles se trouvaient, dans les Balkans agités et ensanglantés, elles cherchèrent à résoudre les grandes questions ethniques au moyen de méthodes occidentales. [...]

Alors que tous les pays balkaniques, depuis 1912, ont résolu ou sont en train de résoudre la question de leurs minorités nationales par des transferts de populations, nous en sommes encore, pour notre part, à des méthodes lentes ou maladroites de colonisation graduelle, dont les résultats ont été négatifs. [...] Si l'on admet que le refoulement progressif des Albanais à travers notre colonisation est sans effet, il ne nous reste alors qu'une seule voie, leur transplantation en masse. À cet effet, nous avons en vue deux États, l'Albanie et la Turquie. »

Vaša Ćubrilović,
« L'expulsion des Albanais »,
in Mirko Grmek, Marc Gjidara
et Neven Simac, *op. cit.*

La politique de serbisation du Kosovo passait aussi par une mainmise symbolique sur l'espace. Le Kosovo a perdu dès 1921 toute identité territoriale, partagé entre plusieurs des 33 circonscriptions territoriales — les *banovine* — qui constituent le royaume. Lors de leur regroupement en neuf grandes *banovine*, en 1929, il est partagé entre les *banovine* de la Zeta et de la Morava. Les colons donnent des appellations symboliques à leurs implantations près de Priština : Mileševo, Obilić, Lazarevo, Devet Jugovica, du nom de héros de la bataille de Kosovo Polje. Le bilan de la colonisation s'avère pourtant très limité : la greffe ne prend absolument pas dans les régions rurales albanaises, comme la Drenica, malgré des fondations comme Novo Čitakovo, près de Glogovac. Dans les 46 villages qui ont reçu au moins cinquante familles de colons, soit en tout 3 896 familles et environ 18 000 personnes, le recensement de 1981 ne dénombrait plus que 8 991 Serbes et Monténégrins, soit 12,7 % de la population totale de ces villages[1].

Le Kosovo socialiste sous la férule serbe (1945-1974)

Durant la Seconde Guerre mondiale, les partisans de Tito durent livrer de durs combats contre les nationalistes albanais, qui les obligèrent à placer la province sous administration militaire à la Libération. Malgré les engagements contradictoires des partisans, la décision fut prise le 9 juillet 1945 de rattacher le Kosovo à la Serbie, sous la forme d'une province autonome. Le nom qui lui fut donné, « Province socialiste autonome de Kosovo-Metohija », confirme son appartenance serbe car, pour les Albanais, la plaine occidentale de la province s'appelle Dukagjin et non pas Metohija.

Les Albanais sont doublement suspectés. Le régime reste vigilant face aux foyers possibles de nationalisme, tandis que la rupture entre Tito et Staline les

1. Voir Michel Roux, *Les Albanais en Yougoslavie, op. cit.* p. 203.

rend potentiellement suspects d'« envéro-stalinisme ». Surtout, le régime entreprend, ce que n'avait pas su faire le royaume yougoslave, d'imposer l'autorité de l'État aux clans et à la société rurale. En 1956, des émeutes sanglantes éclatent à la suite d'une opération menée par la police qui recherche les armes, traditionnellement détenues par tous les hommes. Les Albanais bénéficient d'un certain nombre d'avantages que leur garantit le système socialiste, comme la création d'un système scolaire en langue albanaise, mais ils savent qu'ils demeurent toujours fondamentalement suspects aux yeux du régime. Parler albanais, lire le quotidien *Rilindja*, pourtant contrôlé par le Parti, scolariser ses enfants dans les écoles albanaises peut se révéler dangereux. Les Albanais associent cette période difficile au tout-puissant ministre de l'Intérieur de Tito, le Serbe Aleksandar Ranković, en qui certains veulent voir un héritier du grand-serbisme traditionnel.

Les Albanais vont néanmoins bénéficier d'incontestables possibilités de promotion sociale, même si c'est souvent au prix d'une certaine acculturation. L'université de Belgrade leur est ouverte, mais les études se font en serbe, et l'allégeance au Parti est indispensable. De même, ils vont largement bénéficier de la redistribution des terres. À la Libération, la réforme agraire toucha directement les colons serbes et monténégrins qui disposaient de terres importantes au Kosovo. Les grands domaines albanais avaient pour la plupart été déjà détruits par les réformes agraires du royaume yougoslave. Lorsque, au contraire, le régime assouplit sa politique agraire, bien peu de paysans serbes reprirent leurs terres dont bénéficièrent donc les paysans albanais.

Le régime socialiste yougoslave a été caractérisé par un niveau de répression sensiblement moindre que les autres pays socialistes. C'est cependant au Kosovo que la répression fut la plus forte, notamment après la rupture de 1948. Malgré cela, le régime finit, ici comme ailleurs, par pactiser avec les structures sociales traditionnelles plutôt que de les affronter de front comme en Albanie. Il essaie d'imposer le cadre légal de l'État socialiste, en cherchant moins à détruire les clans qu'à les utiliser comme relais du pouvoir. Il suffisait que les chefs fassent allégeance au Parti.

Machineries ethniques au Kosovo

La déclaration de nationalité était théoriquement libre lors des recensements de la Yougoslavie socialiste. Pourtant, les pressions du régime n'ont jamais manqué pour essayer d'harmoniser le complexe équilibre entre groupes nationaux, les statistiques bien orientées devant aider à consolider la paix civile. Le régime a ainsi constamment poussé à une sous-déclaration des Albanais, ce qui ne pouvait guère se faire qu'en incitant des familles albanaises à se déclarer comme turques. Le régime socialiste reprenait ainsi la vieille tradition du nationalisme serbe et du royaume yougoslave, qui cherchait à considérer les Albanais musulmans comme des Turcs, afin de justifier leur expulsion vers la Turquie. Certaines familles albanaises désireuses de quitter le Kosovo pouvaient d'ailleurs elles-mêmes souhaiter se déclarer turques, ce qui facilitait leur départ vers ce pays. Les authentiques Anatoliens sont rares au Kosovo, et ceux qui y vinrent au temps de l'Empire ottoman firent souche en s'albanisant. Par contre, la pratique de la langue turque restait courante dans les familles de notables des villes, notamment à Priština ou Vučitrn, qui fut longtemps la capitale administrative du Sandžak de Kosovo. Ces Albanais turcophones étaient autant de « Turcs » tout trouvés !

À l'inverse, il fallait dissuader les ressortissants de groupes minoritaires musulmans de s'assimiler à la plus importante communauté musulmane de la province, celle des Albanais. Les Roms musulmans ou les membres de la petite communauté musulmane des Goranci n'avaient donc guère intérêt à se déclarer albanais ! La spécificité de ce dernier groupe fut toujours mise en avant. Slaves musulmans, les Goranci, concentrés dans la commune méridionale et montagneuse de Dragaš, sont généralement trilingues, maîtrisant le serbe, l'albanais et leur propre langue, proche du bulgare et du macédonien. Convertis assez tardivement à l'islam, ils sont proches des Macédoniens musulmans, les Torbeši, même si Belgrade affecte de voir en eux des « Serbes musulmans ». Les Goranci assumaient, à l'échelle de toute la Yougoslavie, beaucoup de caractéristiques d'une « ethnie professionnelle ». À Belgrade, comme à Zagreb ou à Sarajevo, les Goranci sont, encore de nos jours, boulangers-pâtissiers. La microsociété goranka est divisée en deux clans, dont l'un a toujours collaboré avec Belgrade. Longtemps membres du Parti communiste, ces Goranci soutiennent aujourd'hui Slobodan Milošević, tandis que l'autre clan a créé, au début des années 1990, la section du Kosovo du Parti d'action démocratique musulman (SDA), le parti au pouvoir à Sarajevo. Cette utilisation des groupes minoritaires par le régime est apparue au grand jour lors des discussions de

Rambouillet (février 1999) sur l'avenir de la province, où la délégation serbe comprenait des représentants roms, « égyptiens[1] » ou goranci. À l'inverse, les Albanais n'ont pas été non plus en reste de pressions pour essayer de « nationaliser » ces groupes minoritaires. Durant les « belles années » de l'autonomie du Kosovo, les citoyens qui s'étaient déclarés turcs lors des recensements furent incités à se reconnaître albanais. De même, en Macédoine, les Torbeši musulmans sont aujourd'hui soumis à des pressions, venant souvent des cadres religieux, majoritairement albanais, pour qu'ils se déclarent albanais[2].

Un âge d'or de l'autonomie (1974-1981) ?

La constitution de 1974 transforme la République socialiste fédérative de Yougoslavie en quasi-confédération. L'essentiel des pouvoirs du centre sont transférés aux entités fédérées, et les provinces autonomes se voient attribuer des compétences quasiment équivalentes à celles des républiques.

Depuis la mise à l'écart d'Aleksandar Ranković (1965), le sort des Albanais du Kosovo s'était notablement amélioré. En 1968, de violentes émeutes avaient pourtant éclaté, réclamant la fin des discriminations dont les Albanais s'estimaient victimes et l'accession du Kosovo au rang de république fédérée. La régime répondit par de substantielles avancées dans les domaines éducatif et culturel, le point

1. Certaines tribus tziganes albanophones du Kosovo, de Macédoine et d'Albanie se veulent « égyptiennes » et non pas roms. (Voir encadré « Les petits peuples des Balkans », chapitre I).
2. Sur le rôle de ces groupes minoritaires, voir J.-A. Dérens, « Débalkanisation des Balkans ? », *op. cit.*, p. 15-24.

le plus important étant la création à Priština d'une université bilingue, qui allait former les élites albanaises.

Les années 1970 sont marquées par l'émergence de nouvelles élites albanaises. Des cadres albanais sont promus dans le Parti, et une intelligentsia se forme à Priština. La normalisation des relations avec l'Albanie et l'ouverture de l'université amènent les autorités à inviter nombre d'enseignants de Tirana à franchir la frontière, et les contacts se multiplient entre le Kosovo et l'Albanie. Radio Tirana ne cesse pourtant de dénoncer l'« oppression » dont sont victimes les Albanais du Kosovo, mais « il n'y avait que dans les villages de la région de Mališevo que les gens pouvaient croire que l'on vivait mieux en Albanie », sourit aujourd'hui encore un intellectuel de Priština. Les Albanais du Kosovo savent qu'ils bénéficient de conditions matérielles bien préférables à celles de leurs frères d'Albanie, et que leur passeport yougoslave leur permet de voyager librement dans le monde entier. En fait, la société albanaise du Kosovo est à peu près unanime à formuler une revendication : il faut que le Kosovo devienne une république fédérée de la Yougoslavie, pour que cesse la « discrimination symbolique » liée au statut de province rattachée à la Serbie.

Une partie des élites albanaises, et notamment les intellectuels, se sont pourtant accommodées de l'autonomie, en tentant de profiter du système pour « albaniser » au maximum la province. Intellectuels, universitaires, journalistes, juristes, les tenants actuels de ce courant étaient aux postes de commande dans les années 1970, qu'ils aient été ou non membres du Parti. L'université de Priština, son Institut d'albanologie, la Radiotélévision de Priština produisant largement en langue albanaise, le groupe Rilindja, à la fois journal quotidien, ensemble de publications périodiques et puissante maison d'édition, étaient autant de bastions de ces cadres albanais du Kosovo autonome. Ce milieu assez fermé avait su établir des relations de coopération avec la « clé » du pouvoir, le Parti communiste, où une nouvelle couche de cadres albanais faisait son ascension. Ce petit milieu fonctionnait en réseau, et c'est parmi ces intellectuels qu'émergèrent les porte-parole de la contestation, lorsque l'autonomie du Kosovo fut progressivement rognée et finalement supprimée à la fin des années 1980. Par contre, cette élite de l'autonomie avait réussi à ne pas se compromettre quand les événements de 1981 avaient ensanglanté la province : les étudiants contestataires se retrouvèrent en prison, mais bien peu de leurs enseignants perdirent leur poste[1].

La différence politique se fonde ainsi sur une différence de génération. Les militants de 1981, partisans d'une « république de Kosovë », se rallient au prisonnier politique Adem Demaçi[2], dont les manifestants scandent le nom et réclament la libération. « Tous les gens de ma génération avaient le portrait d'Enver Hoxha sous leur oreiller, reconnaît aujourd'hui Luljeta Pula-Beqiri, ancienne dirigeante du Parti social-démocrate. « Être envériste relevait moins d'une adhésion idéologique au modèle politique albanais que d'une affirmation nationale un peu romantique », commente le linguiste Rexhep Ismajli. C'est sur ce terreau que les groupes clandestins vont pros-

1. Ces épisodes servent de toile de fond au récit d'Ismail Kadaré, *Le cortège de la noce s'est figé dans la glace*.

2. Militant nationaliste et marxiste-léniniste, Adem Demaçi subit au total un peu plus de 27 années de prison, des années 1960 au début des années 1990. Il fut brièvement « représentant politique » de l'UCK, à l'été 1998.

pérer, malgré les rigueurs de la répression. Des centaines de jeunes Albanais sont condamnés à de lourdes peines de prison pour leur participation aux manifestations de 1981 ou leur appartenance aux groupes clandestins, souvent infiltrés par des agents politiques d'Enver Hoxha. Le fossé s'approfondit entre cette génération politique et celle des notables installés dans la gestion de l'autonomie.

1981 a créé un traumatisme et une cassure dans l'histoire des Albanais du Kosovo. Le rêve d'une intégration satisfaisante dans la Fédération yougoslave, cultivé durant les « belles années » de l'autonomie, est brusquement brisé. La « génération de 1981 », hostile à tout compromis, dénonce les illusions dont se seraient bercées les élites albanaises promues à la faveur de l'autonomie de la province.

Nouveaux conflits (1981-1999)

La vague de répression déclenchée par les émeutes de 1981 ne se calme pas, tandis que les relations entre les communautés ne cessent de se détériorer. Des groupes radicaux se forment dans l'émigration, souvent marqués par l'idéologie marxiste-léniniste de Tirana. La Yougoslavie dans son ensemble s'enfonce dans une terrible crise économique et politique. Dans ce contexte, la symbiose entre le renouveau de l'Église serbe, la réhabilitation du nationalisme par des groupes d'intellectuels comme l'Académie serbe des sciences et des arts, et l'émergence d'une nouvelle équipe au sein de la Ligue des communistes de Serbie s'avère catastrophique.

Slobodan Milošević devient président de la Ligue des communistes en février 1987, et il entreprend sa « révolution antibureaucratique ». Pour disposer d'une majorité au sein de la présidence collégiale de l'État, il doit disposer du vote d'au moins quatre des huit entités fédérées. Pour cela, il fomente une série de véritables coups d'État, qui lui permettent de placer des hommes à sa solde à la tête des partis communistes de Voïvodine et du Monténégro. Au Kosovo, il fait coup double, en accusant les dirigeants du Parti communiste, Azem Vllasi et Kaqusha Jashari, d'être non seulement des bureaucrates, mais aussi des nationalistes albanais. Reprenant et manipulant les campagnes de soutien aux Serbes du Kosovo, il se proclame leur protecteur. Kaqusha Jashari et Azem Vllasi sont démis de leurs fonctions en octobre 1988. Quelques mois plus tard, les intellectuels albanais tentent de réagir à la suppression progressive de l'autonomie de la province, et les mineurs de Trepća entament une dure grève. Cette riposte vient sûrement trop tard. Les manifestations albanaises de mars 1989 sont violemment réprimées, tandis que l'état d'urgence est imposé dans la province dont l'autonomie est formellement supprimée le 28 mars[1].

Un régime d'apartheid commence à se mettre en place au Kosovo. À la rentrée de septembre 1989, un système de répartition par nationalité est instauré dans les écoles. Les intellectuels albanais tentent de riposter par la création d'un Comité de défense des droits de l'homme (septembre 1989) et la création, le 23 décembre 1989, d'une Ligue démocratique du Kosovo (LDK), dont Ibrahim Rugova prend la prési-

1. À l'automne 1991, une commission européenne présidée par Robert Badinter rendit ses arbitrages sur l'accès à l'indépendance des entités issues de l'éclatement de la Fédération yougoslave. Seules les entités directement fédérées, c'est-à-dire les républiques, peuvent prétendre à cette indépendance, tandis que, pour les Albanais, le statut d'entité fédérée dont jouissait le Kosovo donne aussi ce droit à la province.

dence. Des manifestations sont violemment réprimées en janvier 1990, faisant une centaine de morts.

Les dirigeants albanais commencent à expérimenter une étrange stratégie qui consiste à considérer comme dépourvus de valeur juridique les actes du pouvoir serbe. Le parlement du Kosovo, dissous par décret le 5 juillet 1990, se réunit clandestinement le 7 septembre et proclame la république du Kosovo, toujours dans le cadre de la fédération yougoslave. À partir de février 1991, pour riposter au licenciement massif des enseignants albanais, se crée un système d'enseignement parallèle qui, très vite, va scolariser l'ensemble des jeunes Albanais, de l'école primaire à l'université.

Le pas supplémentaire est franchi avec le référendum clandestin de septembre 1991, qui entérine l'indépendance de la république du Kosovo, suivi d'élections présidentielles et législatives en mai 1992. Ibrahim Rugova devient « président de la République ». Les Albanais du Kosovo, estimant vivre dans une république légalement fondée, cessent toutes relations avec ce qu'ils perçoivent comme les forces d'« occupation » serbes. Cette stratégie se révélera vite être une cruelle illusion : la communauté internationale, obnubilée par la guerre de Bosnie et soucieuse de ne pas exciter un autre foyer de tension, se garde bien de reconnaître l'indépendance théorique du Kosovo, tandis que les forces serbes maintiennent une répression féroce et constante.

La politique de colonisation reprend à la fin des années 1980. Il s'agit là encore de « reserbiser » le Kosovo, et d'inciter les Serbes ayant quitté la province au cours des décennies communistes à y revenir. Les guerres d'éclatement de la Yougoslavie créent également une nouvelle catégorie de colons potentiels, les réfugiés serbes chassés de Bosnie et surtout de Croatie, après la reconquête croate de la Krajina à l'été 1995. Malgré quelques implantations spectaculaires et des programmes de construction de lotissements, ces tentatives de colonisation se soldent par un échec total. Presque aucun réfugié serbe ne veut partir au Kosovo, et ceux que l'on dirige de force vers la province se révoltent parfois. Les quelques milliers de réfugiés installés malgré tout au Kosovo reprendront la route de l'exode en juin 1999.

En 1996-1997, la situation paraît parfaitement gelée au Kosovo. L'accord sur l'éducation signé le 1er septembre 1996 entre Slobodan Milošević et Ibrahim Rugova ne connaît aucun début d'application. La répression serbe ne faiblit pas, mais Ibrahim Rugova, gavé de bonnes paroles et de promesses de soutien moral lors de ses voyages à l'étranger, semble se satisfaire du décor d'opérette de sa « république ». Une nouvelle génération albanaise ne peut pourtant plus se contenter du *statu quo*.

La guerre ouverte

Le 28 février 1998, la police serbe donne l'assaut aux deux villages voisins de Qirez et de Likoshanë, en Drenica, une petite région de collines au cœur du Kosovo, connue pour être un bastion historique du nationalisme albanais. Plusieurs familles sont visées. Les Rexhepi de Qirez perdent plusieurs des leurs, dont une femme enceinte de huit mois atteinte d'une balle en plein front, mais résistent plusieurs heures à la police, qui a utilisé des hélicoptères de combat pour gagner le plateau pelé de Qirez. À Likoshanë, les policiers tuent par contre sans combat dix hommes de la famille des Ahmeti qui étaient réunis dans l'*oda*, la pièce de réception, en compagnie d'un hôte. Les Rexhepi appartenaient sans aucun doute à un groupe armé, et s'attendaient à l'assaut. Il n'en allait pas de même pour les Ahmeti, dont le chef de famille, longtemps membre du Parti, avait même été maire de la commune de Glogovac. Quelques jours plus tard, un nouvel assaut est lancé contre les maisons du clan des Jashari, au village de Prekaz, à une dizaine de kilomètres en contrebas du plateau de Qirez et Likoshanë. Là encore, les assiégés se défendent longuement, avant d'être submergés par les forces de police. La police serbe tenait à démontrer qu'elle pouvait frapper aussi bien des familles liées à l'UCK comme les Jashari, que des familles qui ne faisaient pas partie de l'organisation secrète, comme les Ahmeti. L'objectif de terroriser la population albanaise ne sera pourtant nullement atteint[1].

On compte vingt-quatre morts à Qirez et Likoshanë, plusieurs dizaines à Prekaz. La propagande serbe se réjouit d'une action d'éclat contre des bastions du « terrorisme » albanais, mais l'opinion du Kosovo salue la mémoire des nouveaux martyrs. En quelques jours, le nom de l'Armée de libération du Kosovo est sur toutes les lèvres. Les habitants de Priština et des grandes villes reprennent le chemin des manifestations de rue, après des années de « résistance non violente passive ». Dans les cortèges, on dénonce la violence de la police, le « terrorisme d'État » de la Serbie. Le nom du « président » Ibrahim Rugova est scandé, avant d'être peu à peu supplanté par les trois lettres qui deviennent symbole de résistance : « UCK ! »

1. Voir J.-A. Dérens et Sébastien Nouvel, « Le Kosovo entre massacres et marchandages », *Le Monde diplomatique*, avril 1998.

Les journalistes arrivent en masse au Kosovo, et vont connaître un étrange mois de mars. Chacun cherche l'UCK, mais celle-ci ne se montre guère encore. De son côté, tenant imperturbablement ses conférences de presse hebdomadaires, le « président » Rugova se contente de dénoncer la violence serbe, sans évoquer la possibilité d'une résistance armée albanaise. Les cadres de la LDK laissent planer le doute : l'UCK ne serait-elle pas une création des services secrets serbes visant à discréditer la lutte non violente des Albanais ?

La longue guerre du village de Llausha

Le village de Llausha a la réputation d'être un bastion de l'UCK. C'est ici que l'UCK a fait sa première apparition publique, le 28 novembre 1997, à l'occasion des obsèques d'un enseignant tué par la police. Ce jour-là, qui est aussi celui de la fête nationale albanaise, quelques hommes en armes surgissent dans le cimetière et prennent brièvement la parole au nom de l'UCK. En mars, aucun barrage de police n'est établi depuis le bourg de Srbica — qui se nomme en albanais Skenderaj — jusqu'à Llausha, distant de trois à quatre kilomètres. Les maisons du quartier — de la *mahala* — des Geci, en bordure de la route, sont presque vides. Les femmes et les enfants ont été évacués vers d'autres villages. Seuls les hommes sont restés afin de garder le village. Pourtant, pas d'uniforme, ni aucune arme visible. La nuit, les hommes se relaient pour monter la garde. « Où est l'UCK ? — Mais l'UCK, c'est le peuple ! » s'exclame Hydajet Geci. Les uniformes font leur apparition au mois d'avril, et presque tous les hommes des Geci combattent. Llausha est au cœur d'une région entièrement contrôlée par l'UCK au printemps. Le village subit de très lourds assauts durant l'été et, en août, l'UCK doit évacuer la partie basse du village, la *mahala* des Geci, trop proche de la route. Llausha devient un des villages les plus détruits du Kosovo. Seule présence humaine parmi les ruines, un *check-point* de police, lourdement fortifié, installé sur la route jusqu'en octobre. À la faveur des accords d'octobre 1998 entre Slobodan Milošević et Richard Holbroocke, la police évacue cette position, et les habitants reviennent timidement au village. Les hommes de l'UCK n'ont plus besoin de se cacher. Ils déambulent en uniforme dans les ruines, prennent ensemble leurs repas à une sorte de cantine villageoise. Malgré la présence des « vérificateurs » de l'OSCE, les accrochages sont fréquents avec la police, qui cherche à garder le contrôle de la route Srbica-Klina, route menant notamment au petit monastère orthodoxe de Dević, à quelques kilomètres de Llausha. À partir du 20 mars 1999, le bourg de Srbica est en flammes. Profitant de l'évacuation de l'OSCE, la police arrête massivement les hommes valides. De violents combats commencent à Llausha, pilonné à l'arme lourde. Le 23 mars, veille du début des bombardements de l'OTAN, une vingtaine d'hommes tiennent toujours, retranchés dans les ruines de quelques maisons. La police reprend le contrôle de la route pour deux mois et demi, mais l'UCK garde ses positions dans les fourrés à quelques dizaines de mètres du village. À la mi-juin, les combattants du village, toujours armés, vont placidement faire leurs courses au bourg de Srbica, et saluent les militaires français qui ont pris position dans l'ancien siège de la police. Le monastère de Dević a été très passagèrement inquiété, mais nullement mis à sac comme le bruit en avait couru un moment. Un tank de la Division Leclerc reste néanmoins garé dans l'enclos monastique. Presque tous les hommes de la famille Geci de Llausha, unie par de nombreuses alliances matrimoniales à la famille Jashari de Prekaz, ont combattu. Ceux qui refusaient de le faire sont partis à l'étranger.

L'UCK va faire un héros d'Adem Jashari, le combattant de Prekaz. Les photographies où on le voit avec son frère Hamzë et son père Shaban, eux aussi tués en mars 1998, ou bien marchant seul dans la campagne, solidement armé, le torse bardé de cartouchières, font le tour de la communauté albanaise, et l'UCK eut même les moyens d'organiser un « hommage » particulièrement grandiloquent à l'occasion du premier anniversaire de sa mort : pour saluer la mémoire du héros, chants, déclamation de poèmes et parade militaire étaient au programme, à quelques kilomètres seulement des positions serbes. Tous les témoignages confirment qu'Adem Jashari avait pris le maquis dès le début des années 1990, en rejoignant ce qui allait devenir l'UCK.

Plusieurs petits groupes clandestins sont à l'origine de l'Armée de libération, le plus important d'entre eux étant le Mouvement populaire du Kosovo (Levizhia popullore e Kosovës, ou LPK). Ces groupes, d'origine « envériste », c'est-à-dire marxiste-léniniste, sont nés à la fin des années 1970, mais les émeutes de 1981 ont été le tournant décisif de leur histoire. En fait, les deux courants qui s'opposent toujours aujourd'hui, celui d'Ibrahim Rugova et celui, plus radical, de l'UCK, se fondent sur deux attitudes différentes vis-à-vis de l'autonomie substantielle octroyée au Kosovo à partir de 1974.

Le Mouvement populaire pour la République de Kosova (LPRK), ancêtre direct du LPK, s'est créée en Suisse, à partir des recompositions permanentes de groupes clandestins, comme le Front populaire ou le Parti communiste marxiste-léniniste de Yougoslavie. Le LPK dispose d'un réseau clandestin de militants à travers le pays, dont certains pratiquent l'entrisme au sein de la LDK d'Ibrahim Rugova. Lorsque l'autonomie du Kosovo est supprimée, ce ne sont pas les groupes clandestins qui prennent la direction de la résistance, mais les intellectuels qui avaient tiré profit de l'autonomie des années 1970. La violence de la répression serbe amène toutes les composantes politiques albanaises à faire front commun, mais le conflit larvé est posé dès le départ entre le courant des « intellectuels » dirigé par Ibrahim Rugova et celui de la génération de 1981.

Les clandestins surent attendre leur heure et laissèrent Ibrahim Rugova et ses partisans occuper le terrain. Les contacts internationaux que multipliait Ibrahim Rugova allaient peut-être porter leurs fruits. Au bout de plusieurs années, les clandestins revinrent sur le devant de la scène, en profitant de l'échec patent de la politique d'Ibrahim Rugova, sanctionné par les accords de Dayton, qui mettent fin à la guerre de Bosnie à l'automne 1995. Toute la politique d'Ibrahim Rugova reposait sur une internationalisation du problème du Kosovo : or, lors des discussions mettant fin à la guerre de Bosnie, les États-Unis acceptèrent le refus serbe de voir évoquer le sort de la province. Dès lors, Ibrahim Rugova apparaît totalement dépourvu de stratégie alternative.

Dans le même temps montait la colère des jeunes

générations. Les jeunes gens de vingt ans, après des études secondaires entièrement menées dans les caves ou les garages des écoles « parallèles », se trouvaient confrontés à une absence totale de débouchés. Les diplômes non reconnus de l'université ne leur laissaient guère espérer d'autre avenir que de s'expatrier pour accepter n'importe quel travail en Suisse ou en Allemagne. Les étudiants furent le fer de lance de la contestation du pouvoir d'Ibrahim Rugova, exigeant que soit revue la stratégie de « résistance non violente passive ». Les contestataires réclamaient notamment que se réunisse le parlement élu en 1992 et jamais convoqué en session plénière, et que soient organisées les élections clandestines prévues en 1996, mais sans cesse repoussées. La « république de Kosovë » semblait plus que jamais fonctionner comme un clan dirigé par Ibrahim Rugova. Ce clan maintenait un train de vie élevé, grâce aux versements de la diaspora, tandis que la situation des écoles se faisait sans cesse plus critique. Au fil des mois, le LPK parvient à canaliser de plus en plus l'argent de la diaspora vers le fonds de financement de l'UCK, *Venlidja Therret* (La Patrie t'appelle), au détriment des fonds de financement de la « république[1] ». En 1996, aucun espoir de solution politique n'est en vue, et la stratégie de boycott des élections serbes et yougoslaves commence aussi à poser problème. Certains opposants serbes se demandent si la gestion de la crise ne relève pas d'un accord, tacite ou officieux, entre Slobodan Milošević et Ibrahim Rugova. Le boycott systématique des élections par les électeurs albanais constitue un atout précieux pour le régime qui aurait tout à craindre des suffrages forcément hostiles de

1. Voir Tim Judah, « War with Mobilphones, Kalashnikovs and Donkeys », *The Gardian*, août 1998, et Christophe Chiclet,

cette population. Dans le camp albanais, l'attitude passive d'Ibrahim Rugova est aussi dénoncée, et les groupes clandestins de la diaspora ne sont pas en reste pour lancer contre Ibrahim Rugova l'accusation de « trahison ».

Ces petits groupes ont commencé à mener des actions militaires qui gagnent peu à peu en envergure. Aux premiers plasticages succèdent des exécutions de « traîtres » et de « collaborateurs » albanais, puis des attaques en règle contre des bases de police. Les émeutes qui enflamment l'Albanie au printemps 1997 furent la grande chance de ces groupes clandestins, leur permettant de se fournir à bon compte en armes et en munitions. Des centaines de milliers d'armes automatiques sont en circulation, et un kalachnikov s'achète pour rien dans le nord de l'Albanie. La seule difficulté est de permettre aux armes de passer clandestinement au Kosovo.

Lorsque la police serbe donne l'assaut aux villages de Qirez, Likoshanë et Prekaz, l'UCK reste encore très faiblement structurée. Elle se présente comme un petit groupe d'idéologues et de clandestins qui a su fédérer — et fournir en armes — des initiatives de résistance individuelle auréolées du panache de l'héroïsme mythique, comme celle d'Adem Jashari. Par contre, après les événements de mars 1998 en Drenica, l'UCK est débordée par son succès. Les volontaires affluent, bien plus vite qu'elle ne peut les former ni les armer.

Dans les villages, beaucoup de clans se rallient à l'UCK. On établit un contact avec un militant effectif de l'organisation, on reçoit quelques insignes, et l'on déterre de vieilles armes cachées. Cela suffit pour

---

« Histoire secrète de l'Armée de libération », *Le Monde diplomatique*, mai 1999.

établir un barrage à l'entrée du village et en faire une « zone libérée ». La police serbe choisissant dans un premier temps de laisser faire, l'UCK « contrôle » ainsi, dès juin, de 35 à 40 % du territoire du Kosovo. Politiquement, les cadres locaux de la LDK, issus eux aussi des structures claniques de la société, transfèrent souvent leur allégeance à l'UCK.

Plusieurs « territoires libres » s'organisent assez vite, en Drenica, dans les montagnes de Llap, près de la frontière albanaise ou encore autour de la capitale du « Kosovo libre », le gros bourg de Malisevo. Dans ces « zones libérées », l'activité des partis politiques albanais est systématiquement suspendue, au profit de l'« administration militaire » de l'UCK. Militairement, la stratégie serbe est imparable. Historiquement formées aux techniques de la guerre de guérilla, armée et police vont laisser l'UCK s'enferrer dans l'illusion de contrôler de vastes territoires. Ensuite, à partir de la fin juin, rien ne sera plus simple pour elles que de réduire les ambitions indépendantistes. Appuyées sur les blindés, les forces serbes lancent de grandes offensives qui dégagent d'abord les axes routiers. Durant tout l'été, l'UCK va de déroute en déroute, ses embryons de systèmes de communication sont impitoyablement détruits. Tous les experts militaires reconnaissent que l'UCK a tellement mal mené la guerre que l'on peut se demander si cette défaite n'a pas été recherchée par les stratèges politico-militaires de l'UCK pour mobiliser l'opinion internationale sur les souffrances du peuple albanais. En effet, au gré des offensives serbes, des dizaines de milliers de civils fuient, et le mois de septembre révèle de nouveaux massacres d'importance dans les villages de Gollubovcë et d'Abri i Epermë, en Drenica. L'UCK gagne la bataille politique, en convainquant l'opinion albanaise que, face à la barbarie serbe, la résistance armée est la seule option, tandis que l'opinion publique internationale regarde avec davantage de sympathie la cause albanaise.

Le 13 octobre 1998, menacé par un ultimatum de l'OTAN, Slobodan Milošević finit par passer un accord avec l'émissaire américain Richard Holbroocke. Le dirigeant yougoslave s'engage à retirer une partie de ses forces et à accepter le déploiement de 2 000 « vérificateurs » du cessez-le-feu, non armés, mandatés par l'Organisation pour la sécurité et la coopération en Europe (OSCE). L'UCK profite de la trêve pour regagner le terrain perdu, se réarmer et se réorganiser. Des anciens officiers albanais de l'armée yougoslave font une arrivée en force dans l'organisation en prenant la place des « commandants de village » improvisés. Le massacre de près de 50 Albanais, majoritairement des civils, même si l'on compte aussi quelques combattants de l'UCK, dans le village de Raçak, le 15 janvier 1999, va enclencher une mécanique qui se révélera fatale pour la Serbie. Certains journalistes accusèrent l'UCK d'avoir pratiqué une mise en scène macabre à Raçak. En fait, il semble plutôt qu'un dysfonctionnement dans la chaîne de commandement de l'UCK explique en partie le massacre. Le village, situé trop près du bourg de Stimlje, était indéfendable, mais certains combattants refusèrent de l'évacuer. La plupart des femmes et des enfants avaient fui Raçak les jours précédant la tuerie. Les victimes furent parfois tuées avec une particulière cruauté, sans que les importantes forces de l'UCK stationnées à peu de distance du village tentent d'intervenir, ce qui contribue à expliquer la gêne de l'UCK sur le déroulement exact du massacre. Le chef de la mission de vérification de l'OSCE au Kosovo, le général américain William Walker, cadre notoire de la CIA, spécialiste des coups tordus en Amérique centrale, saisit l'occasion pour dénoncer un « crime contre l'humanité » des forces serbes. À l'époque de Raçak, l'UCK et les observateurs de l'OSCE contrôlent tous les mouvements des forces serbes. Les communications de la police sont écoutées. Ne doit-on pas, dès lors, supposer que l'UCK et ses mentors américains ont délibérément laissé les forces serbes commettre un « massacre de trop » ?

Le massacre de Raçak accélère l'engagement de la communauté internationale, qui impose des négociations serbo-albanaises à Rambouillet, où pour la première fois l'UCK est considérée comme un interlocuteur incontournable. Sous la pression américaine, la Serbie est sommée d'accepter un plan de paix qui garantit une très large autonomie au Kosovo, pouvant à terme déboucher sur l'indépendance. Le refus serbe entraîne l'intervention militaire de l'OTAN. Les dés étaient-ils pipés à Rambouillet ? Les exigences internationales étaient probablement inacceptables pour la Serbie, mais la grande erreur de Slobodan Milošević a sûrement été de sous-estimer la détermination des Occidentaux, et particulièrement des États-unis. Après une suspension des pourparlers, les délégués albanais finissent par accepter le plan de paix occidental, contrairement à la partie serbe, sur qui la responsabilité de l'échec peut ainsi être entièrement reportée. Le 24 mars, à vingt heures, les premières bombes tombent sur Priština, et la plupart des villes de la Fédération yougoslave. En deux mois et demi de frappes, qui vont très largement toucher le Kosovo, l'essentiel du potentiel économique de la Yougoslavie est détruit, et le gouvernement serbe doit finalement accepter un nouveau plan de paix le 3 juin et reconnaître sa capitulation militaire.

Le petit noyau « marxiste-léniniste » de l'UCK peut se flatter d'un joli succès. Non seulement Ibrahim Rugova a perdu l'essentiel de son crédit dans l'opinion albanaise, mais l'UCK a réussi beaucoup mieux que lui à « internationaliser » la question du Kosovo, en poussant l'OTAN à intervenir militairement contre la Yougoslavie !

L'amertume de Marko Martinović et la joie d'Azem Haxhiu

La famille Martinović est originaire de Cetinje, la capitale historique du Monténégro. Issus de la tribu de Katunška, les ancêtres de Marko faisaient partie des guerriers qui entouraient les princes-évêques de cette belliqueuse principauté. En 1912, son grand-père participa aux campagnes des guerres balkaniques, et obtint une trentaine d'hectares dans le village d'Ereć, situé dans la riche plaine agricole de la Metohija, à l'ouest du Kosovo. En 1918, il résidait à Ereć, et se tint donc à l'écart de la guerre civile monténégrine. Par contre, deux de ses frères périrent en combattant contre le rattachement du Monténégro au nouveau royaume unitaire. Farouchement indépendantistes, les Martinović n'ont jamais voulu se soumettre au pouvoir de Belgrade quel qu'il fut, mais au Kosovo, face aux Albanais, les Martinović se sentent bien « Serbes orthodoxes », c'est-à-dire avant tout fidèles du patriarcat serbe. Les terres de la famille furent confisquées en 1945. Hormis une tante mariée à un Serbe du Kosovo, la famille reprit alors le chemin de Cetinje, emmenant le petit Marko âgé de quelques années. Lorsque la propriété de la terre fut à nouveau admise, les Martinović tentèrent timidement de faire valoir leurs droits. D'après Marko, la procédure engagée n'avait aucune chance d'aboutir, car « les juges étaient albanais, tous les témoins étaient des paysans albanais du village. Ils ne voulaient pas permettre à des Monténégrins de revenir ». La famille de Marko resta à Cetinje, et lui-même dut partir chercher du travail à l'étranger. La tante restée au Kosovo s'était installée à Peć, où vivait une importante communauté monténégrine. Elle possédait une jolie maison non loin du siège patriarcal. Le 15 juin 1999, cette vieille dame a dû prendre à son tour le chemin de l'exil. Elle est arrivée à Cetinje avec son mari, les seuls biens qu'ils aient pu emporter tenant dans le coffre de leur vieille Zastava, une petite voiture de fabrication yougoslave.

Contrairement à Marko Martinović, Azem Haxhiu est un intellectuel. Cadre administratif de haut rang, il a quitté le Parti communiste à la fin des années 1970, « juste avant les émeutes de 1981 », comme il aime à le rappeler. Cela ne l'a pas empêché de mener à son terme sa carrière et de pouvoir jouir de sa retraite dans sa grande maison de Priština, malgré la détérioration de la situation au Kosovo. Azem était bien décidé à ne jamais fuir sa ville, mais une semaine après le début des bombardements occidentaux, à la fin mars 1999, la police chassa tous les habitants albanais de son quartier résidentiel de Dragodan. Azem dut prendre avec son épouse la route de l'exil vers la Macédoine, mais il fut parmi les premiers Albanais à revenir à Priština après l'entrée des troupes de l'OTAN, à la mi-juin. Quelques jours après son retour, il partait visiter son village natal, à une dizaine de kilomètres de la capitale. « Quand j'étais enfant, nous n'étions que deux familles albanaises dans un village majoritairement serbe, mais les relations étaient bonnes entre voisins, sauf avec les colons arrivés de Serbie dans les années 1930. Ce sont eux qui ont pris les terres de ma famille, contraignant mes parents à venir chercher du travail en ville. Même après 1945, nous n'avons jamais pu faire valoir nos droits sur ces terres. Mon père avait engagé un procès dans les années 1950. Sans aucun succès : le juge était serbe, et mon père avait trouvé un emploi dans une entreprise d'État, tandis que les colons serbes étaient des paysans qui avaient besoin de la terre pour vivre. » Les descendants des colons arrivés dans les années 1930 ont pris la fuite vers la Serbie, et Azem va devenir, à plus de soixante-cinq ans, propriétaire terrien, car il est bien convaincu que les dix-huit hectares usurpés autrefois à sa famille vont lui être restitués.

Un Kosovo « ethniquement pur » ?

En quelques mois, le Kosovo a été victime d'un double mouvement de « nettoyage ethnique » d'une ampleur encore inconnue. Prenant prétexte des bombardements de l'OTAN, les forces serbo-yougoslaves ont entrepris d'expulser systématiquement les Albanais de la province, avant de devoir reconnaître leur défaite devant l'Alliance occidentale. Depuis, c'est au tour des Serbes et des Roms[1] d'être systématiquement expulsés de la province.

Jusqu'en mars 1999, les mouvements de fuite de réfugiés n'affectaient jamais en même temps que de petites régions touchées par les combats. Globale-

1. Voir J.-A. Dérens, « Les Tziganes indésirables au Kosovo », *Le Monde diplomatique*, novembre 1999.

ment, les villes étaient restées à l'écart de ces mouvements de fuite et offraient au contraire un asile aux expulsés des villages. Le scénario change de nature avec le début des bombardements de l'OTAN, le 24 mars. Quartier après quartier, les forces serbes procèdent à une expulsion systématique des habitants albanais de certaines villes. Le phénomène n'a pas été partout de même ampleur, et une part importante de la population albanaise de la capitale n'a pas quitté Priština, même si les habitants de certains quartiers ont été systématiquement expulsés. Dragodan, quartier huppé des élites albanaises, a, par exemple, été parmi les plus touchés. La ville de Prizren est restée relativement épargnée. Par contre, les habitants de villes comme Peć ou Suva Reka ont été victimes d'une expulsion systématique. Les habitants des campagnes ont connu un sort plus variable. Les zones frontalières sont les plus exposées. Les habitants d'Istok, près du Monténégro, ont tous dû se cacher dans la forêt, ou errer de village en village avant de s'enfuir vers le Monténégro. Dans d'autres zones, au contraire, les habitants des villages affectés par les combats n'ont pas connu un sort bien différent de celui des mois précédents. Comme lors de chaque offensive serbe, ils s'enfuient vers la montagne, quitte à revenir chez eux, une fois le danger passé.

L'entrée des troupes de l'OTAN permit un retour extrêmement rapide des réfugiés, à la surprise des organisations internationales d'assistance. En quelques jours, les camps se vident, et d'immenses colonnes de voitures, de camions et de tracteurs convergent vers le Kosovo. Ce phénomène de retour est concomitant d'un nouvel exode. Les Serbes, les Monténégrins et les Roms quittent à leur tour la province.

La guerre se solde non seulement par un échec cuisant du régime de Slobodan Milošević, mais par une catastrophe nationale pour le peuple serbe. Le chassé-croisé des réfugiés aboutit à la naissance d'un Kosovo albanais « ethniquement pur ». Les évolutions constitutionnelles du statut de la province dépendront des événements à Belgrade et des choix de la communauté internationale ; par contre, il est plus que probable que les Serbes qui ont quitté la province n'y reviendront pas. Des propositions de partage du Kosovo en « cantons » serbes et albanais ont été avancées par l'Église et son expression politique, le Mouvement de la résistance serbe de Momčilo Trajković, mais ces dispositions se révéleraient de toute manière insuffisantes pour provoquer un retour de la population serbe qui s'est enfuie. Elles ont aussi un goût amer pour la communauté internationale, qui avait officiellement entrepris la guerre contre la Yougoslavie pour s'opposer à la logique du « nettoyage ethnique » ! Encore théoriquement rattaché pour un temps à une Fédération yougoslave moribonde, indépendant ou réuni à l'Albanie, le Kosovo est devenu une terre exclusivement albanaise. Non seulement des milliers de paysans serbes ont perdu leurs biens et la terre de leurs ancêtres, mais la nation serbe a perdu ce qui représentait le lieu majeur de sa constitution symbolique.

Le père Sava Janjić, supérieur du monastère de Visoki Dečani, avait fait à l'été 1998 une retentissante déclaration au quotidien albanophone *Koha Ditore*, en affirmant ne pas exclure la possibilité d'une indépendance du Kosovo, à condition que les droits du peuple serbe et de son Église soient préservés. Les événements de l'année 1999 ont détruit la présence serbe ancestrale, et rendent même très aléatoires les chances de survie de l'Église serbe au

Kosovo. Toutes les guerres déclenchées par Slobodan Milošević au nom de la « Grande Serbie » ont entraîné des catastrophes pour le peuple serbe, mais cette défaite-ci est d'une nature totalement différente : c'est la définition de la nation serbe elle-même qui est en jeu. L'irréparable s'est probablement déjà joué au Kosovo, qui apparaît comme un cas extrême de conflit irréductible : deux peuples ne peuvent pas revendiquer de manière exclusive le même territoire comme berceau de leur histoire. Après que le nationalisme serbe eut défini le Kosovo comme lieu constitutif de sa genèse, le nationalisme albanais a lui aussi surinvesti idéologiquement la région.

ENTRETIEN AVEC LE

PÈRE SAVA JANJIĆ

Supérieur du monastère serbe orthodoxe de Visoki Dečani

« *Une terre sacrée pour eux comme pour nous* »

Pourquoi cette insistance sur le Kosovo dans l'idéologie nationale serbe ?

Pour les Serbes, le Kosovo est d'abord une terre spirituelle, du fait de la création de l'Église serbe orthodoxe par saint Sava et de l'enracinement de la dynastie des Nemanjić sur la terre du Kosovo. C'est au Kosovo que se trouvent quelques-uns des plus prestigieux monastères serbes. La bataille de Kosovo Polje, en 1389, constitue bien sûr l'autre moment essentiel. D'après la légende, à la veille de rencontrer les armées turques, le prince Lazar Hrebeljanović aurait accepté de perdre la bataille, en renonçant au royaume de ce monde au profit du royaume céleste. Ce choix, qui nous engage tous encore aujourd'hui, est à la base de la spiritualité serbe. Le Kosovo est la Jérusalem serbe. Le Kosovo est une terre sacrée pour les Serbes, car c'est ici que s'est produit tout ce qui a été décisif dans notre histoire, mais nous devons aussi accepter l'idée que c'est une terre sacrée pour les Albanais, car c'est au Kosovo qu'est née la conscience nationale albanaise, avec la Ligue de Prizren de 1878. Il y a injustice flagrante dès lors qu'une des deux nations prétend que le Kosovo lui appartient exclusivement.

Le lien entre l'orthodoxie et la nation n'est-il pas un danger ?

Ce lien s'explique par l'histoire. Dans le cadre de l'Empire ottoman, il n'existait pas de catégories nationales, seule l'identité confessionnelle pouvait distinguer les sujets de l'Empire. Les Églises orthodoxes d'aujourd'hui sont les héritières de ce passé, mais elles doivent essayer de veiller à se défendre de ce que nous appelons le philétisme, c'est-à-dire la confusion entre les intérêts nationaux et la visée proprement religieuse. L'orthodoxie doit réussir à distinguer ce qui relève du domaine spirituel et ce qui relève du domaine temporel. C'est à ce prix qu'elle pourra retrouver sa dimension proprement spirituelle et se dégager des pouvoirs politiques qui cherchent à la manipuler comme le régime antidémocratique et criminel de Slobodan Milošević. Le synode de l'Église serbe orthodoxe a demandé à plusieurs reprises la démission de Slobodan Milošević. Il n'est pas du devoir de l'Église d'interférer dans les questions politiques, mais aujourd'hui c'est la survie de la nation serbe elle-même que met en cause le vertige suicidaire du régime de Milošević. Dans ces conditions-là, il est bien normal que l'Église tente de faire entendre sa voix et essaie de contribuer à sauver son peuple.

Un Kosovo multiethnique était-il possible ?

Durant dix ans, le régime manipulateur de Slobodan Milošević a utilisé la question du Kosovo à des fins politiciennes. Il est facile d'en voir le résultat : des années de répression, une guerre sanglante, un pays ravagé et, au bout du compte, un tragique exode du peuple serbe. La perception du conflit en Occident a été largement biaisée. Il était communément perçu que ne cohabitaient au Kosovo que des civils albanais et des policiers serbes. Or, il y avait aussi au Kosovo des civils serbes, sans oublier les Slaves musulmans, les Goranci, les Turcs, etc. Aujourd'hui, un Kosovo ethniquement pur, exclusivement albanais, est en train de se réaliser avec la complicité de la communauté internationale. Quelle valeur peuvent avoir les discours de M. Kouchner sur la multiethnicité, quand on tue dans les rues de Priština quiconque commet le « crime » de prononcer un mot de serbo-croate ? Le Conseil de transition mis en place autour de M. Kouchner n'a même pas voulu adopter une résolution sur le bilinguisme du Kosovo. La communauté internationale cautionne aujourd'hui un des nettoyages ethniques les plus radicaux qui aient été commis dans les Balkans.

Qu'en est-il de la situation de l'Église ?

Près de cent églises ont été détruites, ravagées ou profanées. Certaines ont été entièrement incendiées. Cette violence n'est apparue qu'après l'entrée des troupes de l'OTAN au Kosovo. J'avais moi-même négocié avec l'UCK la protection des lieux de culte orthodoxes dès l'été 1998 et, à une ou deux exceptions près, aucune violence n'a été commise durant la guerre. Beaucoup d'Albanais avaient trouvé refuge au monastère de Dečani, notamment durant les frappes de l'OTAN. Certains ont été tués depuis, pour le seul fait qu'ils s'étaient réfugiés dans un monastère serbe. L'OTAN et les Nations unies cautionnent le crime.

CHAPITRE VI

L'IMPOSSIBLE DÉMOCRATISATION ?

Au bout de huit années de guerre (1991-1999), la péninsule balkanique est encore loin de pouvoir envisager une paix durable qui lui permettrait de consacrer ses efforts à la reconstruction économique et à l'émergence de sociétés civiles dans un environnement politique stabilisé. Il importe d'analyser la nature des régimes en place, l'ampleur des questions politiques et nationales irrésolues, et surtout la manière dont les élites politiques jouent des affrontements possibles comme autant d'instruments de leur stratégie de pouvoir.

La réunification albanaise est-elle à l'ordre du jour ?

Les dirigeants albanais du Kosovo, qu'il s'agisse d'Ibrahim Rugova ou de l'UCK, n'ont jamais écarté l'option d'une unification nationale de tous les Albanais des Balkans. Il en va de même pour les dirigeants albanais de Macédoine, et seuls ceux du Monténégro pourraient se révéler attachés au maintien de l'État monténégrin comme société plurinationale. Le débat interalbanais porte essentiellement sur les rythmes et les modalités de cette unification, mais l'indépendance du Kosovo a toujours été unanimement conçue comme une première étape vers cette « revanche de l'histoire ».

L'entrée des troupes de l'OTAN et la mise en place d'un protectorat international ont placé le Kosovo dans une situation constitutionnelle originale et assez aberrante. Il fait toujours théoriquement partie de la Fédération yougoslave même si, dans les faits, plus rien ne le rattache à cette Fédération. Plus aucune décision n'est prise à Belgrade, et le retour de militaires et de douaniers yougoslaves, prévu par les accords internationaux, ne pourra pas modifier cette situation. Peu après son entrée en fonctions, le chef de la Mission des Nations unies au Kosovo (MINUK), Bernard Kouchner, avait suscité un tollé général des juristes albanais en affirmant qu'à l'exception des éventuelles dispositions contraires aux droits de la personne humaine les lois yougoslaves restaient la source du droit au Kosovo. Bernard Kouchner a dû faire machine arrière, et accepter que le Kosovo invente sa propre jurisprudence et son dispositif législatif. Nul ne savait encore pourtant, à l'été 1999, qui devait faire les lois et dire le droit au Kosovo. Pour la communauté internationale, le Kosovo reste partie intégrante de la Yougoslavie, même si Belgrade n'a plus autorité sur la province, et, dans l'attente des élections générales, deux légitimités politiques s'opposent dans le camp albanais. Ibrahim Rugova, dont le mandat « clandestin » avait été renouvelé le 22 mars 1998, estime toujours être président d'une « république » qu'aucun État, hormis l'Albanie du temps de la présidence de Sali Berisha, n'a jamais reconnu, tandis que l'UCK a constitué, pendant les négociations de Rambouillet, un gouvernement provisoire présidé par Ashim Thaçi, qui occupe systématiquement le terrain, en nommant des autorités locales dans toutes les communes du Kosovo. Sorte de « gouverneur général » tout-puissant, Bernard Kouchner dispose de la seule légitimité que personne, officiellement, ne conteste au Kosovo. Pour autant, il manque tragiquement de moyens, notamment pour rétablir un minimum d'ordre public dans la province. Le Conseil de transition, qui se réunit sous sa présidence, réunit les représentants du gouvernement provisoire d'Ashim Thaçi, tandis que les partisans d'Ibrahim Rugova boudent ses séances. Les représentants du Mouvement de la résistance serbe de Momčilo Trajković et de l'Église serbe orthodoxe ont, pour leur part, fait le choix de participer à ce Conseil.

Les Serbes du Kosovo font en effet figure de grands sacrifiés du règlement de la crise au Kosovo. La police serbe, l'armée yougoslave et les autorités locales ont abandonné la province, en laissant ces 200 000 Serbes sans protection et sans aucune consigne. Ceux qui tentent de rester au Kosovo sont livrés à eux-mêmes, et seule l'Église se pose en porte-parole de cette communauté. Le « nettoyage ethnique » du Kosovo paraît de toute manière pratiquement achevé. Partant d'eux-mêmes par peur des représailles albanaises ou violemment chassés de chez eux, presque tous les Serbes ont quitté la province. 20 000 à 30 000 Serbes et Monténégrins, tout au plus, sont restés au Kosovo, soit un peu plus de 10 % de ce qu'était cette population avant l'entrée des troupes de l'OTAN.

Si les Albanais n'ont pas encore obtenu l'indépendance du Kosovo, ils héritent d'un Kosovo presque monoethnique, puisque, en plus des Serbes, beaucoup de Roms et de Slaves musulmans ont eux aussi quitté le Kosovo. Les ressortissants de la minorité turque, pour leur part, sont l'objet de pressions ouvertes et insistantes pour se reconnaître albanais et cesser de se définir comme turcs. « Certains Albanais, particulièrement des membres de l'UCK ou des réfugiés, nous ont carrément dit de choisir notre camp, de nous albaniser ou de partir comme les Serbes », explique Fevzi Keçeli, un épicier turc de Prizren[1]. La tendance séculaire d'assimilation des groupes minoritaires aux « grandes » nations se poursuit et s'amplifie. Le Kosovo est en passe de devenir une entité ethniquement homogène, et peut-être un second « État-nation » albanais...

En fait, le sort du Kosovo se jouera peut-être au Monténégro. Si cette république finit par se séparer de Belgrade, la fédération yougoslave cessera d'exister, et le Kosovo ne pourra donc plus en faire partie, à moins que les stratèges internationaux n'aient l'idée baroque d'une fédération entre la seule Serbie et le Kosovo. La seule chance de maintien du Kosovo dans un espace yougoslave recomposé serait que la Fédération yougoslave elle-même se transforme en profondeur, ce qui n'est pas encore à l'ordre du jour. Quels que soient les rythmes envisagés par la communauté internationale, la rupture totale des liens entre Kosovo et la Serbie est désormais une hypothèse plausible.

L'UCK occupe systématiquement le terrain politique au Kosovo. Dans les villages albanais, la culture politique suppose toujours que le parti soit unique, et de nombreux responsables locaux de la Ligue démocratique du Kosovo (LDK) d'Ibrahim Rugova ont transféré leur allégeance à l'UCK. Dans les villes, les combattants descendus de la montagne, souvent quelques jours ou quelques heures avant que les troupes de l'OTAN ne fassent leur entrée,

1. « La minorité turque priée de s'albaniser », AFP, 23 août 1999.

nomment des autorités locales avec lesquelles les administrateurs internationaux doivent désormais composer. La LDK apparaît en pleine déconfiture, avec un leader largement discrédité depuis ses prestations toujours controversées durant les bombardements de l'OTAN. Probablement otage de Slobodan Milošević, Ibrahim Rugova s'était rendu à Belgrade et s'était prononcé pour l'arrêt des frappes ; il n'a toujours pas fourni, depuis, d'explications satisfaisantes sur sa conduite durant ces moments difficiles. Il a de surcroît raté son retour au Kosovo, en ne parvenant pas à formuler un discours politique correspondant à la nouvelle situation. Il conserve pourtant des partisans, notamment dans les populations urbaines, plus réticentes vis-à-vis du radicalisme de l'UCK, et les Albanais gardent du respect pour celui qui a incarné, durant des années, leur lutte d'émancipation. Ibrahim Rugova pourrait sûrement continuer à jouer un rôle dans la vie politique du Kosovo, mais à condition de passer un accord avec l'UCK. Cette faillite politique laisse en effet le champ libre à cette dernière, qui se transforme en parti politique, alors même que de nouveaux partis politiques issus de ses rangs sont déjà apparus, comme le Parti d'unification démocratique (PBD) de l'ancien porte-parole de l'UCK Bardhyl Mahmuti, qui regroupe le noyau dur des anciens « envéristes » du Mouvement populaire du Kosovo (LPK). Le Mouvement démocratique uni (LBD), coalition des adversaires politiques d'Ibrahim Rugova, créée sous l'égide de l'écrivain Rexhep Qosja, entend lui aussi profiter du discrédit de la LDK. Ibrahim Rugova espère néanmoins que le temps jouera en sa faveur, la population finissant par se lasser du radicalisme des anciens guérilléros.

Les enjeux économiques ne peuvent être éludés,

même si l'aide internationale permettra au Kosovo de tenir durant ses premières années d'après-guerre. Les mécanismes économiques et financiers du Kosovo étaient totalement imbriqués dans l'économie serbe, pour ce qui concerne le secteur d'État, et même les activités privées trouvaient une part de leurs débouchés en Serbie. Le statut juridique des banques et des activités industrielles qui sont toujours sous contrôle étatique serbe est un des casse-tête les plus ardus que la MINUK ait à affronter. Les Albanais estiment pourtant pouvoir reconstruire au plus vite l'économie du pays, en tablant, peut-être avec un peu trop d'enthousiasme, sur la diaspora, soucieuse d'investir dans le développement du Kosovo.

La vaste campagne d'expulsion des Serbes et des Roms du Kosovo n'a guère suscité d'autocritiques dans la société albanaise. Elle prend pourtant les formes classiques et systématiques du nettoyage ethnique. Les Albanais qui tenteraient de s'y opposer en protégeant des voisins ou des amis serbes s'exposent eux-mêmes à des problèmes. Seul ou presque, Veton Surroi, propriétaire du quotidien *Koha Ditore*, a dénoncé ce « fascisme albanais » (voir encadré, p. 281-284). Dans son ensemble, la société albanaise semble trouver légitime une logique de vengeance ou, du moins, accepter comme un phénomène naturel cette « purification ethnique » du Kosovo, survenant après l'échec de la tentative symétrique du pouvoir serbe de chasser les Albanais de la province. En prenant ce positionnement courageux, Veton Surroi, l'un des rares leaders à s'être caché et à ne pas avoir quitté Priština durant les frappes de l'OTAN, conforte encore sa stature politique. Pourrait-il, à supposer qu'il le souhaite, incarner un troisième courant politique albanais, entre le radicalisme de l'UCK et ce qui est perçu comme la longue politique de compromission d'Ibrahim Rugova ?

Un des désaccords entre Ibrahim Rugova et l'UCK tenait à ce que pour le premier les frontières du Kosovo administratif définissaient une entité légitime, tandis que les seconds envisageaient un « Kosovo historique » reprenant les frontières du *vilajet* ottoman du Kosovo, ou au moins un « Kosovo ethnique » incluant l'ouest de la Macédoine et les communes majoritairement albanaises de Serbie hors Kosovo. Ibrahim Rugova se posait de la sorte en héritier du Kosovo autonome de l'époque titiste, que l'UCK voue aux gémonies. Aujourd'hui, c'est la communauté internationale qui se fait l'héritière de cette tradition, en établissant son protectorat sur un Kosovo défini selon les limites administratives yougoslaves.

Si le Kosovo devenait indépendant, la question de l'unification avec l'Albanie serait posée, à moins d'envisager que la communauté internationale ne prétende associer sa reconnaissance de l'indépendance à une interdiction de se réunir ou de se fédérer avec l'Albanie. Dès lors, comment réagiront les minorités albanaises du Monténégro, et surtout de Macédoine ? On peut imaginer un scénario où les Albanais d'un Monténégro indépendant choisiraient la fidélité à un État qui leur garantit des droits culturels et nationaux appréciables, mais par contre la communauté albanaise de Macédoine n'a jamais caché le peu de cas qu'elle faisait de l'État dans laquelle elle vit [1]. La Macédoine est aujourd'hui considérée comme la zone de tous les dangers par la communauté internationale, d'autant que son rôle de

1. Voir Natacha Andonovski, « Les Albanais de Macédoine : perspectives et limites d'une double identité », *in* Bernard Lory et Christophe Chiclet (dir.), *La république de Macédoine, op. cit.*

base arrière des missions internationales au Kosovo, et notamment des militaires de la KFOR, est de plus en plus mal perçu par la population macédonienne.

La question d'une éventuelle unification nationale ne va pas sans poser de nombreux problèmes en Albanie même. Traditionnellement, les animosités sont grandes entre les Albanais d'Albanie et ceux du Kosovo. La grille de lecture qui voudrait que le Parti démocratique puisse être favorable à cette unification et que les socialistes y soient hostiles doit être revue. La plus grande proximité culturelle entre Guègues du nord de l'Albanie et du Kosovo n'explique pas tout. Le Parti socialiste cultive des amitiés politiques avec l'UCK qu'il n'entretenait pas avec les partisans d'Ibrahim Rugova. Les anciennes solidarités « envéristes » jouent à plein pour rapprocher les deux équipes. On peut même supposer que le gouvernement actuel de Tirana a joué un rôle déterminant dans la victoire de l'UCK sur les partisans d'Ibrahim Rugova. L'hypothèse d'une unification nationale albanaise impliquerait aussi que soient abordées les fractures internes de la société d'Albanie, notamment la coupure entre Guègues et Tosques. Dans un État réunissant l'Albanie au Kosovo, voire aux régions albanaises de Macédoine, l'élément guègue se retrouverait nettement majoritaire. Peut-être la complicité politique qui unit les dirigeants majoritairement tosques du Parti socialiste à l'état-major de l'UCK leur permettra-t-elle de proposer un projet national qui fasse sortir l'Albanie de sa culture de guerre civile « rampante ». Sinon, les tensions internes à l'Albanie risquent de resurgir sous une forme plus violente que jamais.

Le bilan de la guerre est de toute manière radical : la présence serbe au Kosovo se limite déjà presque au témoignage spirituel de l'Église, et le jeu politique albanais est entièrement dominé par les hommes issus d'une clandestinité peu habituée à la démocratie. L'UCK est convaincue d'avoir gagné la guerre, et sait que le temps joue pour elle : la communauté internationale ne pourra pas maintenir longtemps la fiction d'un lien entre le Kosovo et une fédération yougoslave agonisante.

L'éclatement de la Fédération yougoslave a peut-être commencé avec les manifestations albanaises de 1981 au Kosovo, violemment réprimées, ou du moins avec l'instauration d'un état d'exception dans la province à partir de la fin des années 1980. L'intervention occidentale a radicalement modifié la donne, sans parvenir toutefois à proposer une solution stable et durable de la situation au Kosovo. Le statut actuel, accepté par les Albanais de la province comme un pis-aller préférable à la guerre, n'est, sur le fond, satisfaisant pour personne.

Fascisme au Kosovo : la honte des Albanais

« Le mois dernier, une vieille femme a été battue à mort dans son bain. Un garçonnet de deux ans a été blessé et sa mère abattue. Deux adolescents ont été tués par une grenade. Une femme n'ose pas prononcer son nom en public de peur que ceux qui ont tenté de la violer ne reviennent. Toutes ces victimes étaient des Serbes. Malheureusement, il ne s'agit pas d'incidents isolés. De très nombreux Serbes restés au Kosovo se sont enfermés chez eux, terrifiés par une atmosphère dans laquelle tout bruit semble menaçant et chaque véhicule qui s'arrête peut être celui qui vous conduira à la mort. Il y a aussi le cas de ce couple âgé qui n'a rien à manger et qui a peur de s'aventurer dehors pour acheter de la nourriture parce qu'ils savent bien qu'on remarquera qu'ils parlent mal l'albanais. Leurs voisins albanais ne peuvent leur donner à manger car on leur a demandé de “ne pas nourrir les Serbes”.

Je sais ce que ressentent les Serbes qui sont au Kosovo, et aussi les Roms, parce que, avec près de 2 millions d'Albanais, j'étais exactement dans la même situation qu'eux il y a seulement deux mois et demi. Je reconnais leur peur. Nous avions appris par la radio que Belgrade avait donné à ses unités le droit de tuer à volonté, même les femmes, les enfants et les vieillards. En conséquence, chaque voiture qui s'arrêtait représentait un danger potentiel. Chaque bruit inhabituel semblait annoncer une mort inévitable. Dans le même temps, on ne pouvait guère espérer d'aide de la part de nos voisins serbes. C'est pourquoi je ne puis dissimuler ma honte de découvrir que, pour la première fois dans notre histoire, nous, les Albanais du Kosovo, sommes également capables d'accomplir des actes aussi monstrueux. Il faut que je m'exprime pour dire clairement que notre code moral, selon lequel les femmes, les enfants et les vieillards doivent être épargnés, a été, et est, violé.

Je connais l'excuse qui vient à l'esprit, à savoir que nous avons subi une guerre barbare pendant laquelle les Serbes ont été responsables des crimes les plus haineux et où l'intensité de la violence a engendré un désir de vengeance parmi de nombreux Albanais. Cependant, cela ne justifie rien.

Les Serbes qui ont exécuté les ordres de Belgrade et commis des atrocités contre des Albanais ont fui depuis longtemps, comme sont partis ceux qui craignaient des représailles de la part des parents des milliers d'Albanais qui sont enterrés dans des fosses communes. La violence qui s'exprime aujourd'hui plus de deux mois après l'arrivée des forces de l'OTAN est plus qu'une simple réaction émotionnelle. Il s'agit de l'intimidation organisée et systématique de tous les Serbes, simplement parce qu'ils sont serbes et donc tenus collectivement responsables de ce qui s'est passé au Kosovo. De telles attitudes sont des attitudes fascistes, alors que c'est justement contre ces mêmes attitudes que le peuple du Kosovo s'est levé et battu, ces dix dernières années, d'abord pacifiquement, puis par les armes.

Le traitement infligé aux Serbes du Kosovo déshonore tous les Albanais du Kosovo, et pas seulement les auteurs de violences. Et c'est un fardeau que nous allons devoir porter collectivement. Il va nous déshonorer et déshonorer nos souffrances récentes, qui, il y a seulement quelques mois, étaient diffusées sur les écrans de télévision du monde entier. Et il va également déshonorer la mémoire des victimes albanaises du Kosovo : ces femmes, enfants et vieillards qui ont été tués simplement à cause de leur origine ethnique.

La communauté internationale ne nous punira certainement pas de n'avoir pas su défendre la multiethnicité au Kosovo. Après tout, même avant la guerre, le nombre de non-Albanais présents au Kosovo était égal à celui des non-Slovènes en Slovénie. Pourtant, aujourd'hui, personne ne parle d'une Slovénie multiethnique. Cependant, après avoir été les victimes des pires persécutions de cette fin de siècle en Europe, nous sommes en train de devenir nous-mêmes des persécuteurs et nous avons permis au spectre du fascisme de réapparaître.

Ceux qui pensent que la violence prendra fin dès que le dernier Serbe aura été chassé se font des illusions. La violence sera simplement dirigée contre d'autres Albanais. Est-ce vraiment pour cela que nous nous sommes battus ? »

Veton Surroi
éditeur du quotidien de Priština
Koha Ditore, dans lequel une version
de cet article a déjà paru ; *Le Monde*,
31 août 1999, copyright *Le Courrier des Balkans*.

La question serbe

Le bilan de près de dix années de guerre menées au nom de l'idéologie de la « Grande Serbie » et du « droit de tous les Serbes à vivre dans un même État » se révèle catastrophique pour le peuple serbe. Il n'y a pratiquement plus un Serbe en Krajina croate, région de peuplement remontant au XVIIe siècle, et le maintien d'une présence serbe est extrêmement aléatoire dans toutes les autres régions de Croatie, comme la Slavonie. Alors député serbe d'opposition au parlement croate, Milorad Pupovać estimait à moins de 200 000 les Serbes restant en Croatie, sur une population de plus de 600 000 personnes avant-guerre. La Croatie, qui fait figure de grand vainqueur des guerres yougoslaves, a presque réussi à se constituer en État « ethniquement pur ». En Bosnie-Herzégovine, le fait que la République serbe recouvre 49 % du territoire de l'État commun ne peut cacher les déracinements et les souffrances des Serbes qui se trouvaient du « mauvais » côté de la ligne de démarcation. La consolidation de trois entités mono-ethniques en Bosnie se solde par un gigantesque chassé-croisé de réfugiés, et qui pourra expliquer aux Serbes qui ont dû abandonner leur foyer situé maintenant dans la Fédération croato-bosniaque qu'ils ont gagné quoi que ce soit à la guerre. La perte du Kosovo, d'une portée symbolique encore bien supérieure, vient couronner cette décennie de défaites pour le peuple serbe. L'aire de peuplement serbe s'est réduite comme peau de chagrin, tandis que les réfugiés affluaient en Serbie proprement dite[1].

À l'époque de la Yougoslavie unie, les Serbes vivaient bien tous dans un même État, même si cet État était fédéral, même si le peuplement serbe se répartissait sur toutes les républiques de la Fédération, à l'exception de la Slovénie. Cette répartition du peuplement était le produit de l'histoire, mais il est intéressant de relever comment les discours nationalistes opposés en ont fait un enjeu de la controverse. Le discours croate dénonçait les prérogatives constitutionnelles dont jouissaient les Serbes, « peuple constitutif » non seulement de la république de Serbie, mais aussi des républiques de Croatie et de Bosnie. Certains étaient également enclins à voir dans ces Serbes de Croatie et de Bosnie un milieu corrompu qui monopolisait les postes au sommet de l'État. Les régions pauvres de la Krajina sont en effet des terres traditionnelles d'émigration, dont les enfants faisaient volontiers carrière dans l'armée ou le Parti, provoquant une réelle surreprésentation à tous les niveaux du pouvoir de ces Serbes extérieurs à la Serbie. À l'inverse, le discours serbe s'est constitué autour de la dénonciation des atteintes aux droits des Serbes de Croatie, dès lors que cette république se dirigeait vers l'indépendance. Les Serbes voulaient « continuer à vivre tous dans le même État »,

1. Voir J.-A. Dérens, « Lendemains amers pour les orphelins de la Grande Serbie », *Le Monde diplomatique*, novembre 1997.

c'est-à-dire dans la Yougoslavie unie. Ils ne voulaient pas passer du statut de « peuple constitutif » à celui de minorité nationale, quels que soient les droits qui auraient été garantis à cette minorité.

Lors de l'éclatement de la Croatie, les principes du droit yougoslave sont entrés en contradiction avec eux-mêmes. Au droit à la sécession de la république de Croatie, constitutionnellement garanti, a été opposé le droit du peuple serbe à refuser cette sécession, l'amenant à faire à son tour sécession de la république sécessionniste, par la création des « républiques serbes » de Krajina et de Slavonie, avant celle de Bosnie. Le débat national serbe a toujours été faussé par la présence de ces importantes communautés serbes hors de la « mère patrie ». Aujourd'hui, l'affirmation paroxystique de la Grande Serbie, passant par une volonté de destruction des communautés non serbes des régions partiellement peuplées de Serbes, a abouti paradoxalement à une « simplification » de la carte du peuplement serbe. Au final, la décennie de crises et de guerres se solde par l'émergence d'une question serbe plus réelle que jamais, et qui se manifeste dramatiquement avec la situation précaire des réfugiés.

Il est hautement douteux que les Serbes qui ont quitté la Croatie ou le Kosovo puissent jamais y revenir, tandis qu'un éventuel éclatement du fragile cadre bosniaque achèverait de fixer le caractère monoethnique des entités issues de l'éclatement : les Serbes qui vivaient dans les territoires maintenant croates ou musulmans n'ont guère de chances de revenir dans leurs communes d'origine, et doivent se résoudre à se fixer définitivement en République serbe de Bosnie ou en Serbie. Le départ vers des pays tiers, si les verrous mis à l'émigration se desserraient, risquerait d'être la réponse massive à ces déracinements.

Les réfugiés serbes de Krajina croate et de Bosnie installés, souvent contre leur gré, au Kosovo, sont emblématiques de ces déchirements. Ils ont dû reprendre le chemin de l'exil en juin 1999, mais les autorités serbes ont tenté de leur empêcher l'accès à Belgrade, en les bloquant dans le sud de la Serbie. La propagande serbe ayant maquillé la capitulation devant l'OTAN en « victoire[1] », le régime a essayé de nier et de cacher cette réalité de l'exode des Serbes. Fort logiquement, ces réfugiés ne cachent pas leur aversion pour le régime de Slobodan Milošević.

La présence en Serbie de près d'un million de ces déracinés venus de Croatie, de Bosnie et du Kosovo pèse lourdement sur la vie économique et politique du pays. En raison de l'isolement de la Fédération yougoslave, ils sont largement privés des programmes internationaux d'assistance, et l'État de Serbie peut tout au plus leur assurer un minimum alimentaire. Nul doute que ces victimes de l'illusion « grand-serbe » ne puissent constituer une masse de manœuvre toute trouvée pour un démagogue qui voudrait brandir le flambeau de la revanche.

Les Roms sont des martiens rejetés de partout

« K.K., réfugié rom du Kosovo, se tient debout devant les bureaux du Groupe des Roms de Bel-

1. Selon le Premier ministre fédéral Momir Bulatović, « l'OTAN est le plus grand perdant », tandis que Slobodan Milošević a expliqué que « le peuple est le plus grand vainqueur » de la guerre (déclarations à la télévision serbe, juin 1999).

grade, dans l'attente d'un paquet contenant des victuailles. Mais quelqu'un sort du bâtiment et l'informe que sa mère est morte, tuée la gorge tranchée, et le corps jeté dans un puits.

Dix jours plus tôt, il s'était vu obligé de quitter le Kosovo de peur d'une vengeance albanaise suivant le retrait serbe de la province. "Les Albanais m'ont frappé et ont tenté de kidnapper ma fille", raconte-t-il. "Le lendemain, ils ont mis le feu à ma maison. Je suis parti, mais ma mère, Arifa, a refusé d'abandonner les lieux."

La population rom du Kosovo subit autant que les Serbes les accusations de brutalité, de cambriolages, de viols et de tueries de masse qui ont touché la communauté albanaise de la province avant l'arrivée des troupes de la KFOR dirigées par l'Organisation du traité de l'Atlantique Nord (OTAN) au Kosovo. Même si les officiels de la KFOR précisent que les actes de revanche diminuent chaque jour, des dizaines de milliers de Serbes et de Roms ont déjà quitté la province par peur de la violence.

"Une des mes connaissances m'a raconté que des Albanais avaient circulé dans notre quartier en criant que nous, les gitans, devions partir parce que nous étions pro-Milošević. Ensuite, ils sont rentrés dans la maison de ma mère, lui ont tranché la gorge et ont jeté son corps dans le puits de notre voisin Asia Kamberi." K.K. se sent horriblement coupable. "J'avais l'intention d'aller la chercher pour la ramener ici [à Belgrade]. Si j'y étais allé plus tôt, elle serait toujours en vie."

Les temps ont rarement été plus durs pour les Roms, qui sont pauvres, souvent sans emploi et aujourd'hui sans logis. Depuis ces dernières années, ils ont été obligés de chercher de l'aide du côté des autorités, quel que soit le gouvernement qui dirigeait le territoire sur lequel ils s'étaient installés.

Par conséquent, ils ont été forcés de se mettre du côté des pouvoirs en place. Au Kosovo, ils se trouvaient donc avec les Serbes. Lorsque la guerre a été déclarée, ils ont été mobilisés par l'armée et se sont retrouvés à combattre les Albanais dans leur propre province.

Aujourd'hui, les Albanais sont de retour, et les autorités serbes sont parties. Ceux qui rentrent ont des difficultés à distinguer les coupables des innocents. Ils ne cherchent pas non plus beaucoup à séparer la responsabilité collective de la responsabilité individuelle au sujet des crimes subis par les Kosovars. Le recensement de 1991 avait dénombré 49 000 Roms au Kosovo, bien que d'autres recherches indiquent qu'il y en aurait près de 150 000, prenant en compte les déclarations irrégulières de naissance toutefois fort nombreuses dans la communauté. Selon les meilleures estimations, seuls près de 10 000 Roms sont aujourd'hui encore au Kosovo, incapables de partir parce qu'ils sont trop vieux ou infirmes. Mais tous semblent souhaiter quitter la région.

En réalité, dès que l'armée et la police serbes ont commencé à quitter le Kosovo, la plupart des Roms sont aussi partis : 7 000 ont quitté Prizren, 35 000 Djakovica, près de 13 000 Peć. Bref, un nombre total estimé à 120 000 sur tout le territoire du Kosovo. Tous sont partis rapidement, comme ils le pouvaient, en voiture, à pied ou en bus, même lorsque des chauffeurs sans scrupule exigeaient parfois 100 deutschemarks par personne. [...] Dz. I., de Peć, au Kosovo, raconte que la police serbe a installé un *check-point* à Rudare, au sud de la Serbie, où les réfugiés roms sont forcés de payer une "taxe" de 200 à 300 deutschemarks (ou son équivalent en bijoux en or) avant de pouvoir continuer leur chemin.

Les Roms ont l'impression d'avoir été dupés et abandonnés des deux côtés. »

Vesna Stojanovic,
Institute for War & Peace Reporting,
27 juillet 1999 ;
trad. Emmanuelle Rivière,
Le Courrier des Balkans.

Dès l'époque des bombardements de l'OTAN, en mai 1999, des mouvements de contestation avaient commencé à se généraliser en Serbie. Dans le sud de la Serbie, des réservistes en permission refusaient de repartir au Kosovo, et l'opinion serbe dans son ensemble commençait à douter du bien-fondé d'une guerre perdue d'avance contre la communauté internationale. Pourtant, la critique souvent violente de Slobodan Milošević ne manque pas d'ambiguïté. Ne lui reproche-t-on pas, en fait, de ne pas avoir su gagner la guerre et défendre le Kosovo ? Le 19 août 1999, l'évêque du Kosovo, Mgr Artemije, a adressé un très ferme message de soutien aux manifestants antiMilošević réunis à Belgrade, leur rappelant qu'il ne fallait pas reprocher au maître de Belgrade d'avoir perdu les guerres successives dans laquelle la Serbie s'est trouvée impliquée, mais de les avoir provoquées. Ce discours tranche avec la tonalité trop souvent revancharde que prennent les manifestations de l'opposition.

Durant des années, Slobodan Milošević a joué avec le nationalisme serbe, sans que l'on puisse jamais supposer que cette posture idéologique relève, chez lui, d'une conviction sincère. Jusqu'en 1994, il soutenait l'équipe nationaliste dirigeante des Serbes de

Bosnie, qu'il avait lui-même installée au pouvoir. En Serbie, il était allié avec le Parti radical (SRS) de Vojislav Šešelj, partisan convaincu de la Grande Serbie. Mais les perspectives de règlement international amenèrent Slobodan Milošević à désavouer les dirigeants de Bosnie et à rompre avec le discours ultranationaliste prôné jusqu'alors. Ce nouveau positionnement d'un Milošević « modéré » a trouvé son apothéose avec les accords de Dayton qui consacraient son rôle de pilier de la stabilité balkanique. Dans les allées du pouvoir de Belgrade, les hommes de l'Union de la gauche yougoslave (JUL) remplacèrent ceux du Parti radical. Ce parti dirigé par la propre épouse de Slobodan Milošević revendique l'héritage de la Ligue des communistes titiste, et s'oppose, au moins verbalement, au nationalisme. Le nouveau gouvernement yougoslave constitué en avril 1998 a fait coexister la JUL et le SRS, en révélant la vraie nature de ces deux partis, « aile gauche » et « aile droite » d'un même système protéiforme.

Seul le Mouvement serbe du renouveau (SPO) de Vuk Drašković se présente comme une formation « sincèrement » nationaliste. Les positions contradictoires du charismatique « Vuk » ont souvent désarçonné les observateurs. Se proposant, à la fin des années 1980, de réunir à la Grande Serbie « toutes les terres où se trouvent des cimetières serbes », il a ensuite défendu une ligne pacifiste d'opposition à la guerre menée en Croatie et en Bosnie. Opposant de toujours à Slobodan Milošević, apparemment aussi radical qu'incorruptible, il a fini par faire son entrée dans le gouvernement yougoslave en janvier 1999, avant de le quitter peu après le début des bombardements de l'OTAN. Dans les vagues de contestation, Vuk Drašković s'est toujours caractérisé par un mélange surprenant de radicalisme verbal et de compromissions réelles avec le régime. Pour beaucoup d'analystes, et pas seulement pour ses détracteurs des autres composantes de l'opposition, Vuk Drašković aurait été acheté par le pouvoir, qui lui fait jouer le rôle bien contrôlé d'une « opposition du prince ». Le régime laisse ainsi le SPO gérer la mairie de Belgrade depuis 1997, avec le droit de regard que cela implique sur les trafics de toute sorte qui se déroulent dans la capitale.

Vojislav Šešelj, l'homme de la revanche serbe ?

Cet ancien assistant de la faculté des sciences politiques de Sarajevo a commencé ses activités politiques dans les rangs des Jeunesses communistes, dont il était un militant intransigeant et dogmatique. Son père, Serbe de Sarajevo, avait combattu dans les rangs des partisans durant la Seconde Guerre mondiale. Au début des années 1980, Vojislav Šešelj change radicalement de position. Il soutient une thèse de droit dont le sujet porte sur les « Bases politiques profondes du militarisme et du fascisme ». Il est exclu en 1981 de la Ligue des communistes yougoslaves et de l'université, et commence à faire figure de dissident de premier plan. Tout en poursuivant son travail à l'Institut de recherches et de projets scientifiques de Sarajevo, il écrit sur des sujets jugés provocateurs par le régime, comme le culte de la personnalité et la falsification de l'histoire. Ses écrits lui valent une condamnation à huit années de prison en 1984. Il purge sa peine — réduite à un an et neuf mois — dans les prisons de Sarajevo et de Zenica. À sa sortie de prison, il s'installe à Belgrade, jouissant du soutien des intellectuels de Belgrade et de l'opposition qui le considèrent comme le paria du régime, alors qu'il commence à formuler une idéologie farouchement anticommuniste et nationaliste, en faveur de la restauration de la monarchie, de la « Grande Serbie » et de la réhabilitation du mouvement tchetnik de la Seconde Guerre mondiale. Vojislav Šešelj apparaît directement sur la scène politique en 1990, lorsque la création de partis politiques est autorisée en Yougoslavie. N'ayant pas réussi à former une coalition avec Vuk Drašković, qui avait pourtant été garçon d'honneur lors de son mariage et parrain de ses enfants, Vojislav Šešelj crée le Mouvement tchetnik serbe et entame un tour de Serbie. Il enrôle des volontaires désireux de soutenir les Serbes de Croatie, ce qui lui vaut deux mois de séjour à la prison de Padinska Skela de Belgrade. Ses milices se signalent néanmoins par des atrocités particulières sur les fronts de Croatie et, plus tard, de Bosnie. Il recrée le Parti radical serbe (SRS) à Kragujevac, le 23 février 1990, en se prévalant de l'héritage de ce vieux parti de la Serbie et de la Yougoslavie royale, et il est candidat à la présidentielle de 1990, mais n'obtient que 96 277 voix (1,91 % des suffrages). Le SRS ne participe pas au premier grand rassemblement de l'opposition à Belgrade le 9 mars 1991 manifestant au contraire son soutien au régime à cette occasion. Aux élections du 20 décembre 1992, boycottées par la plupart des partis de l'opposition, les radicaux font une percée et obtiennent 34 sièges à la Chambre des citoyens du parlement yougoslave, ainsi que 73 mandats sur les 250 à pourvoir au parlement serbe. Devenu député, Vojislav Šešelj multiplie les incidents et les provocations verbales, en se signalant par des propos violemment racistes à l'encontre des Croates et des

Musulmans. Le Parti radical soutient désormais ouvertement le Parti socialiste au pouvoir et vilipende l'opposition. À l'été 1993, les radicaux connaissent un premier conflit avec les socialistes de Milošević, qui se rallient à l'option d'une paix négociée en Bosnie. Aux élections locales du 3 novembre 1996, les radicaux consolident leurs positions, et Vojislav Šešelj est élu maire de Zemun, en Voïvodine, non loin de Belgrade, ce qui lui donne l'occasion de multiplier les vexations illégales à l'encontre de la minorité croate de la ville. Vojislav Šešelj manque de peu d'être élu président de Serbie aux élections d'octobre 1997. Au second tour il obtient 1 733 859 voix (49,10 %), tandis que son concurrent, Zoran Lilić, candidat désigné par les socialistes, obtient 1 691 354 voix (47,90 %). Les autorités annulent les résultats des élections, arguant d'une participation électorale inférieure au minimum requis. Vojislav Šešelj parle de « manipulation » et estime qu'on l'a privé de sa victoire. Au nouveau scrutin présidentiel organisé le 7 décembre 1997, le candidat officiel Milan Milutinović est finalement élu, mais Vojislav Šešelj devient vice-Premier ministre de Serbie en février 1998. Son Parti radical, qui représente de manière stable au moins un tiers de l'électorat serbe, est devenu l'un des piliers du régime de Slobodan Milošević. En cas d'effondrement de celui-ci, nul doute que Vojislav Šešelj essaierait de jouer sa carte personnelle, en se posant en champion de la « revanche serbe ».

À l'hiver 1996-1997, une impressionnante vague de contestation avait enflammé la Serbie. Le pouvoir avait voulu annuler les résultats des élections municipales d'octobre 1996, favorables à l'opposition alors unie dans beaucoup de grandes villes comme Belgrade, Niš, Novi Sad, Cacak ou Kragujevac. La coalition « Ensemble » (*Zajedno*) prit alors l'initiative de sit-in quotidiens, durant plus de deux mois. La coalition regroupait le SPO de Vuk Drašković, le Parti démocratique de Zoran Djindjić et l'Alliance civique de Serbie de Vesna Pesić. Le pouvoir finit par reculer, et reconnut la victoire de l'opposition qui s'empressa aussitôt de se déchirer en querelles de personnes. Le mouvement de contestation avait réuni les étudiants comme les citoyens de la « Serbie profonde », l'Église orthodoxe s'était également engagée, pour la première fois si clairement, du côté de la contestation, et même l'armée prenait ses distances avec le régime : le général Momćilo Perišić, alors chef d'état-major, avait déclaré que la troupe ne marcherait pas contre les citoyens. Pourtant, à aucun moment de ce salutaire réveil citoyen le débat n'a porté sur les expériences historiques récentes du peuple serbe. Jamais les défaites de Croatie et de Serbie n'ont été analysées, empêchant toute catharsis politique à un peuple qui avait presque unanimement soutenu son dirigeant dans ces catastrophiques aventures.

Depuis des années, les Serbes qui le peuvent cherchent bien souvent à quitter leur pays, mais ce mouvement a pris l'allure d'un véritable exode depuis le début des bombardements de l'OTAN. Chaque jour, des milliers de Serbes font la queue devant les ambassades d'Europe occidentale, d'Amérique ou d'Australie à Budapest, la Hongrie étant l'un des derniers pays où les ressortissants yougoslaves puissent se rendre sans visa. Le départ des couches intellectuelles et des classes moyennes n'est sûrement pas sans lien avec le sentiment général que rien ne peut changer, mais prive l'opposition démocratique d'une part importante de ce qui pourrait être son assise populaire, tout en compromettant à long terme l'avenir d'une nation que fuient ses élites.

Dans les milieux du pouvoir également, on préfère l'amnésie à l'analyse des erreurs passées. Les défaites sont transformées par la propagande en victoires, ou sinon elles sont imputées à un « complot mondial » contre « le peuple serbe résistant ». Le régime n'hésite pas à reprendre le thème messianique du peuple serbe, peuple martyr et peuple élu, au moment même où l'Église semble procéder à une autocritique de son rôle dans la résurgence du nationalisme. Seuls certains intellectuels de l'Académie serbe des sciences et des arts, ou des idéologues du régime de Slobodan Milošević, comme le philosophe Mihajlo Marković, revendiquent ouvertement ce bilan. L'afflux de réfugiés serait une bonne chose pour la Serbie, explique le linguiste Nikola Stipćević, « car le peuple des villes s'était abâtardi, tandis que les réfugiés représentent une race saine, vigoureuse et prolifique[1] ». Les fantômes de la Grande Serbie se transforment en illusions racistes de régénération du peuple serbe, mais cette analyse n'est heureusement guère partagée.

Par son indifférence totale à la catastrophe nationale que connaît le peuple serbe, le régime de Belgrade dévoile sa véritable nature : non pas nationaliste, mais seulement assoiffé de pouvoir, Slobodan Milošević a utilisé l'argument ethnique et nationaliste pour parvenir à ses fins. Dix ans après la chute du Mur de Berlin, la Serbie n'est-elle pas le seul pays d'Europe orientale où l'équipe issue de l'ancien système communiste soit toujours demeurée au pouvoir, sans solution de continuité ? La compromission permanente de l'opposition révèle une utilisation très particu-

1. Cité *in* J.-A. Dérens, « Lendemains amers pour les orphelins de la Grande Serbie », *op. cit.*

lière de la démocratie : en Serbie, les élections sont relativement libres, le pluripartisme indéniable et la presse a pu jouir, au moins jusqu'à l'automne 1998, d'une assez grande liberté, mais tout changement de système est rendu impossible par cette habile stratégie du pouvoir, qui excelle tellement à manipuler, diviser et compromettre l'opposition qu'il n'a presque plus besoin de la réprimer.

L'organisation étatique des activités mafieuses révèle aussi la véritable nature du régime, qui a plongé la population serbe dans un appauvrissement sidérant, en même temps que quelques-uns, à commencer par la famille Milošević, s'enrichissaient de manière éhontée. Quelques jours après l'arrêt des frappes de l'OTAN, le fils de Slobodan Milošević, Marko, inaugurait un parc d'attractions à Požarevac, ville natale de son père. Pour quelques dinars, les enfants serbes peuvent s'offrir un peu d'illusion tout en contribuant au succès de ce qui est, probablement, une nouvelle machine de blanchiment d'argent sale. Les liens entretenus par le régime avec ces milieux nationalistes mafieux sont de mutuelle dépendance : Arkan devait son succès, sa fortune et sa protection à Slobodan Milošević, mais il était peut-être porteur de trop lourds secrets sur le régime, ce qui expliquerait son élimination. Arkan et ses pairs encore en vie savent qu'ils auraient tout à perdre d'une révolution à Belgrade. Ils sont donc prêts à tout pour défendre le régime de Slobodan Milošević, à moins qu'une nouvelle « synthèse » ne puisse s'opérer entre milieux mafieux et services secrets, sous la houlette, par exemple, de Vojislav Šešelj. Dans cette hypothèse, Slobodan Milošević serait sacrifié par le système qu'il a lui-même contribué à mettre en place.

L'exemple serbe illustre à l'extrême l'inanité des

explications « ethniques » des guerres yougoslaves. Seuls sont en jeu les intérêts des connexions politico-mafieuses qui ont vidé l'espace public de son sens. En même temps, il est vrai que la nation serbe se trouve plongée dans une crise qui atteint son être même. Depuis le XIXe siècle, la Serbie a oscillé entre deux projets : se constituer en nation spécifique, ou travailler à fédérer les peuples « sud-slaves » reconnus comme proches mais différents. Le nationalisme serbe, dans sa variante « traditionnelle » qu'essaie de faire revivre Vuk Drašković, dénonce l'illusion yougoslave, mais tient à affirmer la serbité de terres peuplées par des majorités de non-Serbes.

Monténégro : le pari difficile de la démocratie

En 1988, la « révolution antibureaucratique » suscitée par Slobodan Milošević remplace les dirigeants communistes monténégrins par une équipe à la solde de Belgrade. Très vite, deux hommes s'imposent, des figures jeunes et nouvelles de la politique monténégrine : Momir Bulatović et Milo Djukanović qui, le premier comme président de la République, le second comme Premier ministre, vont diriger les destinées du pays durant les années de la guerre en Bosnie et de l'embargo qui frappe la « petite Yougoslavie » reconstituée en 1992. En février de cette année-là, consultés par référendum, les électeurs monténégrins avaient accepté que leur pays, « en tant qu'État souverain, s'associe avec les républiques qui le souhaitent, dans le cadre d'une République fédérative de Yougoslavie». Le Monténégro dut en fait partager les destinées de la seule Serbie et, durant les sombres années 1992-1995, rien ne distinguait la politique de Podgorica de celle de Belgrade. Le processus de différenciation politique de Milo Djukanović commence à partir de 1995-1996. Ce pur produit de la bureaucratie yougoslave, lié aux activités mafieuses du régime de Belgrade et des Serbes de Bosnie, comprend que l'équipe dirigeante de Serbie est tôt ou tard condamnée à l'échec, et qu'il peut tenter de jouer une carte politique personnelle. Pour ce faire, il reprend la thématique de l'identité monténégrine, jusqu'alors défendue par le seul Parti libéral (LSCG, indépendantiste), réactivant l'ancienne coupure du pays entre «Verts» et «Blancs» (voir encadré, chapitre II). Personnellement, Milo Djukanović est issu d'une tribu verte, alors que Momir Bulatović vient d'une tribu blanche. La répartition des rôles politiques ne se fait donc pas à contre-emploi. Le positionnement politique de Milo Djukanović est subtil : favorable à la «souveraineté» constitutionnellement affirmée du Monténégro, il ne se prononce pas pour autant pour l'indépendance du pays, mais pour une Fédération yougoslave réformée et démocratique. Durant les frappes de l'OTAN, Milo Djukanović confirme son parti pris pro-occidental, en se faisant accuser de «trahison» à Belgrade. Cet habile politicien semble garder deux fers au feu : ou bien devenir le «père de l'indépendance» monténégrine, ou bien être l'homme de la réforme de la Fédération yougoslave. Pour les Occidentaux, il est sans aucun doute le seul leader ayant assez d'envergure pour pouvoir, peut-être, remplacer un jour Slobodan Milošević. Milo Djukanović a réactivé la thématique identitaire monténégrine, alors même que, fidèles à l'Église serbe orthodoxe malgré l'existence d'une «petite Église» monténégrine orthodoxe prétendant à l'autocéphalie, les Monténégrins sont culturellement très proches des Serbes. Historiquement, les Monténégrins se définissent comme Serbes (*Srbi*), en se distinguant seulement des « Serbiens » de Serbie (*Srbijani*). Si la guerre doit éclater entre Monténégro et Serbie, on ne pourra pas la qualifier de conflit « ethnique », à moins de faire perdre aux mots tout leur sens.

Quel que soit son passé politique, le choix démocratique de Milo Djukanović est aujourd'hui sincère, mais l'affrontement entre Belgrade et Podgorica doit être lu comme un conflit entre deux bureaucraties, l'équipe monténégrine utilisant la thématique identitaire pour fonder sa légitimité idéologique. Depuis son virage « démocratique », Milo Djukanović a su canaliser le vote des minorités nationales monténégrines, Albanais et Slaves musulmans du Sandžak. Il propose en effet un projet de citoyenneté monténégrine qui vise à dépasser le paradigme ethnique comme fondement des projets politiques. Si cette posture idéologique résulte en partie d'une tactique pour drainer les suffrages de ces communautés, il n'en représente pas moins une ouverture intéressante dans le contexte régional. La principale menace, à moyen terme, pour le Monténégro de Milo Djukanović vient sans aucun doute des intérêts mafieux qui se concentrent dans le pays. Milo Djukanović doit rompre définitivement avec son passé, et un Monténégro indépendant devrait avant tout veiller à ne pas devenir un paradis offshore des mafias italiennes.

Cette idéologie nationaliste doit aujourd'hui faire face à une réalité : la perte du Kosovo qui prive la Serbie de son mythique « espace des origines », le lieu où la nation serbe s'enracinait dans son histoire, par-delà des siècles d'occupation ottomane. Le peuple serbe doit désormais penser son avenir sur un espace singulièrement exigu, où vivent également les communautés hongroises de Voïvodine, ou musulmanes du Sandžak, ainsi que des Roms et d'autres petits groupes, qui font de la Serbie l'un des États les plus multiethniques des Balkans, avec le Monténégro et la Macédoine.

Si la Serbie se laisse prendre dans la logique d'un nationalisme de revanche, il est à craindre que de nouvelles tensions se cristallisent autour de ces communautés minoritaires.

Régionalisation de la Serbie?

Volontiers provocateur, le quotidien monténégrin *Vijesti* proposait à ses lecteurs, fin mai 1999, une carte de la confédération yougoslave qui aurait regroupé les républiques du Monténégro, du Kosovo, du Sandžak, de Šumadija, de Voïvodine, de Belgrade, etc. Des projets de régionalisation de la Serbie et de la Yougoslavie — certes pas sous une forme confédérale! — ont été avancés ces dernières années par des intellectuels serbes comme réponse aux défis posés par le Kosovo et le Monténégro. Les Monténégrins y voyaient une volonté d'attenter au statut étatique de leur république, mais si le Monténégro et le Kosovo sont épargnés par ces projets, une telle régionalisation pourrait répondre au désir d'autonomie de la Voïvodine et du Sandžak, tout en favorisant l'émergence d'espaces économiques pertinents. Les critères de constitution des régions seraient économiques et géographiques avant d'être nationaux, malgré l'importance de la communauté musulmane dans le Sandžak et les nombreuses minorités de Voïvodine. La Yougoslavie socialiste, dont l'actuelle Fédération est sur ce point l'héritière, ne connaissait aucune forme de décentralisation et de pouvoirs locaux à un échelon inférieur à celui des républiques et des deux provinces autonomes. Certains analystes suggèrent même que la République serbe de Bosnie pourrait plus facilement s'arrimer à une Serbie ainsi régionalisée.

En maintenant son arsenal de sanctions, en excluant la Yougoslavie du Pacte de stabilité de l'Europe du Sud-Est et en inculpant Slobodan Milošević de « crimes contre l'humanité », la communauté internationale s'est privée elle-même de tout moyen de peser sur les évolutions serbes. La Yougoslavie est mise au ban des nations, les relations diplomatiques ne peuvent être rétablies tant que Slobodan Milošević reste au pouvoir, aucun ambassadeur ne pouvant lui présenter ses lettres de créance. Du coup, il se révèle extrêmement difficile d'apporter la moindre aide aux démocrates de Serbie ou aux médias indépendants qui poursuivent leur lutte, malgré le contexte créé par la loi très restrictive sur l'information d'octobre 1998, et par les conséquences d'une censure de guerre aujourd'hui levée[1]. De même, il est difficile de faire miroiter la carotte de l'aide économique, alors qu'avec les frappes économiques la politique du bâton a déjà été utilisée au maximum de ses capacités. Tout se passe comme si les stratèges occidentaux

1. Voir Anne Madelain, « Les médias indépendants en RFY », *Confluences Méditerranée*, n° 30, été 1999, p. 47-57.

avaient tablé sur un effondrement rapide du régime de Slobodan Milošević, permettant ensuite d'apporter les aides nécessaires à la reconstruction du pays. Le problème est que le régime de Slobodan Milošević est plus solide que les experts occidentaux ne l'avaient probablement prévu, et le système mis en place depuis dix ans en Serbie possède sûrement des capacités à se régénérer pour pouvoir résister au défi de la démocratisation. Dans l'immédiat, la politique occidentale d'ostracisation de la Serbie permet de ressouder les rangs de l'opinion publique dans la dénonciation du « complot antiserbe mondial ».

Le risque d'un embrasement régional

Beaucoup redoutaient que l'intervention de l'OTAN contre l'ex-Yougoslavie ne provoque immédiatement une tornade régionale. La présence massive de troupes internationales en Bosnie-Herzégovine, en Macédoine et en Albanie explique largement que ces trois pays n'aient pas volé en éclats. Pour autant, le risque ne peut pas être écarté à plus long terme. Fondamentalement, la perpétuation de la crise de la Fédération yougoslave constitue un facteur d'instabilité régionale.

Les bombardements de l'OTAN, par exemple, ont accéléré la crise des institutions bosniaques en fragilisant un peu plus les institutions définies par les accords de Dayton. Des institutions qui n'ont réellement jamais commencé à fonctionner, l'espace bosniaque restant divisé entre trois entités ethniques. Seul le volontarisme des responsables de la communauté internationale et la présence des troupes de la SFOR parviennent à maintenir la fiction d'un État commun de Bosnie-Herzégovine.

En 1998 encore, la République serbe de Bosnie pouvait apparaître comme un exemple de transformation démocratique, d'ouverture et faisait preuve de bonne volonté quant à la mise en place des dispositions de Dayton. La présidente de la République Biljana Plavšić, transfuge du camp nationaliste, et le Premier ministre social-démocrate Milorad Dodik engageaient fermement leur État dans la voie du respect des accords internationaux et faisaient preuve d'une louable volonté de coopération, aussi bien avec les instances internationales qu'avec la Fédération croato-bosniaque. Grâce à Biljana Plavšić et Milorad Dodik, et au soutien de la communauté internationale, les mécanismes parlementaires fonctionnaient correctement et les aides à la reconstruction commençaient à arriver en République serbe.

Les élections de septembre 1998 ont commencé à modifier la donne politique. Biljana Plavšić a été battue au scrutin présidentiel par le président du Parti radical en République serbe, Nikola Poplašen, adversaire résolu et déclaré des accords de Dayton, tandis qu'aucune majorité claire ne se dégageait au parlement. Le feuilleton de l'élection d'un Premier ministre a duré des semaines, avant que Milorad Dodik ne soit reconduit dans ses fonctions avec une majorité très relative. Le haut représentant des Nations unies pour la Bosnie-Herzégovine a critiqué l'attitude du président Poplašen, accusé de peu respecter le parlement et d'usurper les prérogatives du gouvernement. Il a estimé que cela constituait une infraction aux accords de Dayton, et a destitué en conséquence Nikola Poplašen. Cette destitution n'a pas permis de résoudre la crise politique de la République serbe. Le vice-président Mirko Šarović, tenu par la constitution d'exercer la fonction de président, a refusé de le faire, en condamnant la destitution du président élu. Le choix très politique de destituer Nikola Poplašen a été perçu comme une ingérence inqualifiable par les électeurs serbes, y compris par ceux qui ne le soutenaient pas. Le doute a été porté sur le sens même de la mission des Nations unies en Bosnie, accusées de ne pas respecter la démocratie et d'imposer un diktat aux seuls Serbes, alors que les dirigeants nationalistes croates et musulmans n'étaient pas inquiétés.

L'arbitrage international sur le statut de Brčko a encore aggravé la crise politique et le discrédit des Nations unies auprès de l'opinion serbe. Il s'agit d'une commune du nord de la Bosnie, essentielle pour la République serbe dont les tronçons oriental et occidental ne se rejoignaient que par la bande de Brčko. Brčko, peuplée avant-guerre d'une majorité de Musulmans, a finalement été soustraite à la juridiction de la République serbe pour être rendue à la Fédération croato-bosniaque. Haussant le ton, l'Assemblée nationale de la République serbe a refusé d'entériner cette décision, ainsi que la destitution de Nikola Poplašen, et a retiré ses représentants des institutions communes de l'État de Bosnie[1]. Au bout du compte, les institutions de la République serbe se retrouvent paralysées en raison du pouvoir de blocage du haut représentant des Nations unies, tandis que la crise achève de paralyser également les institutions communes. Les bombardements de l'OTAN, puis l'arrestation à l'été 1999 de plusieurs hauts responsables civils et militaires serbes, qui figuraient sur la liste secrète des personnes inculpées par le

1. Voir Branko Peric, « L'homogénéisation des nationalistes », *AIM*, 1er avril 1999 ; article traduit sur le site du *Courrier des Balkans*, http ://bok. net/balkans/.

Tribunal pénal international de La Haye, ont achevé de convaincre la majorité des Serbes de Bosnie que la communauté internationale, sous prétexte de porter à bout de bras un État commun de Bosnie, poursuit un plan de « vengeance » contre les Serbes. La politique prudente de Milorad Dodik avait largement réconcilié l'opinion serbe avec les accords de Dayton, en la convainquant au moins que le respect des accords était la seule solution pour bénéficier des dispositifs internationaux d'aide à la reconstruction. Ajoutée aux bombardements de l'OTAN contre la Yougoslavie, la succession de décisions prises de manière jugée arbitraire a renforcé la coupure entre la République serbe et la Fédération croato-bosniaque. Aujourd'hui plus que jamais, l'opinion serbe de Bosnie a le sentiment de se trouver en face d'un « complot international antiserbe ».

Les électeurs serbes sont d'autant plus sensibles à ce qu'ils perçoivent comme une « injustice » que le poids des nationalistes n'est nullement remis en cause dans les entités croates et musulmanes. En République serbe, il est possible de régler ses achats avec des marks convertibles, la monnaie commune de Bosnie, tandis qu'en secteur croate, bien souvent, seule la kuna de la république de Croatie est acceptée. Les oppositions antinationalistes ont essuyé partout un échec lors des élections de septembre 1998. En secteur musulman, les partis sociaux-démocrates divisés n'ont pas réussi à ébranler la domination du SDA du président Izetbegović, tandis que la scission dans le camp nationaliste croate a abouti à un fiasco du « dissident » Krešimir Zubak, ancien leader des Croates devenu plus « modéré », avec le soutien de la communauté internationale. En fait, c'est l'interventionnisme de la communauté internationale qui trouve aujourd'hui ses limites. Les tentatives trop bien orchestrées d'ébranler les partis nationalistes se soldent par des échecs, comme dans le cas de Krešimir Zubak, et le divorce semble consommé en République serbe. Seuls la présence des soldats de la SFOR et l'appât des aides financières internationales font encore tenir la construction de Dayton.

Les éventuelles restructurations de l'espace serbo-yougoslave ne manqueront pas d'avoir des conséquences en Bosnie. Si la communauté internationale reconnaissait son échec et cessait de soutenir à bout de bras l'édifice de Dayton, rien ne pourrait s'opposer à une réunification de la République serbe de Bosnie avec une Serbie sûrement débarrassée de l'alibi yougoslave. Une part de l'opinion serbe n'attend que l'indépendance du Kosovo, qui créerait un précédent permettant de proclamer l'indépendance de la République serbe, puis son rattachement à la Bosnie. Les « arbitrages Badinter » de l'automne 1991 voulaient que seules puissent être reconnues comme États indépendants les républiques issues de l'éclatement d'un cadre fédéral. Le Kosovo, disent les juristes, n'avait qu'un statut de région autonome et pas de république fédérée. Son indépendance créerait donc un précédent, et plus rien ne s'opposerait, en droit, à l'indépendance de la République serbe comme à celle, dans un autre espace, de la Tchétchénie.

Cette évolution sonnerait le glas de la Bosnie, car il serait dès lors impossible de s'opposer à la réunion des zones croates de Bosnie avec la « mère patrie ». La Bosnie risquerait de se réduire, comme aux pires moments de la guerre, à un État musulman croupion. En attendant ce dénouement possible, les trois entités continuent de s'homogénéiser ethniquement, malgré les efforts contraires de la communauté internationale.

Alors que de nombreux citoyens serbes avaient

participé à la défense de la Bosnie pluriculturelle contre les nationalistes serbes, les autorités musulmanes pratiquent depuis la fin de la guerre une « purification ethnique rampante » qui a pratiquement vidé Sarajevo de sa population serbe. Les Serbes sont systématiquement évincés de l'armée, malgré le rôle essentiel joué par le général serbe Jovan Divjak dans la défense de Sarajevo, et ils sont chassés des emplois administratifs. De même, certains perdent le plus « légalement » du monde leurs appartements, réquisitionnés pour loger des réfugiés musulmans qui ne peuvent pas rentrer dans leurs communes d'origine, situées en République serbe. Dans l'ouest de la Bosnie, tout près de la Krajina croate, Drvar était une petite commune au peuplement presque exclusivement serbe (97 % de la population totale). Les hasards de la guerre confortés par les accords de Dayton ont donné cette commune aux nationalistes croates qui ont entrepris d'expulser tous les Serbes de Drvar. Aux élections municipales de 1998, les électeurs de Drvar, en exil à Banja Luka, ont encore élu un conseil municipal dominé par des partis serbes non nationalistes, mais le maire élu de Drvar, Mile Marčeta, ne peut toujours pénétrer dans sa commune que sous escorte internationale, et aucun retour notable de Serbes n'est à signaler à Drvar.

En février 1998, les organisations internationales présentes en Bosnie avaient pourtant adopté une « déclaration de Sarajevo » visant à favoriser le retour des réfugiés dans les zones où ils sont en situation minoritaire. Lors de cette conférence, était envisagé pour l'année 1998 le retour d'au moins 20 000 Serbes et Croates à Sarajevo. 1998 avait été surnommée, dans l'enthousiasme, l'« année du retour des minorités ». Or, selon le Haut Commissariat aux réfugiés des Nations unies (UNHCR), environ 9 400 personnes issues des minorités sont revenues à Sarajevo en 1998. Ce chiffre est même contesté, puisque seulement 4 400 personnes ont été enregistrées par les autorités locales. En conséquence, l'« année du retour des minorités » a été prolongée jusqu'en 1999. Mais les chiffres demeurent décevants. À la fin mai 1999, l'UNHCR n'avait enregistré que 1 200 retours supplémentaires.

On semble être ainsi, à bien des égards, plus éloigné, en 1999, de la restauration d'une Bosnie plurinationale et unitaire qu'en 1995, au moment de la signature des accords de Dayton. Seule la présence massive des militaires de la SFOR permet d'éviter que la Bosnie ne retombe dans un affrontement sanglant. La communauté internationale peut-elle envisager de maintenir longtemps ce coûteux protectorat qui échoue à recréer un espace bosniaque homogène et ouvert?

La situation en Macédoine ne manque pas non plus d'inquiéter tous les observateurs. Depuis son indépendance, en 1992, cette petite république aime à se présenter comme le « garant de la stabilité dans les Balkans ». Si la Macédoine devait éclater, les pires catastrophes seraient à redouter. Sensibles à cet argument, l'Union européenne et les États-Unis ont prodigué aide économique et soutien politique à la République, transformée en base arrière de la mission de l'OTAN au Kosovo, alors qu'elle hébergeait déjà depuis 1992 un contingent de Casques bleus de l'ONU.

Le vieux président Kiro Gligorov était, de tous les dirigeants ex-yougoslaves, le seul rescapé de la « vieille garde » titiste. En partie par opportunisme politique, en partie par conviction, il s'est efforcé de faire survivre l'idéologie d'« unité et fraternité » chère au maréchal Tito. Les groupes minoritaires, comme les Turcs, les musulmans macédoniens ou Torbeši, les Roms et les Serbes du pays sont ainsi privilégiés, voyant leurs droits linguistiques et culturels incontestablement mieux protégés que dans la plupart des pays voisins. Cette politique ethnique ne peut cependant pas masquer le fait que les Macédoniens ne représentent qu'une majorité somme toute assez faible de la population de leur république et que celle-ci ne peut échapper au face-à-face avec les Albanais. Les petits groupes minoritaires, comme les Turcs ou les Torbeši, pressés de s'« albaniser », ou les Serbes proches des Macédoniens, orthodoxes comme eux, risquent même d'être « satellisés » par ces deux communautés si une logique d'affrontement devait prévaloir.

La situation politique macédonienne a longtemps été caractérisée par des relations difficiles avec ses voisins. Si la Bulgarie a d'emblée reconnu l'État de Macédoine, ce n'est qu'en 1999 que les autorités bulgares ont admis l'existence d'un peuple macédonien et d'une langue macédonienne. Jusqu'alors, en effet, elles ne voulaient voir dans les Macédoniens que des « Bulgares du Sud », et Sofia se fondait sur le principe « deux États pour un seul peuple », en comparant la situation de la Bulgarie et de la Macédoine à celle des deux Allemagnes séparées jusqu'en 1990. Parallèlement, Skopje a longtemps craint les volontés expansionnistes et hégémoniques de son grand voisin serbe, qui était aussi son principal partenaire économique. De ce fait, la Macédoine a été lourdement pénalisée par les sanctions frappant la Yougoslavie de 1992 à 1995, et qui étaient bien sûr censées l'épargner, d'autant qu'elle était frappée par un autre embargo, unilatéralement décidé par la Grèce. Le pays était alors totalement enclavé, le port grec de Thessalonique étant le seul débouché maritime accessible à la Macédoine. L'hostilité grecque se fondait sur une controverse historique : les Macédoniens slaves ont-ils le droit de porter ce nom et de se raccrocher ainsi à l'héritage de la Macédoine antique de Philippe et d'Alexandre le Grand? Pour les nationalistes grecs, l'héritage de la Macédoine antique appartient exclusivement au patrimoine hellénique.

Si la récupération de symboles appartenant à la Macédoine antique par le gouvernement de Skopje peut faire figure de provocation maladroite, l'attitude grecque se fonde sur un nationalisme ethnique étroit incapable d'accepter la réalité plurinationale de la Macédoine. Athènes s'inquiétait beaucoup de l'intérêt de Skopje pour les minorités slaves de Macédoine grecque, soumises depuis des décennies à une hellénisation systématique. La Grèce, pourtant membre de l'Union européenne, n'a jamais été sérieusement inquiétée par les instances internationales pour le traitement qu'elle a réservé à ses minorités, et le veto grec à la reconnaissance de la Macédoine n'a pas peu contribué à faire craindre le pire dans la région. Un compromis a peu à peu été trouvé, le nouvel État devant accepter de prendre officiellement le nom de République ex-yougoslave de Macédoine, souvent désignée même par l'acronyme de ce terme en anglais, soit FYROM. On constate une notable amélioration des relations gréco-macédoniennes, mais les incertitudes diplomatiques planant sur le sort de la Macédoine ont permis d'escamoter les problèmes internes posés par la mauvaise coexistence des groupes nationaux.

L'importance réelle de la communauté albanaise est objet de litige, car les Albanais estiment qu'ils ont été sous-évalués lors du recensement, pourtant partiellement supervisé par l'Organisation pour la sécurité et la coopération en Europe (OSCE). Ils prétendent représenter jusqu'à 30, voire 40 % de la population totale de la Macédoine!

La situation géopolitique des Albanais de Macédoine les rend naturellement sensibles au thème de la « Grande Albanie ». Dans l'hypothèse d'une indépendance du Kosovo, ou de son unification avec l'Albanie, ils risqueraient de se retrouver seuls Albanais en dehors de l'État national albanais ! Les Albanais de Macédoine sont des Guègues qui entretiennent traditionnellement des liens très étroits avec les Albanais du Kosovo. Beaucoup de familles se sont retrouvées séparées par la frontière lorsque la Macédoine est devenue indépendante, et les étudiants albanais de Macédoine allaient traditionnellement étudier à l'université albanaise de Priština, de même que des migrations interrépublicaines pour des raisons de travail n'étaient pas rares à l'époque de la Yougoslavie unie.

Deux partis occupent la scène politique albanaise de Macédoine. Le Parti de la prospérité démocratique, regroupant essentiellement d'anciens cadres albanais du Parti communiste de Macédoine, a participé aux gouvernements sociaux-démocrates qui soutenaient Kiro Gligorov. Le Parti démocratique albanais (PDSh), lui-même issu de la fusion de plusieurs petites organisations, cultivait au contraire une attitude d'opposition résolue. Le PDSh, dirigé par Arbën Xhaferi, estime que les Albanais sont victimes de multiples discriminations depuis l'indépendance de la Macédoine. Discrimination dans l'enseignement, puisque, s'il existe un cursus primaire et secondaire en langue albanaise, il n'existe pas d'université albanaise en Macédoine. À ce titre, le PDSh a soutenu à Tetovo, la « capitale » des Albanais de Macédoine, la création d'une université albanaise non reconnue, sur le modèle de l'université clandestine de Priština. Surtout, le PDSh exige une révision de la constitution macédonienne qui, depuis l'indépendance, définit le pays comme « l'État national des Macédoniens et des autres groupes nationaux qui y vivent ». Il réclame au contraire que la Macédoine soit définie comme l'État national des Macédoniens et des Albanais.

Le PDSh semble avoir opté pour la « stratégie du pire » en s'alliant avec la droite nationaliste macédonienne aux élections législatives d'octobre 1998, afin de faire chuter le gouvernement social-démocrate qui soutenait Kiro Gligorov. Résurgence de la formation historique du nationalisme macédonien au début du siècle, l'Organisation révolutionnaire intérieure de Macédoine (VMRO) cultive une certaine ambiguïté quant à son approche de l'identité nationale macédonienne. Au début du xxe siècle, elle se battait pour le rattachement de la Macédoine à la Bulgarie, considérant que les Macédoniens étaient des Bulgares. Actuellement, elle a partiellement rompu avec cette analyse, mais n'a pas renoncé formellement à la revendication d'unification de la Macédoine historique : la Macédoine du Vardar, c'est-à-dire la république actuelle de Macédoine ; la Macédoine du Pirin, aujourd'hui en Bulgarie ; et la Macédoine égéenne, aujourd'hui en Grèce. En fait, ce nationalisme n'a pas renoncé à construire une Macédoine uniquement slave. Dans les dernières années, cette droite nationaliste avait même été mêlée à des manifestations de racisme antialbanais. Ce qui n'a pas empêché cette union contre nature avec les nationalistes albanais ; leur victoire aux élections macédoniennes a suscité les plus vives inquiétudes. Une question se posait alors : le PDSh ne voulait-il pas pousser le nationalisme macédonien dans ses derniers retranchements pour faire éclater l'État de Macédoine ?

Beaucoup d'Albanais nient toute légitimité à la république dans laquelle ils vivent et sont prêts à se faire les alliés objectifs des revendications extrémistes grecques ou bulgares. Si la Macédoine éclatait et se retrouvait partagée entre ses voisins, ne serait-il pas temps d'envisager un rattachement des terres majoritairement albanaises de l'ouest de la Macédoine au Kosovo ou à une éventuelle Albanie unifiée ? Il semble pourtant que l'expérience gouvernementale ait amené le PDSh à plus de modération, ce parti s'abstenant même de critiquer trop ouvertement la politique restrictive du gouvernement auquel il participait envers les réfugiés albanais du Kosovo. En octobre 1999, le candidat de la VMRO, Boris Trajkovski, a remplacé Kiro Gligorov à la présidence de la République, les deux candidats albanais obtenant d'ailleurs des scores particulièrement mauvais.

L'idée d'un scénario du pire ne peut pourtant pas être complètement écartée, alors que seul un éclatement de la Macédoine pourrait permettre cette unification des terres albanaises. Un adage voulait que l'éclatement yougoslave ait commencé au Kosovo et qu'il s'achèverait au Kosovo. Si le premier énoncé est juste, rien ne prouve que le second le soit aussi. Bien au contraire, les bombardements de l'OTAN, le statut intermédiaire insatisfaisant du Kosovo, l'aggravation de la crise en Serbie et le probable détachement du Monténégro signalent simplement une nouvelle donne de la crise balkanique qui, loin d'être réglée, risque de connaître de nouveaux et violents développements. L'unique alternative aux logiques d'éclatement que la communauté internationale semble capable de proposer consiste à instaurer de véritables protectorats dans les zones de crise. Cet engagement militaire, doublé d'une assistance économique et politique, peut-il se généraliser et perdurer ?

ENTRETIEN AVEC

ARBËN XHAFERI[1]

Président du Parti démocratique albanais
de Macédoine (PDSh)

Dépasser le paradigme des États-nations

Comment juger la politique conciliatrice de Kiro Gligorov ?

C'est un leurre. Kiro Gligorov est le maître des apparences. Durant des années, il a réussi à faire croire au monde entier que la Macédoine est le meilleur des mondes possibles dans les Balkans. Il se posait en champion du dialogue, mais la réalité était bien différente. En réalité, il campait toujours sur des positions qui n'étaient pas différentes de celles d'un Slobodan Milošević : créer un État mononational, dans un espace qui est pourtant un espace pluriethnique. Ce rôle lui a permis de se poser en champion du dialogue, en adversaire des « extrémistes ». La stratégie de Gligorov consistait à présenter la Macédoine comme la clé de la stabilité dans les Balkans. Il la posait en victime universelle, menacée par les impérialismes serbe, bulgare et grec, sans oublier le « séparatisme » albanais, en cherchant à faire croire que l'éclatement de la Macédoine signifierait un cataclysme balkanique, voire européen. Du

1. Président du PDSh, le philosophe Arbën Xhaferi est devenu ministre du gouvernement, en novembre 1998, dans la coalition de droite créée autour du VMRO.

coup, les tensions internes à la Macédoine devenaient des sujets tabous. Le seul argument de Gligorov était de présenter la Macédoine comme un havre de paix et de tolérance au cœur des Balkans, mais aujourd'hui nous savons que le roi était nu : Gligorov était un vieux communiste, dont le fonds de commerce réel était le nationalisme. Il s'en tenait aux principes mêmes avec lesquels Slobodan Milošević a détruit la Yougoslavie, à savoir le rejet du consensus au profit de la dictature de la majorité. Dans un espace multiethnique, le principe de la majorité aboutit à une caricature de démocratie, à une démocratie d'élimination, où la majorité étrangle la minorité. La majorité nationale confisque la démocratie à son profit et s'octroie tous les droits. Seuls des obligations de consensus et un pouvoir de veto des minorités peuvent permettre une véritable démocratie dans un espace plurinational.

Quelles sont vos positions quant à la constitution macédonienne ?

Nous n'avons pas voté la constitution macédonienne, et nous nous en tenons toujours aux termes de la constitution d'avant l'éclatement de la Yougoslavie, qui définissait la république de Macédoine comme l'État de la nation macédonienne, du peuple albanais et des autres citoyens, tandis qu'elle est aujourd'hui définie comme l'État national des seuls Macédoniens.

Que penser d'une éventuelle unification nationale albanaise ?

La question peut se résumer en termes simples : si l'on veut créer des États nationaux dans les Balkans, au nom de quoi interdire cette unification au seul peuple albanais ? Si l'on veut fonder la légitimité des

États sur la cohérence ethnique, rien ne peut nous interdire cette réunification, quitte à ce que disparaisse la construction arbitraire qu'est la Macédoine dans ses frontières actuelles. Si l'on veut éviter ce choix, qui impliquerait presque obligatoirement de nouvelles guerres, adoptons une autre logique, celle qui reconnaîtrait les droits collectifs des peuples dans le cadre d'une formation étatique multinationale. Les Balkans souffrent toujours d'essayer de copier la tradition jacobine de centralisme à la française. La tradition jacobine part du contrat social de Jean-Jacques Rousseau, et ne peut admettre d'intermédiaire entre les citoyens atomisés et l'État tout-puissant. Cette vision de l'État et de la nation condamne les Balkans à une longue guerre. Au Kosovo, la guerre a été menée par l'UCK à partir des structures traditionnelles de la société albanaise, mais cette guerre a été menée à une époque postmoderne. Le postmodernisme suppose une affirmation positive des identités, qui est le phénomène majeur que commence à vivre l'Europe. L'exemple de l'Écosse est encourageant comme expérience positive et non conflictuelle de reconnaissance d'un peuple et d'une nation. L'écroulement de la structure totalitaire du communisme ne peut laisser place qu'à de nouveaux totalitarismes nationalistes, ou bien à cette affirmation positive des identités, qui se joue nécessairement dans un cadre d'interdépendance à l'échelle continentale et planétaire. En tout cas, nous ne laisserons pas la question nationale albanaise en suspens au nom du mythe d'une stabilité macédonienne, « clé de voûte des Balkans ».

Les erreurs répétées de la communauté internationale

À chaque nouveau conflit, la communauté internationale semble avoir systématiquement fait montre d'hésitation et de contradictions. De plus, à aucun moment une perspective globale de règlement de la crise balkanique ne paraît avoir été envisagée.

Au début de l'éclatement yougoslave, en 1991, deux camps se sont apparemment opposés. L'Allemagne, réunifiée depuis peu, s'est engagée en faveur de l'indépendance de la Slovénie et de la Croatie, tandis que la France et la Grande-Bretagne s'attachaient à défendre l'intégrité territoriale de la Yougoslavie. Le rôle de « boutefeu » de l'Allemagne ou du Vatican ne doit certes pas être surévalué [1]. Lorsque la question de la reconnaissance de l'indépendance de ces deux républiques s'est ouvertement posée, au printemps 1991, la République socialiste fédérative de Yougoslavie était déjà, depuis de longs mois, un corps mort qui partait à vau-l'eau. C'est bien plus tôt qu'il aurait fallu agir, en soutenant, par exemple, la politique de redressement économique amorcée par le Premier ministre Ante Marković, ou encore en proposant à la Yougoslavie dans son ensemble des perspectives d'ouverture à l'Europe.

Il est par contre exact que les discordances entre la France et l'Allemagne ont empêché l'Europe de peser du poids qui aurait dû être le sien dans le conflit. La communauté internationale a gravement péché en refusant d'appréhender le problème yougo-

1. Voir Bernard Feron, *Yougoslavie, histoire d'un conflit, op. cit.*, et sur le rôle de la diplomatie pontificale, Christine de Montclos, *Le Vatican et la crise yougoslave,* Paris, PUF, 1999.

slave dans l'ensemble de ses dimensions. Par exemple la reconnaissance des indépendances slovène et croate, sûrement inéluctable, a été acquise sans envisager les conséquences qu'elles pourraient avoir en Bosnie. En prétendant régler la question croate sans mettre en place le moindre dispositif préventif en Bosnie, la communauté internationale porte une part évidente de responsabilité dans le déclenchement de la guerre dans cette dernière république. De même, lors des accords de Dayton, à l'automne 1995, l'Union européenne et les États-Unis ont accepté le veto de Slobodan Milošević à toute évocation de la situation au Kosovo. Enfin, la guerre de l'OTAN contre la Yougoslavie, au printemps 1999, n'a été officiellement menée que pour faire cesser les violences de la police serbe au Kosovo, sans que soient évoquées ni la démocratisation de la Serbie ni la question incontournable de l'éventuelle unification albanaise. En conséquence, le régime de Slobodan Milošević peut espérer disposer d'encore un peu de temps, quitte à mettre ce répit à profit pour déclencher un nouvel incendie au Monténégro· quant à la question nationale albanaise, elle laisse planer de sérieuses menaces sur la stabilité de la Macédoine. Cet étrange « saucissonnage » des problèmes ex-yougoslaves empêche depuis dix ans une approche globale, et fait de chaque conflit la source de nouveaux affrontements[1].

Durant la première phase de l'éclatement yougoslave, les États-Unis n'ont pas voulu intervenir dans ce qu'ils percevaient comme une « affaire intérieure

1. Voir Xavier Bougarel, « Dans les Balkans, dix années d'erreurs et d'arrière-pensées », *Le Monde diplomatique*, septembre 1999.

à l'Europe ». À partir de 1995, ils se sont résolument engagés dans la résolution du conflit bosniaque. Les guerres de Bosnie et du Kosovo représentent un dramatique constat d'échec pour l'Europe mais également pour les Nations unies. L'ONU a été tenue à l'écart de la solution du conflit bosniaque, en même temps que les Casques bleus, critiqués pour l'impéritie de leur mandat et même parfois leur position d'alliés objectifs des criminels, comme à Srebrenica[1], étaient remplacés par les soldats de l'OTAN. Au Kosovo, les États-Unis et l'OTAN ont donc choisi de passer outre au cadre des Nations unies. Seul motif de « satisfaction » pour les défenseurs du droit international, la crise bosniaque aura peut-être contribué à accélérer la mise en place d'autorités judiciaires internationales, avec la création du Tribunal pénal international pour l'ex-Yougoslavie de La Haye (TPIY), bientôt suivie de la création d'un tribunal similaire pour le Rwanda.

La politique française a toujours été marquée, quant à elle, par une volonté de ne pas remettre en cause les cadres étatiques existants, qu'il s'agisse de la Yougoslavie unie en 1991, ou de la « petite Yougoslavie » menacée par la sécession du Kosovo en 1998-1999. Cette politique, taxée parfois de proserbisme, n'a guère donné de résultats, surtout parce que les gouvernements français se sont gardés d'utiliser de manière positive le traditionnel prestige de la France en Serbie. La France aurait pu jouer un rôle essentiel en contribuant à l'émergence d'une alternative politique à Slobodan Milošević. Au lieu de cela, la politique velléitaire des gouvernements successifs, se soldant pour finir par un alignement

1. Voir David Rohde, *Le grand massacre. Srebrenica*, 1995, Paris, Plon, 1998.

sur les positions américaines, a entraîné un très grand discrédit de la France dans la société serbe. Ce n'est pas un hasard si, durant les frappes de l'OTAN, parmi toutes les représentations diplomatiques à Belgrade de pays participant à l'opération alliée, l'ambassade de France et le centre culturel français furent particulièrement visés par la hargne des Belgradois. Dernier exemple de cette pusillanimité, la France, contrairement aux autres pays occidentaux, se refuse à ouvrir une représentation consulaire au Monténégro tant que ce pays ne sera pas indépendant, et ce malgré l'acquis d'une présence culturelle dynamique dans cette république, interrompue depuis le début des bombardements de l'OTAN.

Pour ce qui concerne l'ensemble des pays occidentaux, ils ne se sont jamais véritablement engagés dans le soutien aux oppositions démocratiques ou à la presse indépendante des pays balkaniques. Trop souvent, les bonnes paroles, les promesses et les déclarations d'intention sans lendemain ont tenu lieu de politique. Des institutions comme l'Union européenne ont certes apporté des financements considérables aux organisations non gouvernementales engagées dans ce soutien aux démocrates des Balkans, mais la diplomatie n'a jamais envisagé de légitimer des alternatives aux directions nationalistes. Bien au contraire, les dirigeants nationalistes serbes ou croates de Bosnie ont été admis comme partenaires des discussions internationales jusqu'à ce que l'inculpation de Radovan Karadžić par le TPIY en fasse une *persona non grata* recherchée par la justice internationale. L'inculpation de Slobodan Milošević, en mai 1999, place la communauté internationale dans une situation paradoxale, puisqu'elle a elle-même exclu de toutes négociations à venir celui qui était jusqu'à présent son interlocuteur principal. Durant les frappes de l'OTAN, beaucoup croyaient que l'inéluctable victoire occidentale serait suivie d'un rapide effondrement du régime de Belgrade. Qu'il n'en ait rien été a obligé la diplomatie occidentale à repenser son rôle dans les Balkans.

Les raisons de l'engagement américain dans la « poudrière des Balkans » tiennent avant tout à une volonté de limiter le désordre dans une région stratégique sensible. Certains ont envisagé néanmoins la création d'axes géopolitiques qui se fonderaient sur des communautés culturelles. Ainsi, aux alliés catholiques de l'Allemagne, la Slovénie et surtout la Croatie, s'opposeraient les alliés orthodoxes de la Russie, au premier chef la Serbie, tandis que les Américains prendraient sous leur protection les pays musulmans, la Bosnie et l'Albanie, très liées à la Turquie, leur fidèle alliée. Mieux même, les États-Unis essaieraient de redorer leur blason terni dans le monde arabo-musulman en soutenant des pays musulmans d'Europe restés assez insensibles à l'islamisme radical. Cette explication « culturelle » et religieuse n'est pas toujours valable : la Grèce, pays orthodoxe membre de l'OTAN, est toujours restée proche de la Serbie, ce qui n'est pas le cas des autres pays orthodoxes de la région, la Bulgarie et la Roumanie. Il est par contre indéniable que les États-Unis essaient de garder le contrôle d'un pays comme l'Albanie, probablement parce que son rôle dans les trafics mondiaux, notamment celui des stupéfiants, en fait un facteur de risque géopolitique particulièrement important. Washington a clairement porté à bout de bras le régime de Sali Berisha, jusqu'à ce que la corruption manifeste et l'impopularité grandissante de ce « gouvernement » ne les amènent, au contraire, à miser sur les socialistes de Fatos Nano.

De la même façon, la Maison-Blanche a sûrement pesé le pour et le contre avant de faire de l'UCK l'interlocuteur essentiel lors des négociations sur l'avenir du Kosovo, au détriment du « modéré » Ibrahim Rugova. Les Américains et à leur suite la communauté internationale ont alors choisi un étrange chemin : prendre pour interlocuteur principal une force peu soucieuse de démocratie.

Rien ne serait plus néfaste que de voir se poursuivre la politique de séparation des problèmes, ainsi que les tentatives de la part des grandes puissances de se créer des « sphères d'influence » dans la région. Le Pacte de stabilité de l'Europe du Sud-Est pourrait être le moment d'inverser cette stratégie, en définissant des perspectives économiques et politiques pour l'ensemble des pays de la région.

Vers la création d'États ethniques?

Il n'y a guère d'espoir que la logique d'éclatement en cours s'arrête. Seules les tentatives de création de républiques serbes en Croatie ont fait long feu. Pour le reste, la tendance lourde est à la création d'États ethniques qui achèvent de modifier la carte des populations. Les espaces pluriethniques deviennent l'exception, alors qu'avant l'implosion de la Yougoslavie toutes les grandes villes de la Fédération présentaient encore ce caractère de mélange. Le schéma d'États-nations homogènes s'impose systématiquement. Ses conséquences les plus notables sont des déplacements massifs de populations, qui ont toute chance d'être dans une très large mesure irréversibles, et une fragilisation de la position des petits peuples qui restent exclus de cette redistribution car ils ne peuvent prétendre disposer de leur

État. Ils sont donc sommés de s'assimiler ou de disparaître. Dernier point, des regroupements motivés par des soucis d'« unification nationale », entre le Kosovo, les régions peuplées d'Albanais en Macédoine et l'Albanie, ou entre la République serbe de Bosnie et la Serbie, sont probablement inévitables.

Il ne suffit pas de dénoncer le paradoxe entre la marche à l'unification supranationale de l'Europe de l'Ouest et cette « inflation étatique » dans les Balkans, il faut aussi se demander si ces micro-États ont la moindre chance, à l'heure de la mondialisation, de devenir autre chose que des périphéries dominées. Le vieux principe du « droit des peuples à disposer d'eux-mêmes » qui sert à justifier toutes ces prétentions étatiques — il a servi aussi bien à justifier l'indépendance croate que les tentatives de sécession des républiques serbes de Croatie — se révèle singulièrement pervers. À l'opposé de l'aspiration à la citoyenneté de peuples sortant de cinquante années de régime communiste, il enferme les peuples dans de nouveaux carcans. Les temps sont difficiles, à Zagreb comme à Belgrade, à Priština comme à Sarajevo, pour ceux qui n'appartiennent pas au groupe ethnico-national dominant ou qui, s'ils y appartiennent, font figure de « traîtres à la patrie ». Il apparaît également que le discours national est entièrement instrumentalisé par des groupes, souvent issus des anciennes *nomenklatura* communistes, qui l'utilisent pour satisfaire leur ambition de pouvoir, et qui entretiennent des relations structurelles avec des cercles mafieux, contribuant de la sorte à déposséder totalement les citoyens de l'espace public.

Les guerres yougoslaves auront sonné le glas de la réalité pluriculturelle des Balkans. L'échec de la « transition démocratique » dans la région est aussi l'échec du communautarisme issu de l'héritage ottoman. Cette manière subtile de gérer la différence et la proximité sur un mode de relations de voisinage — le *komšiluk* — s'est avérée incapable de constituer un frein à la soif de pouvoir des petits apprentis dictateurs qui se sont servis de l'argument national pour plonger leurs peuples dans la catastrophe de déchirements sans fin. Les structures claniques traditionnelles de la société, utilisées par le régime communiste plutôt que détruites en Yougoslavie, ont trouvé de nouvelles fonctions : condition de la survie, base du pouvoir, infrastructure humaine nécessaire aux activités mafieuses, elles éloignent sans cesse plus les Balkans d'une forme citoyenne de société.

Le « système » multiforme qui unit rhétorique nationaliste et activités délictueuses peut-il être dépassé par les engagements et les promesses « démocratiques » de certains leaders et avec l'aide internationale ? Il est permis d'en douter, du moins à court terme, tant il est vrai que le processus de reconstruction démocratique des sociétés balkaniques, nécessairement fort long, est confronté au défi de la violence et de la guerre qui, elles, se répandent à très grande vitesse.

CONCLUSION

Après l'expulsion massive des Albanais, suivie d'un rapide retour de ces derniers dans leurs foyers, le Kosovo connaît depuis juin 1999 une nouvelle épuration ethnique, non moins systématique, mais qui est dirigée cette fois contre tous les éléments non albanais de la province, les Serbes, les Monténégrins, les Slaves musulmans « bosniaques », les Tziganes, les Goranci. Les Turcs sont eux-mêmes sommés de s'albaniser. Selon le rapporteur spécial des Nations unies pour les droits de l'homme, Jiri Dientsbier, la différence entre ces deux épurations ethniques tient à ce que la seconde se fait en présence des forces civiles et militaires de la communauté internationale. Les militaires de la KFOR et les fonctionnaires de la Mission des Nations unies au Kosovo (MINUK) sont-ils réellement, comme ils le prétendent, incapables de faire cesser les actes de « vengeance » dont les Serbes sont les victimes ? La question doit être posée.

Le père Sava Janjić, supérieur du monastère de Visoki Dečani, replié dans le monastère de Gracanica, aux portes de Priština, réfute l'idée d'une vengeance spontanée. « Les attaques contre les monastères et les lieux de culte de l'Église serbe orthodoxe au Kosovo n'ont commencé qu'après l'arrivée des troupes de l'OTAN. Nous n'avions pas jusqu'alors à déplorer des exactions de l'UCK contre nos lieux de culte. Les attaques actuelles, qui épargnent relativement les monastères anciens, relèvent d'une stratégie concertée et planifiée. » Il paraît tout de même délicat de soutenir que les bientôt 40 000 soldats de l'OTAN présents au Kosovo sont incapables de protéger les quelques dizaines de milliers de Serbes et de Tziganes qui restent encore dans la province. Faut-il dès lors se résoudre à admettre que les instances internationales ont choisi de cautionner ce nettoyage ethnique ?

Joignant l'immoralité à l'ignorance, certains défenseurs des droits de l'homme sont tout prêts à « excuser » ces débordements albanais, au motif des grandes souffrances qu'a endurées ce peuple du Kosovo. Cette démarche, intrinsèquement raciste, revient à établir une inégalité dans la souffrance entre les victimes. Au nom d'une responsabilité collective de son peuple, un paysan serbe chassé de chez lui aurait moins droit à la compassion internationale qu'un paysan albanais expulsé de son foyer... Au Kosovo, les rancunes sont anciennes, et aucune des deux principales communautés, serbe et albanaise, n'est exempte de cette haine[1]. Le face-à-face est permanent et la tension extrême. Ainsi, lorsque le représentant musulman au Conseil de transition mis en place autour de la MINUK a proposé une résolution prévoyant un

1. Le Kosovo n'est pas la Bosnie, où Serbes, Croates et Musulmans ont longtemps vécu en bonne intelligence. « En Bosnie, les haines nationales n'existaient que sous une forme très atténuée, tandis qu'au Kosovo la haine est ancienne, des deux côtés, explique le père Sava. De plus, tous les Bosniaques parlent la même langue, tandis qu'au Kosovo l'obligation aurait été de respecter le bilinguisme. »

statut de langue officielle pour l'albanais et le serbo-croate (parlé par les Serbes, les Croates, les Slaves musulmans et la majorité des Tziganes du Kosovo), Ibrahim Rugova s'est élevé contre cette demande qui mettait à égalité les deux langues, et le chef de la MINUK, Bernard Kouchner, n'a pas même tenté d'imposer la mesure. « Traditionnellement, les communautés se côtoyaient sans se mêler. Il y avait des villages serbes et des villages albanais, reconnaît Momčilo Trajković, le dirigeant du Mouvement de la résistance serbe, un groupe modéré, favorable de longue date au dialogue, mais les villes étaient, *de facto*, des espaces pluriethniques. Aujourd'hui, à cause de l'inaction ou de la complicité de la KFOR et de la MINUK, ces espaces sont en train d'être détruits. Est-ce cela que voulait l'OTAN ? »

Pour certains stratèges, un Kosovo « ethniquement pur », c'est-à-dire exclusivement albanais, serait plus simple à gérer pour la communauté internationale. On peut donc se demander si les discours officiels sur la volonté de reconstituer une société pluriethnique ne cachent pas le souhait de laisser se créer, partout dans les Balkans, des espaces et des États ethniquement homogènes.

Au cours des deux derniers siècles, la tendance constante dans les Balkans a été de chercher à créer des États-nations homogènes. Un mouvement qui prenait pour modèle les expériences occidentales de l'État-nation, mais qui, dans le contexte régional, ne pouvait se réaliser qu'au prix d'une destruction violente de l'ancienne réalité multiconfessionnelle, multilinguistique et multicommunautaire héritée du monde ottoman. Les grandes puissances, depuis peut-être un siècle et demi, sont intervenues avec la conséquence d'accélérer ces processus : le nationalisme balkanique momentanément allié se voyait octroyer tous les droits « moraux » : en est-il allé différemment lors de la conférence de Rambouillet (1999) que lors du Congrès de Berlin (1878) ? La Yougoslavie socialiste du maréchal Tito, avec son système compliqué d'organisation entre « peuples », « nationalités » et « minorités », pouvait apparaître comme un essai, intrinsèquement bureaucratique, de classement et de hiérarchisation de cette diversité, mais une telle construction a eu le mérite de fonctionner durant près de cinquante ans.

Après la mort de Tito, les guerres régionales de 1991-1999 ont été l'expression d'une tentative violente pour briser le fédéralisme balkanique. Au prix d'échanges massifs de populations, quelques « grands » peuples ont obtenu, de fait, le droit d'accéder à un État indépendant, tandis que les « petits peuples » étaient condamnés à s'assimiler ou à disparaître. Lorsqu'il y a trop de peuples, trop d'histoires, trop de revendications qui s'entrechoquent dans un territoire trop exigu comme celui des Balkans, il y a des gagnants, des perdants, et la roue de la vengeance n'en finit pas de tourner et fait des perdants d'hier les vainqueurs de demain.

Les solutions partielles envisagées les unes après les autres par la communauté internationale se sont toujours révélées sources de nouveaux conflits, et cette logique ne risque guère de s'arrêter, sauf à supposer une mise sous mandat international de l'essentiel des Balkans — non seulement de l'ex-Yougoslavie, mais aussi de l'Albanie. Le coût humain des guerres à venir et le coût matériel des mandats internationaux appelés à se généraliser et à perdurer amènent forcément au constat d'un formidable gâchis. Il faudrait que d'autres formules politiques que l'État-nation ethniquement homogène soient inventées dans les Balkans, mais les instances internationales et tout particulièrement l'Union européenne, qui ont eu et ont peut-être encore une réelle capacité de suggestion politique, semblent plutôt s'être définitivement ralliées à la formation de territoires ethniquement homogènes. C'est ainsi l'ancestrale réalité cosmopolite des Balkans qui ne cesse de disparaître. Les nouveaux États homogènes ont-ils pour autant plus de chance de connaître la prospérité économique et de s'intégrer à la constitution européenne ? Rien n'est moins sûr. Pour que ce tragique aveuglement devienne évident pour tous, peut-être fallait-il que, succédant à une guerre menée au nom du « droit humanitaire », le nettoyage ethnique du Kosovo soit, consciemment ou non, cautionné par un *French doctor*, Bernard Kouchner.

ANNEXES

CHRONOLOGIE GÉNÉRALE

518-527. Premières incursions attestées de tribus slaves à travers la péninsule balkanique, encore sous contrôle byzantin.

602. Effondrement de la frontière, le *limes* byzantin. Les Slaves pénètrent massivement dans les Balkans et descendent jusque dans le Péloponnèse grec. Ils deviennent le principal élément ethnique des Balkans, en refoulant ou en assimilant les populations locales. Seuls résistent les isolats grec et albanais. Les Vlachs semi-nomades sont les héritiers des populations autochtones latinophones des Balkans.

925. Tomislav crée un royaume croate. Émergence de principautés slaves en Zeta (Monténégro) et en Raška (actuel Sandžak de Novi Pazar).

976. Insurrection de Samuel, en Macédoine, qui se proclame empereur. Son État inclut les territoires des actuelles Macédoine, Bulgarie, Albanie et Serbie. Il est aujourd'hui revendiqué comme bulgare par les Bulgares, et comme macédonien par les Macédoniens.

1054. Consommation définitive du schisme entre Églises d'Occident (Rome) et d'Orient. À l'exception des Croates, les Slaves des Balkans restent fidèles de l'Église d'Orient, ce qui n'exclut pas des rapprochements diplomatiques occasionnels avec Rome.

1102. Le roi hongrois Koloman est également couronné roi croate. Absorption du royaume croate par la Hongrie.

1166-1168. Stefan Nemanja fonde la dynastie serbe des Nemanjić.

1167. L'empereur byzantin Manuel Ier Comnène réunit sous son sceptre la Serbie, la Bosnie, la Croatie, la Dalmatie et, bien sûr, l'est des Balkans.
1172. Stefan Nemanja doit se reconnaître vassal de Byzance.
1196. Stefan Nemanja se retire au monastère du Hilandar, sur le mont Athos.
1219. Le plus jeune fils de Stefan Nemanja, le moine Sava, obtient du patriarche œcuménique la reconnaissance de l'autocéphalie (autonomie) de l'Église orthodoxe serbe.
1331-1355. Règne de Dušan, qui se fait couronner tsar (empereur) en 1345 à Skopje. Son Empire couvre une part importante des Balkans. L'Église serbe est élevée au rang patriarcal en 1346. Le souverain serbe vise à se substituer à la puissance byzantine déclinante.
1371. Défaite des Serbes face aux Turcs à la bataille de la Marica.
1377. Le roi de Bosnie Tvrtko se fait couronner roi de Serbie et de Bosnie.
1389. Bataille de Kosovo Polje. Défaite de la coalition des peuples chrétiens, conduite par le prince serbe Lazar Hrebeljanović, face aux Turcs.
1443-1468. Le prince albanais Skanderbeg oppose une farouche résistance aux Turcs.
1453. Le sultan Mehmed II conquiert Constantinople, qui devient la capitale de l'Empire ottoman.
1459. Chute de Smederevo et disparition du dernier État serbe.
1463. Les Turcs envahissent le royaume de Bosnie.
1521. Les Turcs conquièrent Belgrade qui était depuis 1427 aux mains des Hongrois.
1529. Échec des Turcs sous les murs de Vienne. L'Empire ottoman commence lentement à céder du terrain sous la pression des Habsbourg d'Autriche.
1557. Restauration du patriarcat serbe à Peć, disparu depuis plusieurs décennies.
Fin XVIe siècle. Insurrections serbes en Herzégovine et au Monténégro, premières émigrations serbes vers la frontière militaire (Vojna Krajina) autrichienne (actuellement en Croatie).
1690. Le patriarche des Serbes Arsenije III Čarnojević, com-

promis dans des tractations avec Vienne, prend la tête d'une grande « migration » des Serbes du Kosovo qui s'enfuient vers la Krajina autrichienne.

1699. Paix de Karlovatz (Sremski Karlovići) entre l'Autriche et les Ottomans, qui renoncent à presque toutes leurs possessions au nord du Danube et de la Save.

1717. Eugène de Savoie libère provisoirement Belgrade et le nord de la Serbie.

1738. Trêve de Belgrade. L'Autriche évacue les territoires au sud du Danube, y compris Belgrade. Nouvelle migration des Serbes, des Albanais en profitent pour s'installer en Raška (Sandžak de Novi Pazar) et en Metohija (ouest du Kosovo).

Milieu XVIIIe siècle. Les princes-évêques du Monténégro se rendent à plusieurs reprises à Saint-Pétersbourg pour demander l'aide russe. Début d'une tradition d'alliance entre les deux États slaves.

1766. Suppression du patriarcat serbe.

1804. Insurrection de Karadjordje en Šumadija (Serbie centrale).

1809-1814. Napoléon forme les provinces illyriennes (Dal matie, Istrie, Croatie, Krajina, Slovénie), sous le commandement du maréchal Marmont.

1815. Deuxième insurrection serbe sous la conduite de Miloš Obrenović.

1830. L'Empire ottoman reconnaît à la Serbie le statut de principauté autonome.

Années 1830. Essor du mouvement illyrien, sous l'impulsion d'intellectuels croates, qui élaborent une perspective d'union entre les peuples slaves du Sud.

1844. Le ministre serbe Ilija Garašanin rédige son « Esquisse » (*Načertanije*).

1848. Révolution en Hongrie. Les Serbes et les Croates, sujets de l'Autriche, se rangent du côté du gouvernement central contre les Hongrois.

1850. Rencontre à Vienne de philologues et de linguistes serbes et croates qui jettent les bases d'une langue commune unifiée, le serbo-croate.

1852, 1858, 1861. Insurrections serbes en Herzégovine, soutenues par le Monténégro.

1867. Compromis austro-hongrois sur la formation d'une monarchie dualiste. La même année, les dernières garnisons turques évacuent les villes de la principauté de Serbie.

1860-1921. Règne du roi Nikola Ier Petrović Njegoš au Monténégro. Modernisation et expansion territoriale du royaume.

1875. Grande insurrection en Bosnie et en Herzégovine.

1876. Crise d'Orient. La Serbie et le Monténégro déclarent la guerre à l'Empire ottoman, intervention de la Russie aux côtés de ses alliés slaves.

1878. Traité de San Stefano, qui prévoit une très grande Bulgarie, remis en cause par le Congrès de Berlin : les Bulgares doivent se contenter d'une autonomie, la Serbie et le Monténégro s'étendent, l'Autriche-Hongrie occupe la Bosnie-Herzégovine et déploie des garnisons dans le Sandžak resté turc. Ligue de Prizren, première manifestation nationale albanaise.

1881. Accords secrets entre la Serbie et l'Autriche-Hongrie. La principauté serbe devient un royaume.

1903. Assassinat du roi de Serbie Alexandre Obrenović, remplacé par Pierre Ier Karadjordjević.

1908. Révolution jeune-turque. La Bulgarie devient indépendante, l'Autriche-Hongrie annexe la Bosnie-Herzégovine, mais évacue le Sandžak.

1910. Le Monténégro devient un royaume.

1912. Première guerre balkanique, défaite turque. La Serbie et le Monténégro se partagent le Sandžak et le Kosovo. La conférence de Londres accepte le principe d'un État d'Albanie.

1913. Deuxième guerre balkanique : la Bulgarie est défaite par la Serbie, la Grèce et la Roumanie. Traité de Bucarest. Novembre : le député Ismail Qemal proclame une éphémère république d'Albanie à Vlora. Création d'un royaume d'Albanie confié au prince allemand Guillaume de Wied.

28 juin 1914. Un jeune nationaliste serbe, Gavrilo Princip, assassine à Sarajevo l'archiduc François-Ferdinand, héritier d'Autriche-Hongrie. Début de la Première Guerre mondiale.

Novembre 1915. Invasion de la Serbie, retraite de l'armée et du gouvernement à travers le Kosovo et l'Albanie.

Juillet 1917. Déclaration de Corfou : le gouvernement serbe

se donne pour objectif la création d'un royaume réunissant Serbes, Croates et Slovènes.

Septembre 1918. Percée du front de Salonique. 19 octobre, libération de Belgrade. Capitulation de la Turquie le 30 octobre, de l'Autriche-Hongrie le 3 novembre.

1er décembre 1918. Proclamation du « royaume des Serbes, Croates et Slovènes ». Décembre : soulèvement des partisans de Nikola Ier Petrović Njegoš (lui-même exilé en France), guerre civile au Monténégro.

Juin 1919. Traité de Versailles définissant les conditions de la paix avec l'Allemagne ; des traités similaires sont conclus avec la Bulgarie en novembre 1919 à Neuilly, et avec la Hongrie en juin 1920 à Trianon.

1919. Création du Parti communiste yougoslave, mis hors la loi en 1921.

1920. Catastrophique expédition grecque en Turquie, exode massif des populations grecques d'Asie Mineure en 1922. La « Grande Idée » tourne à la faillite. Décembre : admission de l'Albanie à la Société des Nations.

1921. Victoire d'un notable du Nord, Ahmed Zogu, aux premières élections albanaises.

Printemps 1924. Une révolution porte au pouvoir à Tirana l'évêque orthodoxe albanais Fan Nolli, qui tente une expérience de démocratisation, interrompue par le retour au pouvoir d'Ahmed Zogu.

1928. Ahmed Zogu se fait couronner roi d'Albanie sous le nom de Zog Ier.

6 janvier 1929. Le roi Alexandre Ier Karadjordjević supprime la constitution yougoslave et proclame la « dictature royale ».

9 octobre 1929. Assassinat à Marseille du roi Alexandre Ier, la régence est assurée par le prince Paul en raison du jeune âge du roi Pierre II.

24 août 1939. Accord entre le président du Conseil yougoslave Dragiša Cvetković et le dirigeant croate Vladko Maček sur la création d'une *banovina* de Croatie.

25 mars 1941. La Yougoslavie rejoint le Pacte tripartite avec l'Allemagne ; insurrection à Belgrade, bombardée par l'aviation allemande le 6 avril.

10 avril 1941. Proclamation de l'État indépendant croate par les Oustachis.

Mai-juin 1941. Insurrection royaliste serbe des Tchetniks,

sous la conduite du colonel Draža Mihajlović. Premiers soulèvements communistes. Formation d'une république bolchevique dans les territoires libérés des environs d'Užice (Serbie) en septembre 1941.

Septembre 1943. Les partisans communistes yougoslaves et albanais mettent à profit la capitulation italienne.

29 novembre 1943. Proclamation de la nouvelle Yougoslavie lors du IIe congrès de l'AVNOJ (Conseil antifasciste de libération nationale) à Jajce (Bosnie).

Mai 1944. Création d'un Comité antifasciste de libération nationale en Albanie, à Permët, qui assume les fonctions d'un gouvernement provisoire sous la direction d'Enver Hoxha.

20 octobre 1944. Les partisans de Tito et l'Armée rouge libèrent conjointement Belgrade.

8 mai 1945. Les partisans libèrent Zagreb et détruisent l'État indépendant croate.

11 novembre 1945. Victoire massive des communistes aux élections constituantes yougoslaves.

Fin 1946. Début de la guerre civile grecque, opposant les partisans communistes de l'Armée démocratique (HELLAS) aux forces gouvernementales.

1948. Rupture Tito-Staline.

Septembre 1949. Écrasement des communistes grecs, fin de la guerre civile.

1949-1953. Élaboration de la théorie de l'autogestion, transformation du Parti communiste yougoslave en Ligue des communistes, arrêt de la collectivisation.

1960. Ire conférence des pays non-alignés à Belgrade.

1961. Rupture soviéto-albanaise.

1965. Mise à l'écart du ministre yougoslave de l'Intérieur Aleksandar Ranković.

1968. Manifestations en Yougoslavie, et surtout au Kosovo. Les courants libéraux l'emportent dans les partis communistes serbe, croate, slovène et même macédonien.

1971. « Printemps croate » : les aspirations démocratiques se transforment en revendications nationales.

1974. Nouvelle constitution yougoslave.

1979. Rupture sino-albanaise.

4 mai 1980. Mort du maréchal Tito.

1981. Émeutes sanglantes au Kosovo.

Avril 1985. Mort d'Enver Hoxha, remplacé à la tête du Parti du travail d'Albanie par Ramiz Alia.

1986. Pétition des Serbes du Kosovo, qui se plaignent de discriminations. *Mémorandum* de l'Académie serbe des sciences et des arts.

Septembre 1987. Slobodan Milošević, dirigeant du Parti communiste serbe depuis 1985, met à l'écart ses adversaires libéraux au sein du Parti.

1988. Campagne de meetings de Slobodan Milošević, qui culmine sur le site de la bataille de Kosovo Polje le 28 juin 1989.

Octobre 1988. Les dirigeants communistes albanais du Kosovo sont démis de leurs fonctions.

Mars 1989. Suppression de l'autonomie du Kosovo, manifestations albanaises violemment réprimées.

23 décembre 1989. Création de la Ligue démocratique du Kosovo (LDK), sous la présidence d'Ibrahim Rugova.

Mai 1989. Slobodan Milošević devient président de la république de Serbie.

22 janvier 1990. XIVe et dernier congrès de la Ligue des communistes yougoslaves, ajourné *sine die* après le départ des délégués slovènes et croates.

7 septembre 1990. Le parlement du Kosovo, dissous par décret du gouvernement serbe, se réunit clandestinement et proclame la République du Kosovo, dans le cadre de la Fédération yougoslave.

1991. Indépendance de la Slovénie et de la Croatie. Création de régions autonomes serbes en Croatie et début de la guerre.

1992. Indépendance de la Bosnie et début de la guerre. Indépendance pacifique de la Macédoine. Victoire du Parti démocratique de Sali Berisha qui chasse les socialistes albanais du pouvoir. Formation de l'Armée de libération du Kosovo (UCK).

1994. Reconnaissance internationale de la Macédoine sous le nom de FYROM. Février : accords de Washington mettant fin à la guerre croato-musulmane en Bosnie. Formation d'une Fédération croato-bosniaque de Bosnie.

Automne 1995. Accords de Dayton, mettant fin à la guerre de Bosnie-Herzégovine. Déploiement des troupes de l'OTAN (missions IFOR puis SFOR) en Bosnie. 51 %

du territoire bosniaque à la Fédération croato-bosniaque, 49 % à la République serbe.

Mai 1996. Élections locales en Albanie, entachées de nombreuses irrégularités. La campagne du Parti démocratique est financée par plusieurs compagnies financières pyramidales.

Automne 1996. Premières menaces de faillite des compagnies financières pyramidales en Albanie, qui ne peuvent plus honorer les intérêts qu'elles se sont engagées à verser à leurs déposants.

Décembre 1996-février 1997. Manifestations de l'opposition en Serbie, qui proteste contre l'annulation de ses victoires dans de nombreuses grandes villes lors des élections municipales d'octobre 1996.

Mars-avril 1997. Émeutes en Albanie. Chute du Parti démocratique. Le Parti socialiste l'emporte aux élections législatives du mois de mai. Fatos Nano devient Premier ministre.

Octobre 1997. Milo Djukanović l'emporte sur Momir Bulatović et devient président de la république du Monténégro.

28 février 1998. Assaut de la police serbe contre plusieurs clans de Drenica, début de la guerre au Kosovo.

22 mars 1998. Élections clandestines au Kosovo. Unique candidat, Ibrahim Rugova est réélu avec plus de 99 % des voix président de la « république de Kosovë ».

Avril 1998. Formation d'un nouveau gouvernement en Yougoslavie. Vojislav Šešelj devient vice-Premier ministre.

31 mai 1998. Élections législatives au Monténégro. Victoire de la coalition « Vivons mieux », qui soutient Milo Djukanović.

Juillet 1998. Grande offensive de l'armée yougoslave et de la police serbe au Kosovo, qui reconquièrent l'essentiel du terrain tenu par l'UCK.

Octobre 1998. Élections législatives en Macédoine, victoire d'une coalition regroupant la droite nationaliste macédonienne (VMRO-DPMNE) et les nationalistes albanais du PDSh. 13 octobre : signature d'un cessez-le-feu après des entretiens entre Slobodan Milošević et l'émissaire américain Richard Holbroocke. Accord de déploiement d'une mission de 2 000 « vérificateurs » de l'OSCE.

15 janvier 1999. Massacre de Raçak au Kosovo.

6 février 1999. Ouverture des négociations de Rambouillet; les délégations serbes et albanaises ne se rencontrent pas.

15 mars 1999. Reprise des négociations à Paris; la délégation serbe ne signe pas le document proposé par la communauté internationale et accepté par la délégation albanaise.

19 mars 1999. Évacuation des «vérificateurs» de l'OSCE du Kosovo.

24 mars 1999. Début des bombardements de l'OTAN.

6 avril 1999. Formation d'un gouvernement provisoire du Kosovo présidé par Ashim Thaçi.

9 juin 1999. Les autorités serbes acceptent le plan de paix proposé par la communauté internationale, les généraux yougoslaves signent un accord avec l'OTAN. Entrée des troupes de l'OTAN (mission KFOR) au Kosovo. Bernard Kouchner est nommé administrateur général de la Mission des Nations unies au Kosovo (MINUK).

19 août 1999. Grande manifestation de l'opposition serbe à Belgrade, qui fait étalage de ses divisions internes.

Septembre-décembre 1999. Échec des manifestations de l'opposition serbe.

15 janvier 2000. Assassinat à Belgrade de Željko Ražnatović Arkan.

7 février 2000. Assassinat à Belgrade du ministre fédéral de la Défense Pavle Bulatović.

BIBLIOGRAPHIE

BATAKOVIĆ, DUŠAN T., *Yougoslavie*, Lausanne, L'Âge d'homme, 1992.

— *The Kosovo Chronicles*, Belgrade, Plato, 1992.

CABANNES, PIERRE et BRUNO, *Passions albanaises. De Sali Berisha au Kosovo*, Paris, Odile Jacob, 1999.

CASTELLAN, GEORGES, *Histoire des Balkans (XIVe-XXe siècle)*, Paris, Fayard, 1991.

— *Le monde des Balkans*, Paris, Vuibert, 1994.

COMBE, SONIA et DITCHEV, IVAYLO (dir.), *Albanie utopie*, Paris, Autrement, 1996.

— *Confluences Méditerranée*, nº 30, été 1999, « Kosovo ».

DJURIĆ, IVAN, *Glossaire de l'espace yougoslave*, Paris, L'Esprit des péninsules, 1999.

FERON, BERNARD, *Yougoslavie, histoire d'un conflit*, Paris, Le Monde poche, 1994.

HARTMANN FLORENCE, *Milošević. La diagonale du fou*, Paris, Denoël, 1999.

KRULIĆ, JOSEPH, *Histoire de la Yougoslavie de 1945 à nos jours*, Bruxelles, Complexe, 1993.

— *Limes*, nº 4, 1998, et cahier spécial « Kosovo, l'Italia in guerra », 1999.

LORY, BERNARD, *Les Balkans contemporains*, Paris, Ellipses, 1996.

LORY, BERNARD, et CHICLET, CHRISTOPHE (dir.), *La république de Macédoine*, Paris, L'Harmattan, 1998.

MALCOLM, NOEL, *Kosovo. A Short History*, New York University Press, 1998.

MANTRAN, ROBERT (dir.), *Histoire de l'Empire ottoman*, Paris, Fayard, 1989.

MARTELLI, FABIO, *Capire l'Albania*, Bologne, Il Mulino, 1998.

MASPERO, FRANÇOIS, *Balkans transit* (avec des photographies de Klavdij Sluban), Paris, Le Seuil, 1997.

MILETITCH, NICOLAS, *Trafics et crimes dans les Balkans*, Paris, PUF, 1999.

MOROZZO DELLA ROCCA, ROBERTO, *Albania. Le radici della crise*, Milano, Guerini, 1997.

ROUX, MICHEL, *Les Albanais en Yougoslavie. Minorité nationale, territoire et développement*, Paris, Maison des sciences de l'homme, 1992.

VICKERS, MIRANDA, *Between Serbs and Albanian. A History of Kosovo*, New York, Columbia University Press, 1998.

VICKERS, MIRANDA, et PETTIFER, JAMES, *Albania. From Anarchy to a Balkan Identity*, New York University Press, 1997.

Quelques sites Internet

Le Courrier des Balkans, toute la presse indépendante des Balkans en traduction française, moteur de recherche interne, bases de données sur les Balkans. Http://bok. net/balkans/.

AIM Press, agence de presse indépendante présente dans tous les pays des Balkans, en langue anglaise. Http://www. aim-press. ch.

Greek Helsinki Monitor, rapports sur la situation des droits de l'homme dans tous les Balkans, en anglais, www. greekhelsinki. gr.

Institute for War and Peace Reporting, reportages et analyses des meilleurs spécialistes, en anglais, www. iwpr. net.

Le point de vue des syndicats, documents, rapports de mission ; couvre toute la région, en anglais, www.etuc.org/kosovo/.

Le site du Tribunal pénal pour l'ex-Yougoslavie, français/anglais, www.un.org/icty/.

Le point de départ vers les sites pacifistes : Balkans Antiwar and Human Rights Ressources, www.igc.apc.org/balkans/.

TABLE DES CARTES ET TABLEAUX

INDEX*

* Établi par Catherine Joubaud.

DANS LA COLLECTION FOLIO/ACTUEL

1 Alain Duhamel : *Les prétendants.*
2 Général Copel : *Vaincre la guerre (C'est possible !).*
3 Jean-Pierre Péroncel-Hugoz : *Une croix sur le Liban.*
4 Martin Ader : *Le choc informatique.*
5 Jorge Semprun : *Montand (La vie continue).*
6 Ezra F. Vogel : *Le Japon médaille d'or (Leçons pour l'Amérique et l'Europe).*
7 François Chaslin : *Les Paris de François Mitterrand (Histoire des grands projets architecturaux).*
8 Cardinal Jean-Marie Lustiger : *Osez croire, osez vivre (Articles, conférences, sermons, interviews 1981-1984).*
9 Thierry Pfister : *La vie quotidienne à Matignon au temps de l'union de la gauche.*
10 Édouard Masurel : *L'année 1986 dans* Le Monde *(Les principaux événements en France et à l'étranger).*
11 Marcelle Padovani : *Les dernières années de la mafia.*
12 Alain Duhamel : *Le Ve Président.*
13 Édouard Masurel : *L'année 1987 dans* Le Monde *(Les principaux événements en France et à l'étranger).*
14 Anne Tristan : *Au Front.*
15 Édouard Masurel : *L'année 1988 dans* Le Monde *(Les principaux événements en France et à l'étranger).*
16 Bernard Deleplace : *Une vie de flic.*
17 Dominique Nora : *Les possédés de Wall Street.*
18 Alain Duhamel : *Les habits neufs de la politique.*
19 Édouard Masurel : *L'année 1989 dans* Le Monde *(Les principaux événements en France et à l'étranger).*
20 Edgar Morin : *Penser l'Europe.*
21 Édouard Masurel : *L'année 1990 dans* Le Monde *(Les principaux événements en France et à l'étranger).*
22 Étiemble : *Parlez-vous franglais ?*
23 Collectif : *Un contrat entre les générations (Demain, les retraites).*

24 Alexandre Zinoviev : *Les confessions d'un homme en trop.*
25 Frantz Fanon : *Les damnés de la terre.*
26 Paul Bairoch : *Le Tiers-Monde dans l'impasse.*
27 Édouard Masurel : *L'année 1991 dans* Le Monde *(Les principaux événements en France et à l'étranger).*
28 Raoul Vaneigem : *Traité de savoir-vivre à l'usage des jeunes générations.*
29 Georges Corm : *Liban : les guerres de l'Europe et de l'Orient 1840-1992.*
30 Pierre Assouline : *Les nouveaux convertis (Enquête sur des chrétiens, des juifs et des musulmans pas comme les autres).*
31 Régis Debray : *Contretemps (Éloges des idéaux perdus).*
32 Brigitte Camus-Lazaro : *L'année 1992 dans* Le Monde *(Les principaux événements en France et à l'étranger).*
33 Donnet Pierre-Antoine : *Tibet mort ou vif.*
34 Laurent Cohen-Tanugi : *La métamorphose de la démocratie française.*
35 Jean-Jacques Salomon : *Le destin technologique.*
36 Brigitte Camus-Lazaro : *L'année 1993 dans* Le Monde (*Les principaux événements en France et à l'étranger*).
37 Edwy Plenel : *La part d'ombre.*
38 Sous la direction de Jacques Testart : *Le Magasin des enfants.*
39 Alain Duhamel : *Les peurs françaises.*
40 Gilles Perrault : *Notre ami le roi.*
41 Albert Memmi : *Le racisme.*
42 Dominique Schnapper : *L'épreuve du chômage.*
42 Brigitte Camus-Lazaro : *L'année 1994 dans* Le Monde *(Les principaux événements en France et à l'étranger).*
43 Alain Minc : *Le nouveau Moyen Âge.*
44 Patrick Weil : *La France et ses étrangers.*
45 Françoise Baranne : *Le Couloir (Une infirmière au pays du sida).*
46 Alain Duhamel : *La politique imaginaire.*
47 Le Monde : *L'année 1995 dans* Le Monde (*Les principaux événements en France et à l'étranger*).

48 Régis Debray : *À demain de Gaulle.*
49 Edwy Plenel : *Un temps de chien.*
50 Pierre-Noël Giraud : *L'inégalité du monde.*
51 Le Débat : *État-providence (Arguments pour une réforme).*
52 Dominique Nora : *Les conquérants du cybermonde.*
53 Le Monde : *L'année 1996 dans* Le Monde *(Les principaux événements en France et à l'étranger).*
54 Henri Mendras : *L'Europe des Européens.*
55 Collectif : *Le travail, quel avenir ?*
56 Philippe Delmas : *Le bel avenir de la guerre.*
57 Le Monde : *L'année 1997 dans* Le Monde *(Les principaux événements en France et à l'étranger).*
58 Robert Littell : *Conversations avec Shimon Peres.*
59 Raoul Vaneigem : *Nous qui désirons sans fin.*
60 Le Monde : *Lettres d'Algérie.*
61 Philippe Simonnot : *39 leçons d'économie contemporaine.*
62 Jacques Julliard : *La faute aux élites.*
63 Le Monde : *L'année 1998 dans* Le Monde *(Les principaux événements en France et à l'étranger).*
64 Le Monde : *La Déclaration universelle des droits de l'homme.*
65 Edwy Plenel : *Les mots volés.*
66 Emmanuel Todd : *L'illusion économique.*
67 Ignacio Ramonet : *Géopolitique du chaos.*
68 Jacques Huguenin : *Seniors : l'explosion.*
69 Olivier Languepin : *Cuba (La faillite d'une utopie).*
70 Jean-Louis Andreani : *Comprendre la Corse.*
71 Daniel Junqua : *La presse, le citoyen et l'argent.*
72 Olivier Mazel : *La France des chômages.*
73 Gilles Châtelet : *Vivre et penser comme des porcs (De l'incitation à l'envie et à l'ennui dans les démocraties-marchés).*
74 Maryvonne Roche : *L'année 1999 dans Le Monde (Les principaux événements en France et à l'étranger).*
75 Dominique Schnapper avec la collaboration de Christian Bachelier : *Qu'est-ce que la citoyenneté ?*

76 Jean-Arnault Dérens : *Balkans : la crise.*
77 Gérard et Jean-François Dufour : *L'Espagne : un modèle pour l'Europe des régions ?*
78 Jean-Claude Grimal : *Drogue : l'autre mondialisation.*
79 Jocelyne Lenglet-Ajchenbaum et Yves Marc Ajchenbaum : *Les judaïsmes.*

Composition Interligne.
Impression Société Nouvelle Firmin-Didot
à Mesnil-sur-l'Estrée, le 19 avril 2000.
Dépôt légal : avril 2000.
Numéro d'imprimeur : 51121.

ISBN 2-07-041305-5/Imprimé en France.

94395